Leo Kanaris

INSELTOD

atb aufbau taschenbuch

LEO KANARIS ist griechischer und irischer Abstammung, er hat in Italien, Deutschland, Rumänien, der Türkei und Mexiko als Lehrer, Journalist und Animateur gearbeitet. Zurzeit lebt er im Süden Griechenlands. »Inseltod« ist sein erster Roman.

Auf der griechischen Insel Ägina wird ein international anerkannter Professor für Alte Geschichte erschossen. Seine berühmte Familie möchte den Mord gern einem alten Oberst in die Schuhe schieben, der einst auf der Insel eine Bürgerwehr gegründet hat. Ein nicht gerade ehrbarer Minister wird tot aufgefunden, ein Journalist ermordet. Für George Zafiris aus Athen, der als Privatdetektiv oft in Fällen ermittelt, an denen die Polizei wenig Interesse zeigt, wird das Leben immer gefährlicher.

Ein Griechenlandkrimi voller Sonne und schöner Landschaft, aber auch voller Korruption und Vetternwirtschaft.

Leo Kanaris

INSELTOD

Ein Fall für Detektiv Zafiris

Kriminalroman

Aus dem Englischen von Bela Wohl

atb aufbau taschenbuch

Die Originalausgabe unter dem Titel
Codename Xenophon
erschien 2014 bei Dedalus Limited, Sawtry, Cambs.

Diese Geschichte ist frei erfunden.
Einzelne Verweise auf historische Ereignisse, Persönlichkeiten
und Orte dienen rein fiktiven Zwecken.

FSC
www.fsc.org
MIX
Papier aus verantwortungsvollen Quellen
FSC® C083411

ISBN 978-3-7466-3125-7

Aufbau Taschenbuch ist eine Marke
der Aufbau Verlag GmbH & Co. KG

1. Auflage 2015

Umschlaggestaltung Mediabureau Di Stefano, Berlin
unter Verwendung eines Motivs von © Anna Gkika
Gesetzt in der Garamond Premier Pro
durch Greiner & Reichel, Köln
Druck und Binden CPI books GmbH, Leck, Germany
Printed in Germany

www.aufbau-verlag.de

1

Athen, Juni 2010

Wie zahlreiche andere Häuser in den umliegenden Stadtvierteln hatte auch die Aristotelesstraße 43 schon mal bessere Tage gesehen. Die Marmortreppe, die Türen mit den Rauchglasscheiben, die Reihe der düsteren Holzbriefkästen, alles wirkte schäbig, trostlos und altmodisch. In der Eingangshalle standen zwei Pflanzkübel aus Beton. In einem davon fristete ein Jasmin, der von einer alten Dame aus dem Erdgeschoss am Leben erhalten wurde, sein kümmerliches Dasein. Der andere, direkt daneben, war leer und ausgetrocknet und nur aus Versehen noch da, eine unansehnliche Zierde, mit deren Entsorgung man niemanden behelligen konnte.

Bei seiner Rückkehr von einer kurzen Reise ins Umland spürte George Zafiris die Müdigkeit des Hauses, als wäre sie Teil seiner eigenen Erschöpfung. Die Haustür hinter ihm fiel ächzend ins Schloss. Draußen war helllichter Tag, doch hier drinnen herrschte Halbdunkel. Er drückte auf den Lichtschalter, eine einsame Energiesparlampe begann kraftlos zu glimmen; ihre weißen Röhren ragten in die Luft wie die Beine eines Insekts, das an der Wand von einem Scheinwerfer eingefangen wird. Es roch muffig: nach Feuchtigkeit, Desinfektionsmittel und abgestandener Suppe. Zafiris war kein schwermütiger Mensch, doch wie schon bei anderen Gelegenheiten schoss ihm auch jetzt der Gedanke durch den Kopf, diese Eingangshalle wäre der perfekte Schauplatz für einen Selbstmord.

George öffnete seinen Briefkasten, nahm den Inhalt heraus

und sichtete die Umschläge, während er die Treppe hinaufstieg. Einer war handschriftlich adressiert, die restliche Post bestand aus Rechnungen und nutzloser Werbung.

Oben angekommen drehte er den Schlüssel im Schloss herum. Das Scheppern des zurückschnappenden Riegels hallte wie ein Echo durch das marmorne Treppenhaus. George trat ein, ließ die Tür halb offen und warf die Handzettel in den Abfalleimer. Die Wohnung wirkte verstaubt und stickig, obwohl er nur zwei Tage fort gewesen war. Er ging von Zimmer zu Zimmer, zog die Jalousien nach oben und riss die Fenster weit auf. Sonnenstrahlen fielen herein, grell und heiß.

Der Brief war noch ein richtiger Brief: mit Briefmarke und von Hand geschriebener Adresse auf hochwertigem Briefpapier. George zog eine Schublade auf, schob eine Blechdose mit Munition beiseite sowie eine Beretta 950B Jetfire, eine gerichtliche Vorladung wegen Beleidigung eines Polizisten, ein paar Notizen zum Thema mentale Relaxation, ein Mikrofon mit großer Reichweite und einen Bilderrahmen mit gesprungenem Glas, darin ein Foto von seiner Frau, das 1992 an irgendeinem Strand aufgenommen worden war. Zuunterst lag ein Schnappmesser von Bechtold & Schmidt, Modell »Predator«, ein tödliches Erinnerungsstück an eine längst abgeschlossene Ermittlung. Er verwahrte es immer noch, geschliffen und geölt, für alle Fälle. Jetzt klappte er es auf und schob die Klinge unter die Umschlaglasche.

Eine Stimme an der Wohnungstür ließ ihn aufblicken.

»Herr George?«

Dimitri, der Besitzer des Cafés im Erdgeschoss, stand im Eingang, ein Aluminiumtablett an einer dreiarmigen Hängevorrichtung in der Hand.

»Soll ich es reinbringen?«

»Ja, danke.«

George zog eine Euromünze aus der Tasche.

»Wie war die Reise?«, fragte Dimitri.

George nahm einen Schluck Kaffee. »Ich mag keine Beerdigungen«, antwortete er. »Dabei fühle ich mich immer älter als ich bin.«

Dimitri sprach die traditionelle Formel: »Ein langes Leben, um des Gefährten zu gedenken.«

George nickte. Sein Kopf war voller Bilder, sein Herz voller Verlust.

»Ich möchte meinen alten Freund wiederhaben, wenigstens noch einmal mit ihm Mittag essen. Noch einen Ouzo trinken am Meer.«

Dimitri schien seinen Kummer zu spüren. »Ich kenne das Gefühl«, sagte er, »das ist doch wirklich nicht zu viel verlangt. Nur noch ein einziges Mal, mehr nicht. Aber dieser Wunsch geht nie in Erfüllung. So viel steht fest.«

George wusste, dass Dimitri an seine Frau dachte. Sie lebte noch – noch, aber ihre Uhr war fast abgelaufen.

»Wie geht's Tasia?«, fragte er.

»Unverändert«, antwortete Dimitri.

»Nichts Neues, Gutes oder Schlechtes?«

»Man kann nur abwarten.«

»Geben Sie ihr einen Kuss von mir. Sagen Sie ihr, sie soll gesund werden.«

»Mach ich«, versprach Dimitri, ging und schloss leise die Tür.

George nahm den Umschlag erneut zur Hand. Die Adresse war in Schwarz geschrieben: eine ordentliche, gebildete Handschrift. Poststempel Ägina. Er faltete das einzelne Blatt Briefpapier auseinander.

Sehr geehrter Herr Zafiris,

ich habe Ihren Namen von einem Geschäftspartner erhalten, der Sie als zuverlässig und Ihr Honorar als maßvoll beschrieben hat. Möglicherweise habe ich Anlass, Sie zu engagieren. Ein Familienmitglied wurde ermordet. Die Polizei ist bisher nicht vorangekommen. Ich brauche jemanden, der den Fall sorgfältig und mit absoluter Diskretion untersucht. Rufen Sie mich sofort nach Empfang dieses Schreibens an.

Constantine Petrakis

Der Name ließ ihn innehalten und überlegen. Er kannte den Mann nicht persönlich, doch die Familie war aufs Engste mit der Geschichte Griechenlands verbunden. Man konnte sie durchaus als Dynastie bezeichnen. Juristen, Politiker, Intellektuelle. Davor Kriegsherren, Helden von 1821. Als das Volk zu den Waffen gerufen wurde, hatten sie ihre Gefolgsleute aus sämtlichen Dörfern und Schafställen in den Bergen des Peloponnes zusammengeholt und die verhassten Osmanen aus dem Land gejagt. Jede Stadt in Griechenland hatte ihre Petrakisstraße.

George schaute auf die Uhr. 16:30 Uhr. Mindestens zwei Stunden zu früh zum Telefonieren. Petrakis machte bestimmt ein Schläfchen. Ihn dabei zu stören wäre ein denkbar ungünstiger Auftakt. Er schob den Brief beiseite. Trotz des Kaffees war er müde, legte sich aufs Sofa und schloss die Augen.

George schlief unruhig; er kämpfte gegen ihn bedrängende Erinnerungen an: Ein Hafen auf einer Insel, die Fähre nähert sich im gleißenden Morgenlicht. Die Rampe wird heruntergelassen, ein Leichenwagen rollt an Land. Darin liegt sein langjähriger Freund Mario, 47 Jahre alt geworden. Am Pier, neben dem weißgetünchten Café, Eleni, die Frau des Toten, und ihre beiden Söhne. Sie warten, reglos wie Statuen. Ihre Gesichter sind leer, selbst als George sie begrüßt, als fehle ihnen die Kraft für die geringste Regung.

Dann der Trauerzug, der sich langsam und zögernd hügelaufwärts schiebt, auf die Kirche zu.

Um 18:00 Uhr erwachte George und fühlte sich betäubt und benommen. Er wankte unter die Dusche; der kalte Wasserguss ließ ihn schlagartig munter werden.

Ein Handtuch um die Hüfte geschlungen, schenkte er sich ein eisgekühltes Bier ein, machte es sich auf dem Sofa bequem und wählte die Nummer in Ägina.

Constantine Petrakis hatte eine nervöse, spröde Stimme, die ähnlich schrill quietschte wie eine Tür an rostigen Angeln.

»Ich kenne lediglich die nackten Tatsachen, Herr Zafiris. Mein Bruder wurde erschossen, hier auf der Insel. Sie müssen mit der Dame sprechen, die ihn gefunden hat. Da sie nicht ans Telefon geht, bleibt Ihnen nichts anderes übrig, als sie persönlich aufzusuchen. Ihr Haus ist schwer zu finden. Ich werde es Ihnen zeigen müssen, das ist die einzige Möglichkeit. John hat bei ihr gewohnt. Er kam häufig zu Besuch. Aus welchem Grund ihn jemand erschießen sollte, ist mir unbegreiflich. Er war ein angesehener Mann von internationalem Ruf. Die Polizei ist nichts weiter als eine jämmerliche Bande von Bürokraten, die sich aufs Nichtstun spezialisiert haben. Sagen Sie, wann können Sie kommen?«

George warf einen Blick in seinen Kalender, der für die ganze Woche noch keinen Eintrag enthielt.

»Morgen früh? Um elf?«

»Perfekt. Wir treffen uns im Hotel Brown. Kennen Sie es?«

»Ich werde es finden.«

2

George wohnte den größten Teil des Jahres von seiner Frau getrennt. Die Regelung gefiel ihm zwar nicht, doch akzeptierte er sie als Kompromiss. Der stammte noch aus finsteren Zeiten. Sich näher damit zu befassen würde ihn ernsthaft deprimieren, so dass er sich dagegen entschied. Vom Frühlingsanfang bis spät in den Herbst hinein blieb Zoe auf Andros, im Landhaus ihres Vaters, malte, schrieb Gedichte und kümmerte sich um den Garten sowie um eine Reihe von Tanten und verschrobenen Cousinen. Unterdessen ging George in Athen seinem Broterwerb nach und besuchte die Insel gelegentlich am Wochenende und – wenn er Glück hatte – alljährlich zwei Wochen im August. Im Winter zog Zoe zu ihm in die Stadt, dann verlief ihr Eheleben in konventionelleren Bahnen. Ihr gemeinsamer Sohn Nick studierte in Newcastle Maschinenbau; ein sicherer Beruf, hofften sie, in unsicheren Zeiten.

Georges Arbeitstage waren, wie die aller Einwohner Athens, reich an Komplikationen. Ermittlungen wurden begonnen, weiterverfolgt, behindert, unterbrochen. Neue kamen hinzu. Klienten verstummten oder verschwanden. Manchmal mussten ihretwegen dann wiederum Nachforschungen angestellt werden. Entweder war ihnen das Geld ausgegangen oder sie hatten sich selbst in Schwierigkeiten verstrickt. Die nationale Krise machte es nicht besser. Unternehmen gingen pleite, Gehälter und Pensionen schrumpften mit erschreckender Geschwindigkeit. Die Menschen wurden krank oder verrückt oder wollten so nicht weiterleben.

»*Ade na vris ákri.*« Dieser Satz war in aller Munde. »Man weiß nicht, wo man anfangen soll.«

George hatte Glück. Bei ihm wurden keine Kredite fällig, niemand schuldete ihm Geld. Zumindest keine nennenswerten Summen. Doch die Auftragslage war miserabel. Nur die Reichen konnten sich die Ausgaben noch leisten, und selbst sie übten sich heutzutage in Zurückhaltung. Er übernahm jeden Fall, der ihm angeboten wurde.

Petrakis' Stimme hatte ihn misstrauisch gemacht. Nicht was er sagte, sondern wie er es sagte. Nach einigen teuer bezahlten Fehlern hatte George einen Instinkt für schwierige Persönlichkeiten entwickelt. Vor Petrakis musste man auf der Hut sein.

George stand an Deck der *Agios Nektarios* in Piräus und genoss den Fahrtwind und die stetig breiter werdende Wasserrinne zwischen sich und der Stadt. Langsam, aber sicher fielen die zahllosen, wirr durcheinanderschwirrenden Eindrücke des Großstadtlebens von ihm ab. Am Horizont ragten Berge auf, deren scharfe Umrisse sich gegen den silbrig-blauen Himmel abhoben wie Metallschablonen. Möwen folgten im Windschatten des Schiffes, ohne die Flügel zu bewegen; nur ihre Köpfe drehten sich auf der Suche nach Nahrung von einer Seite zur anderen.

Die Fähre durchquerte eine gespenstische Meereslandschaft aus aufliegenden Tankern und Frachtschiffen. Sinnbilder einer zum Stillstand gekommenen Wirtschaft, ohne Fahrtziel. Sie warteten. Gelegentlich brauste ein Rennboot vorbei und durchschnitt die blaue Wasseroberfläche mit seiner strahlend weißen Schaumspur. Am Steuer ein Mann in den besten Jahren – mit fetter Wampe, Sonnenbrille, Goldkettchen und -armband –, in seiner Begleitung unweigerlich ein Bikini-Mädchen, halb so alt wie er und höchstwahrscheinlich aus Osteuropa stammend. Auf der Rückbank ein gelangweilter Schäferhund. Selbst nach dem

Börsenkrach vor zwei Jahren erlebten Luxusgüter – diese skurrile Art von Luxus, die man aus der Zigarettenwerbung der sechziger Jahre kannte – nach wie vor eine Blütezeit. Genau wie die Cafés in der Athener Innenstadt, die immer brechend voll waren und in denen die Gäste unglaubliche Preise für einen Eiskaffee zahlten und im gleichen Atemzug über die Krise jammerten.

Nach einer Stunde erreichten sie Ägina. Die Ankerketten rasselten, in einer Wolke aus Dieselabgasen legte die Fähre rückwärts am Pier an. Eine Stimme aus der Lautsprecheranlage drängte die Passagiere schroff, unverzüglich von Bord zu gehen: »Das Schiff fährt gleich wieder ab.«

Das Hotel Brown lag wenige hundert Meter entfernt, am anderen Ende der Hafenmauer. George schlenderte an Fischerbooten vorbei, an Obstständen, Cafés und einem Kiosk, der mit Hochglanzzeitschriften und Plastikspielzeug vollgehängt war. Da ihm noch zehn Minuten Zeit blieben, setzte er sich in einen staubigen Kirchgarten; hier stand in einem Kreis aus Palmen eine Büste von Ioannis Kapodistrias – dem ersten Staatsoberhaupt Griechenlands, im Alter von fünfundfünfzig Jahren von einem politischen Gegner erschossen – und schaute hinaus aufs Meer.

Petrakis war schlank, präzise und siebzig Jahre alt. Seine hellgrünen Augen flackerten nervös. Schuhe, Hose und Hemd sahen teuer und elegant aus, seine Armbanduhr war ein grundsolides Schweizer Modell. Der Handschlag, mit dem er George begrüßte, wirkte hastig und geschäftsmäßig.

»Wir setzen uns in den Garten.«

Petrakis führte ihn zu einem Tisch unter einer Japanischen Mispel und fegte gereizt drei abgefallene Blätter von seinem Stuhl, bevor er Platz nahm. Einen Augenblick lang musterte er seinen Besucher schweigend.

»Zunächst möchte ich Ihnen einige Informationen über meinen Bruder geben. Danach werde ich Sie zu Madame Corneille begleiten. In ihrer Wohnung hat sich die Tragödie abgespielt.«

»Ich habe mir den ganzen Tag freigehalten«, sagte George.

»So lang werden wir nicht brauchen. Die Fakten sind eindeutig. Mein Bruder war ein klassischer Gelehrter. Er unterrichtete in Stanford, Princeton und zuletzt am King's College London. Er war ein Mann mit unverblümten und durchaus umstrittenen Ansichten. Seine frühen Arbeiten beschäftigten sich mit Platon, doch am bekanntesten wurde er durch seine Veröffentlichungen über die weniger ehrenwerten Aspekte des Lebens im antiken Griechenland. Über das, was er als ›Dunkel hinter dem Licht‹ bezeichnete: Sklaverei, Prostitution, Verbrechen und Bestrafung, Pädophilie, Homosexualität und sogar, so ungern ich das erwähne, Kinderopfer, obwohl diese Annahme lediglich auf Indizien beruht. Sie können sich vorstellen, wie seine Arbeit hier aufgenommen wurde, besonders in patriotischen Kreisen.«

George nickte.

»John stand gerade im Begriff, bei der Historischen Gesellschaft von Ägina einen Vortrag über dieses total unappetitliche Thema zu halten. Madame Corneille hatte das gemeinsam mit einigen hiesigen Freunden arrangiert, und zwar für den 25. März um 21:00 Uhr.«

Petrakis machte eine Pause und wartete auf eine Reaktion.

»Erzählen Sie weiter«, bat George.

»Ich gehe davon aus, dass Ihnen die Bedeutung dieses Datums klar ist.«

»Vielleicht hat es eine Bedeutung, vielleicht auch nicht.«

»Selbstverständlich hat es eine Bedeutung!«

»Wir sollten keine voreiligen Schlüsse ziehen.«

Petrakis schien verärgert. »Wie Sie wünschen, Herr Zafiris. Ich bitte Sie lediglich, zur Kenntnis zu nehmen, dass mein Bruder genau an dem Tag erschossen wurde, an dem wir unsere nationale Unabhängigkeit feiern.«

»Ich halte diese Tatsache fest«, antwortete George. Ruhig erwiderte er den aufgeregten Blick seines Gegenübers. »Fahren Sie fort.«

»Gegen 19:00 Uhr ging John zum Duschen ins Bad. Er kam nicht mehr heraus. Eine halbe Stunde später klopfte Madame Corneille an die Tür, erhielt keine Antwort, trat ein und fand ihn. Jemand hatte ihn in den Kopf geschossen. Sie rief unverzüglich die Polizei, und seitdem, muss ich bedauerlicherweise feststellen, stagniert die Angelegenheit.«

George dachte nach, während der Kellner den Kaffee servierte.

»Erzählen Sie mir mehr über Ihren Bruder.«

»Mehr fällt mir dazu nicht ein.«

»Das kann nicht sein.«

»Ich wüsste nichts, was hier weiterhilft.«

»Ich brauche Informationen über sein Privatleben.«

»Da gibt es nichts zu verbergen.«

»Mag sein, aber ich benötige die Informationen.«

Wieder wirkte Petrakis verärgert. »Was genau möchten Sie denn wissen?«

»Zuallererst etwas über seine Beziehung zu Madame Corneille.«

»Sie ist über jeden Verdacht erhaben!«

»Andere Personen hier auf der Insel?«

»Ein paar Freunde. Vertrauenswürdige Leute.«

»Ich brauche ihre Namen.«

»Unwichtig.«

»Es könnte ausgesprochen wichtig sein.«

»Ich kann Ihnen versichern, dass dem nicht so ist.«

»Ich werde mir dazu selbst eine Meinung bilden.«

»Ich versuche nur, Ihnen Zeit zu sparen. Und mir Geld. Ich gehe übrigens davon aus, dass Sie auf Stundenbasis abrechnen, so wie Rechtsanwälte?«

»Richtig, allerdings nehme ich nicht annähernd deren Stundensatz.«

Petrakis warf ihm einen skeptischen Blick zu. »Wie hoch ist denn Ihr Honorar, wenn ich fragen darf?«

»Der Grundbetrag liegt bei fünfzig pro Stunde, zuzüglich Spesen.«

»Wie lange brauchen Sie normalerweise für so einen Auftrag?«

»Kann ich unmöglich sagen.«

»Warum?«

»Manchmal geht es schnell, manchmal dauert es Monate.«

»Ich möchte, dass es in diesem Fall schnell geht.«

»Ich auch.«

Petrakis verzog das Gesicht. Er nippte an seinem Kaffee, als könnte jemand Gift hineingemischt haben.

»Was müssen Sie noch wissen, Herr Zafiris?«

»Das sagte ich bereits. Etwas über sein Privatleben. Dort findet man normalerweise die Antworten.«

»In seinem Fall bezweifle ich das.«

»Wie Sie wünschen.« George leerte seine Tasse. »Ich schicke Ihnen die Rechnung für mein Gastspiel heute Vormittag.«

»Wir müssen noch Madame Corneille aufsuchen!«

George erhob sich. »Gehen Sie zu ihr. Ich verschwende hier nur meine Zeit.«

Petrakis erwiderte ruhig: »Sie sind ausgesprochen ungeduldig.«

»Ich habe andere Fälle, um die ich mich kümmern muss.«

»Sie sagten, Sie hätten den ganzen Tag Zeit.«

»Zum Arbeiten. Nicht zum Herumsitzen.«

»Beruhigen Sie sich, Herr Zafiris!«

»Ich bin vollkommen ruhig. Entweder Sie geben mir mehr Informationen, oder ich gehe.«

»Na schön.« Petrakis hob beide Hände von der Tischplatte. »Mein Bruder war homosexuell. Ist es das, was Sie interessiert?«

George antwortete kalt: »Vielleicht. Vielleicht auch nicht. Ich brauche noch weitere Einzelheiten.«

»Ich verstehe nicht, wozu!«

»Hat er sich eventuell mit Leuten eingelassen, die gewisse Dienstleistungen anbieten oder bestimmte Vorlieben befriedigen, möglicherweise unappetitliche, um auf Ihre Wortwahl zurückzugreifen?«

»Ich weiß nicht, was Sie meinen.«

»Würgen, Ersticken, Bondage? Da kann schon mal was schiefgehen. Unfälle, geisteskranke Partner, Kriminelle ...«

»Ich kann Ihnen versichern, dass er mit so etwas nichts zu tun hatte.«

»Wissen Sie das ganz genau?«

»Er hat nie etwas Derartiges erwähnt!«

»Haben Sie mit ihm darüber gesprochen?«

»Niemals!«

»Also gut«, sagte George. »Beginnen wir noch mal von vorn. Woher wissen Sie, dass er schwul war?«

»Er hatte einen ›Partner‹, so nennt man das doch«, sagte Petrakis voller Abscheu.

»Was für eine Art Partner?«

Ein langer, gequälter Blick. »Nicht der Typ Mann, den man bei einem Professor für Alte Geschichte erwarten würde.«

»Also?«

»Er ist Handwerker auf dem Bau. Und Raumgestalter. So was in der Art.«

»Wo war dieser Partner, als John ermordet wurde?«

»Auf dem Rückflug nach London.«

»Ich muss mit ihm sprechen.«

Erneut machte Petrakis seinem Ärger Luft. »Falls auch nur ein Wort davon an die Presse durchsickert, werde ich persönlich ...«

»Das wird nicht geschehen.«

Petrakis schwieg eine Weile. »Na schön. Ich gebe Ihnen Bills Telefonnummer, sobald ich zurück in Athen bin.«

»Danke. Jetzt erzählen Sie mir etwas über Johns Beziehung zu Madame Corneille. Und halten Sie sich bitte an Tatsachen.«

»Sie war bloß eine Freundin und Verehrerin.«

»Das klingt ziemlich nichtssagend.«

»Sie ist eine Exzentrikerin. Ein Medium. Eine spirituelle Heilerin.«

»Hat John ihre beruflichen Fähigkeiten in Anspruch genommen?«

»Keine Ahnung.«

»Was hat er über sie gesagt?«

»Nicht viel. Sie war einfach eine Freundin.«

»Hatte er Feinde?«

»Hunderte! Seine Bücher haben viel Unmut ausgelöst.«

»In welcher Form?«

»Briefe, Zeitungsartikel, Angriffe gegen ihn in Rundfunk und Fernsehen. Glücklicherweise wusste keiner seiner Gegner über sein Privatleben Bescheid, sonst hätte er keine ruhige Minute mehr gehabt.«

»Gibt es jemanden hier in Ägina, der sich ganz besonders über seine Schriften aufregte?«

»Da könnte ich ein, zwei Namen nennen.«

»Gut. Ich werde der Sache nachgehen. Kommen wir jetzt auf die Polizei zu sprechen: Mit wem haben Sie geredet? Mit jemandem von hier oder aus Athen?«

»Von hier, soweit ich weiß. Ein gewisser Inspektor Bagatzounis scheint für die Ermittlungen zuständig zu sein. Ein lächerlicher Typ!«

»Was hat er gemacht?«

»Nichts! Das ist ja das Problem! Dieser Kerl hat nicht das Geringste unternommen!«

George hörte diese Klage nicht zum ersten Mal. »Bei allem Respekt, Herr Petrakis, sogar hier in Griechenland kann ein Polizist nicht untätig bleiben, wenn es um Mord geht.«

Petrakis zischte: »Natürlich hat er das Nötigste getan! Das, was ein Bürokrat eben für nötig hält. Er hat Zeugenaussagen und Fotos aufgenommen, ist durch die Wohnung stolziert, hat aus dem Fenster geschaut, hat die absolut naheliegenden Fragen gestellt. Vielleicht hat er sogar einen Bericht verfasst. Aber im Grunde hat er nichts unternommen!«

»Wurde GADA hinzugezogen?«

»GADA?«

»Das Polizeipräsidium in Athen.«

»Das weiß ich nicht. Die geben keine Informationen raus. Mir schon gar nicht. Sämtlichen Nachfragen begegnen sie mit leeren Floskeln und Ausflüchten. Unglaublich, mit welcher Verachtung sie uns Bürger behandeln. Und das in einer modernen Demokratie!«

George sagte nichts. Die Worte dieses Mannes klangen für ihn wie hohle Phrasen.

Petrakis schaute auf seine Uhr. »Wir müssen jetzt zu Madame Corneille. Sie wartet schon. Sind Sie so weit?«

3

Sie liefen durch eine Gasse mit niedrigen Häuschen aus dem neunzehnten Jahrhundert, die von Feigenbäumen überragt wurden. Der Gehsteig war ein schmaler Asphaltstreifen voller Risse, auf dem überall Mülleimer, Paletten mit Ziegelsteinen und schlecht geparkte Motorroller den Weg versperrten. Sie mussten auf die Fahrbahn ausweichen und sich jedes Mal, wenn ein Auto vorbeifuhr und die Gasse in eine Abgaswolke hüllte, gegen eine Hauswand pressen.

Dann bogen sie in eine Straße mit Geschäften ein, in denen lebhafter Vormittagsbetrieb herrschte. Eine Metzgerei, eine Eisenwarenhandlung, ein Bäcker. Sie kamen an der Kathedrale mit ihrem ockergelb getünchten Glockenturm vorbei, in dem Tauben nisteten, und an der Ruine eines herrschaftlichen Anwesens, das sich schutzlos – ohne Dach und Fensterscheiben – gen Himmel reckte. Schließlich erreichten sie ein Gässchen mit blendend weißen Häusern und Innenhöfen voller Wäsche, die in der glühenden Sonne trocknete. Sie stiegen eine Treppe hinauf. Petrakis betätigte die Klingel.

Eine Frau von etwa vierzig Jahren öffnete die Tür; sie war schlank und geschmeidig und trug eine tief ausgeschnittene weiße Bluse und Jeans. Ihre Augen waren von einem intensiven Graublau, ihr Gesicht war blass und nachdenklich und von goldenen Locken umrahmt wie von einem Heiligenschein.

»Constantine! Lieber Freund! Willkommen.«

»Das ist der Mann, von dem ich dir erzählt habe, Rosa. Herr George Zafiris.«

Madame Corneille schüttelte George die Hand. Die Zartheit ihrer Haut und ihre entrückte, vergeistigte Ausstrahlung faszinierten ihn.

In der Eingangshalle waren die Fensterläden geschlossen, es war dunkel und kühl. Der süßliche Duft von Räucherstäbchen schwebte im Dämmerlicht. Sie geleitete ihre Besucher ins Wohnzimmer; es wurde von einem grellen Sonnenstrahl erhellt, der durch einen Schlitz in den hölzernen Klappläden hereindrang und sich als goldener Streifen über den Fußboden zog.

»Deine Aura wirkt angeschlagen, Costa«, wandte sie sich ohne Einleitung an Petrakis. »Du musst besser für dich sorgen.«

»Ist das denn verwunderlich?«, erwiderte Petrakis wütend.

»Nicht im Geringsten. Aber jetzt ist es an der Zeit, etwas dagegen zu tun. Sie zu heilen.« Sie musterte George.

»Hier siehst du einen Mann mit einer großartigen Aura!«

»Freut mich zu hören«, sagte George.

»Sieh dir seine Schultern an. Stark und doch entspannt. Deine sind gebeugt wie bei einem Zwerg. Einem Kobold. Du bist viel zu nervös.«

»Lassen wir das«, entgegnete Petrakis. »Wir sind aus geschäftlichen Gründen hier.«

»Gut. Du kümmerst dich um deine Geschäfte, ich mich um meine. Nehmen Sie Platz, meine Herren.«

Sie setzten sich. Georges Augen gewöhnten sich allmählich an das Halbdunkel.

»Ich muss Ihnen einige Fragen zum Tod von John Petrakis stellen«, begann er.

Madame Corneille zündete sich eine Zigarette an. »Ich hoffe, das stört Sie nicht.« Sie fächelte den Rauch ein wenig beiseite. »Es war ein schreckliches Erlebnis für mich.«

»Das kann ich mir vorstellen.«

»John war ein enger Freund von mir. Es gab so viele Übereinstimmungen zwischen uns: intellektuelle, künstlerische, gefühlsmäßige. Er war ein Genie, ein Seelenverwandter. Wir waren kein Liebespaar, auch wenn ich ganz stark spürte, dass wir das in einem anderen Leben durchaus hätten sein können. Oft führt der Mensch mehrere Leben, parallele ...«

Petrakis fiel ihr ins Wort. »Erzähl Herrn Zafiris einfach, was passiert ist.«

»Dazu komme ich noch, wenn ich so weit bin. Das ist nicht leicht für mich.«

»Erzählen Sie es auf Ihre Weise«, sagte George.

»Am Abend seines Vortrags ging John duschen, um kurz nach sieben. Wir hatten gerade die BBC-Nachrichten gehört. Er nahm Handtuch, Shampoo und Kulturbeutel und sagte: ›Ich bin gleich wieder da‹. Um 19:30 Uhr fiel mir jedoch auf, dass er noch nicht aus dem Bad gekommen war. Ich machte mir Sorgen. Ich klopfte an die Tür, wartete, klopfte erneut. Ich hörte, dass die Dusche noch lief, was mir merkwürdig erschien. John war ein spartanischer Typ, er hat nie Wasser verschwendet. Also rief ich seinen Namen. Es kam keine Antwort. Ich rief noch einmal. Stille ... Ich hatte eine schreckliche Vorahnung, stieß die Tür auf, und da ...« Sie hielt inne, ihre Stimme stockte. Tränen liefen ihr über die Wangen. Sie atmete tief durch.

»Sie haben keinen Schuss gehört?«

Sie schüttelte den Kopf.

»Können Sie mir beschreiben, was Sie sahen?«

»John hing seitlich über den Rand der Badewanne, schlaff wie ein Stück Stoff, und Blut ...« – sie machte kreisende Handbewegungen – »... überall war Blut verspritzt.«

George wartete.

»Das ist alles«, sagte sie traurig. »Ich rief einen Arzt, der in der Nachbarschaft wohnt. Er untersuchte die Herztätigkeit. Nichts. John war tot. Wir alarmierten die Polizei. Sie fielen in meine Wohnung ein, behandelten mich zuerst wie eine Verdächtige, dann wie einen Störenfried und verloren schließlich jegliches Interesse an dem Fall.«

»Was taten Sie in der halben Stunde, während sich der Professor in der Dusche aufhielt?«

»Ich zog mich an.«

»Und Sie haben nichts gehört?«

»Ich hörte Musik.«

»Laute Musik?«

»Nicht besonders. Aber meine Schlafzimmertür war geschlossen, genau wie die des Badezimmers ...«

»Ist Ihnen in den Stunden oder Tagen vor dem Mord irgendetwas Ungewöhnliches aufgefallen? Seltsame Vorkommnisse? Sonderbare Bemerkungen?«

»Nichts. Es geschah wie ein Blitz aus heiterem Himmel.«

»Gut. Gibt es irgendjemanden, hier oder in Athen, der Grund hatte, den Professor zu ermorden?«

»Nein. Jeder, der ihn kannte, bewunderte und respektierte ihn.«

»Die Leute haben sich über seine Bücher aufgeregt.«

»Natürlich! Fanatiker, glühende Patrioten.«

»Kann es sein, dass sie in Erfahrung brachten, wo er wohnt?«

»Höchst unwahrscheinlich.«

»Wusste sonst jemand, dass er hier war?«

»Ein befreundetes Paar.«

»Haben sie ihn getroffen?«

»Wir haben zusammen gegessen, am Abend bevor er starb.«

»Hier oder im Restaurant?«

Petrakis unterbrach ihn. »Ich verstehe nicht, was ...«

»Sei still, lieber Costa! Das ist eine vernünftige Frage. Im Restaurant hätte durchaus jemand unser Gespräch belauschen können. Ist es nicht das, was Sie wissen möchten, Herr Zafiris?«

»Exakt mein Gedankengang.«

»Wir haben hier gegessen.«

»Vielleicht muss ich mit Ihren Freunden sprechen.«

»Selbstverständlich. Ihre Namen sind Abbas und Camilla. Telefonnummer 58 360.«

George machte sich eine Notiz. »Jetzt habe ich noch eine etwas persönlichere Frage.«

»Fragen Sie ruhig.«

»Hatte der Professor während seines Aufenthaltes hier irgendwelche sexuellen Abenteuer?«

Sie warf einen Blick zu Petrakis, der müde antwortete: »Er weiß von Bill.«

»Bill war bei ihm bis zum Morgen des Tages, an dem er seinen Vortrag halten sollte«, erklärte Madame Corneille. »Dann flog er zurück nach London. Aber ich würde Bill nicht als ›sexuelles Abenteuer‹ bezeichnen. Die beiden waren praktisch so gut wie verheiratet.«

»Warum blieb Bill nicht bis zum Vortrag hier?«

»Er hätte ihn nicht verstanden«, gab Petrakis zur Antwort.

»Unsinn! Er hätte ihn durchaus verstanden. Er hatte am nächsten Tag geschäftlich in London zu tun.«

»Gab es Anzeichen für Spannungen zwischen den beiden?«

Sie überlegte einen Augenblick. »Nein, sie wirkten völlig unverkrampft.«

»Was für eine Art Mann ist Bill?«

»Ein guter Mann, intelligent, praktisch, mit einer gewissen ästhetischen Bildung, allerdings natürlich gefangen in einer materialistischen Vorstellung vom Leben, wie das bei einem Handwerker zu erwarten ist.«

»Was meinen Sie damit?«

»Er sieht immer nur das Physische. Keinerlei spirituelle Dimension.«

»Gelinde gesagt!«, bemerkte Petrakis.

»Costa! Mäßige deinen Snobismus!«

»Haben Sie irgendeinen Streit mitbekommen?«, fragte George.

»Eher Neckereien: ›Du hast schon wieder meine Sonnencreme geklaut‹ – so in der Art.«

»Hatte John jemals Kontakt zur Stricherszene?«

»Keine Ahnung.«

»Hat er hier sonst noch jemanden getroffen? Freunde, Mitarbeiter, Kollegen?«

»Falls ja, hat er mir nichts davon erzählt.«

»Okay«, sagte George. »Soweit Sie wissen, hatte niemand Grund, ihn umzubringen?«

»Richtig. Ich kann mir unmöglich vorstellen, dass so ein sanfter und harmloser Mann, ein so offener, lustiger und kultivierter Mensch auch nur einen einzigen Feind haben könnte.«

»Ich glaube, da irrst du dich, Rosa«, sagte Petrakis unvermittelt.

»Okay, ich irre mich. Dann leg ihm doch deine Theorie dar, Costa.«

»Nein«, erwiderte Petrakis scharf. »Das ist nicht der richtige Zeitpunkt. Herr Zafiris soll seine eigenen Schlüsse ziehen. Falls er Augen hat zu sehen, möge er sehen!«

»Dagegen ist nichts einzuwenden«, stimmte George zu.

»Noch weitere Fragen, Herr Zafiris?«

»Ich benötige eine Liste Ihrer Kontakte. Der Polizeichef, der Vorsitzende der Historischen Gesellschaft, jeder Einzelne. Und ich möchte das Badezimmer sehen.«

»Zeigst du's ihm bitte, Costa? Ich glaube, das ertrage ich nicht.«

»Ich würde es vorziehen, wenn Sie mich begleiten.«

»Wozu denn?«, wandte Petrakis ein.

George bemühte sich, nicht die Geduld zu verlieren. »Madame Corneille ist die Hauptzeugin. Ihre Beschreibung des Verbrechens ist äußerst wichtig.«

»Sie hat Ihnen bereits gesagt, was sie gesehen und gehört hat.«

»Ich weiß.«

»Also? Was bringt es dann, die bedauernswerte Dame zu nötigen, das Ganze erneut durchzumachen?«

»Am Schauplatz des Verbrechens erinnern sich Menschen oft noch an Einzelheiten. Dank unseres unbewussten Gedächtnisses, das durch Sinneseindrücke gesteuert wird. Diese Details sind manchmal von entscheidender Bedeutung. Ich erwarte nicht, dass es Madame Corneille leichtfällt.«

»Tatsachen sind Tatsachen!«

»Man sollte es kaum für möglich halten, wie wenig eindeutig Tatsachen sein können.«

»Sind Sie eigentlich Privatdetektiv oder Amateurphilosoph, Herr Zafiris?«

»Ich möchte nur das Badezimmer sehen.«

»Ich denke, das haben Sie deutlich gemacht!«

»Wenn Sie nicht möchten, dass ich diesen Auftrag ordnungsgemäß erledige, fahre ich zurück nach Athen und lasse es sein.«

»Damit haben Sie schon einmal gedroht.«

»Dann zwingen Sie mich nicht, das erneut zu tun.«

Petrakis schäumte vor Wut. Er war ein Mann, der das Ruder immer fest in der Hand halten wollte. George hatte Hunderte solcher Typen kennengelernt, die alle von ihrer Einzigartigkeit überzeugt waren; häusliche Despoten, erzogen von Müttern, die ihre Söhne anhimmelten. Er erwartete den Gegenschlag.

»Ich pflege nicht für Unverschämtheiten zu bezahlen, Herr Zafiris. Die kann ich tagtäglich kostenlos bekommen, wenn ich will.«

»Das bezweifle ich nicht.«

»Was soll das heißen?«

George erhob sich. »Sollten wir nicht aufhören, Zeit zu verschwenden?«

Petrakis wedelte abschätzig mit der Hand. »Geh mit ihm, Rosa. Erzähl ihm, was er wissen möchte. Und versuch, deine Gefühle im Zaum zu halten.«

Madame Corneille schloss die Augen und sammelte sich einen Moment.

Sie betraten einen kleinen Vorraum, dessen Wände mit indischen und persischen Drucken geschmückt waren. Links eine Küche, rechts zwei Schlafzimmer. Zögernd deutete sie auf die halboffene Tür zum Bad. George schob sie langsam ganz auf. Unter dem Fenster stand eine Wanne, die Dusche war an der Wand befestigt. Er zog die Schuhe aus und stieg in die Badewanne. Von dort hatte er einen Blick auf alles, was John Petrakis wohl in den letzten Sekunden seines Lebens gesehen hatte: draußen vor dem Fenster, genau gegenüber, eine Villa im neoklassizistischen Stil, von einem gepflegten Garten umgeben; dahinter, bunt durcheinandergewürfelt, eine Stadtlandschaft aus Gässchen, Häusern, Stromkabeln und Bäumen. Mit einem Gewehr hätte er direkt in die Fenster von fünfzehn, vielleicht zwanzig Wohnungen feuern können. Ein Killer, dachte er, würde möglicherweise sogar riskieren, von einem Dach oder aus einem Hof heraus zu schießen. Allerdings kaum von der Straße.

»Wem gehört das stattliche Wohnhaus gegenüber?«

»Oberst Varzalis.«

»Wer ist das?«

»Ein pensionierter Armeeoffizier.«

»Ein idealer Platz zum Schießen.«

»Ich weiß«, sagte Madame Corneille.

Er beobachtete ihr Gesicht, das von Anspannung und Schmerz gezeichnet war.

»Würden Sie mir bitte ganz genau beschreiben, wie Sie den Professor aufgefunden haben?«

Sie deutete auf die Badewanne. »Er hing über den Rand. Arme und Kopf am Boden.«

»Erinnern Sie sich an seinen Kopf?«

Sie schauderte. »Natürlich. Eine Hälfte fehlte.«

»Und wo waren die Splitter und das Blut?«

»Auf dem Fußboden.«

»Noch anderswo?«

»Am Duschvorhang.«

»Wo genau? Können Sie's mir zeigen?«

»Ganz oben. Alles rann herunter.«

»War es dieser Duschvorhang?«

»Nein. Den hat die Polizei mitgenommen.«

»Haben sie noch mehr mitgenommen?«

»Die Badematte. Johns Kleidung und seine persönlichen Dinge.«

»Papiere, Brieftasche, Pass?«

»Alles.«

»Sind die Sachen immer noch dort?«

»Keine Ahnung.«

George ließ den Blick erneut durchs Badezimmer schweifen. Es war vollgestellt mit Kosmetikartikeln und dekorativen Gegenständen. Alles makellos sauber und ordentlich.

»Es muss eine Heidenarbeit gewesen sein, das Bad wieder zu reinigen.«

Sie nickte. »Das hat mich einen ganzen Tag gekostet. Auf den Knien und hoch oben auf der Leiter. Bleichmittel, Wasser und Blut ... Aber kein Putzmittel der Welt kann meine Seele von diesem Bild reinwaschen.«

4

Als George nachmittags wieder in Athen am Schreibtisch saß, musste er sich um eine dringende Angelegenheit kümmern. Sie stand schon eine ganze Zeit lang auf seiner Liste. Er nannte sie sein »schmutziges Polit-Quartett«. Byron Kakridis, ein Minister der griechischen Regierung, hatte ihm Anfang Mai einen eindeutigen Auftrag erteilt: Berichterstattung über die Sozialkontakte seiner Ehefrau. George brauchte nicht lange, um herauszufinden, dass sie eine Feierabend-Affäre hatte: mit Angelos Boiatzis, einem Oppositionspolitiker. Sie trafen sich ein- bis zweimal pro Woche in einem Hotel in der Innenstadt, ein ruhiger, geregelter Ablauf, der offenbar niemandem schadete. George wollte schon seinen Bericht abliefern, als seine Intuition ihn zurückhielt. Er fand absolut keinen Gefallen daran, außereheliche Seitensprünge aufzudecken, die oft genug durch ein unerfülltes Eheleben gerechtfertigt schienen. Trotz ihres Geldes, ihrer teuren Wagen und Luxushäuser waren diese Menschen in ihren jämmerlichen Existenzen gefangen und griffen nach jeder Freiheit, die sich ihnen bot.

Er hatte das alles am eigenen Leib erfahren und wünschte inzwischen, ihm wäre nie zu Ohren gekommen, was seine Frau im Schilde führte. Dieses Wissen hatte ihn vergiftet, hatte sein Herz verbrannt und sein Glück zerstört ... Was konnten Beweise schon Gutes bewirken?

Im Fall von Kakridis und Boiatzis wurde sein übliches Zögern von einem noch weitaus nebulöseren Gefühl begleitet, von einer Art Vorahnung der Dinge, die ihn erwarteten.

Ein paar Tage später rief Frau Kakridis an. Plötzlich bat ihn ausgerechnet die Gattin, die er einen Monat lang beobachtet und fotografiert hatte, ihren Ehemann zu beschatten.

»Ich glaube, er hat eine Affäre«, erklärte sie.

George hätte den Fall ablehnen sollen, doch sein früherer Radikalismus gewann die Oberhand. Es war doch allzu verlockend, noch einem von diesen gewählten Volksvertretern auf den Zahn zu fühlen und herauszufinden, was der in seiner Freizeit so alles anstellte. Hin- und hergerissen zwischen Neugier und Berufsethos gab er Frau Kakridis schließlich die Telefonnummer von Hektor Pezas, einem befreundeten Privatdetektiv. Er und Hektor tauschten ihre Informationen gelegentlich untereinander aus. Unter moralischen Gesichtspunkten war das mit Sicherheit nicht die sauberste Regelung der Welt, aber sie funktionierte.

Die Beschattung von Byron Kakridis erwies sich als weitaus komplizierter als die seiner Gattin. Sein Wahlbezirk lag im Norden des Landes. In seinem Alltag überschlugen sich Flugreisen, Autofahrten, Besprechungen und Parlamentssitzungen. Dazwischen telefonierte er, oder er schlief. Seine Mahlzeiten nahm er zwischen Tür und Angel ein. Zum Lesen oder Entwerfen von Schriftstücken fand er allenfalls spätnachts oder ganz früh morgens etwas Zeit, zu Hause oder im Hotelzimmer. Hektor Pezas kam zu dem Schluss, dass dieser Mann unmöglich eine Affäre haben konnte.

Genau das teilte er Margarita Kakridis mit. Sie beharrte auf ihrem Verdacht. Ihr Gatte habe einen extrem ausgeprägten Sexualtrieb – er sei »ein Vulkan«, wie sie es formulierte. Überraschend plötzlich habe er jegliches Interesse an ihr verloren. Dafür könne es nur eine Erklärung geben. Hektor setzte zwei zusätzliche Detektive ein und beschattete ihn rund um die Uhr. George riet seinem Freund, das Honorar im Voraus zu kassieren. Sie zahlte ohne Zögern. Und Pezas, ein gründlicher und gewissenhafter Mann, kam Kakridis schließlich doch noch auf die Schliche. Der Herr Minister pflegte sich durch einen Hinterausgang aus der Parlamentssitzung zu stehlen und zu Fuß zu einer Wohnung in Pangrati zu gehen, wo er und eine attraktive blonde Dame genau fünfundvierzig Minuten hinter verschlossenen Türen verbrachten. Dann verließ er sie und saß nach einer knappen Stunde wieder auf seinem Platz im Sitzungssaal. Kein Härchen war verrutscht.

»Irgendeine Idee, wer die Blondine sein könnte?«, fragte George Pezas.

»Ja.«

»Kannst du's mir sagen?«

»Das wäre unethisch.«

»Natürlich. Aber hilfreich.«

»Na gut. Na schön. Es ist Frau Boiatzis.«

»Frau Boiatzis? Ist sie nicht ein bisschen zu alt für einen Bock wie ihn?«

»Du solltest sie sehen. Fünfunddreißig, eine heiße Russin. Ich weiß nicht, wo er sie aufgegabelt hat, oder sie ihn, aber ich sage dir, sie ist ein Prachtweib.«

»Warum lässt sich Boiatzis dann mit einer anderen ein?«

»Vielleicht ist die Russin zu anstrengend. Das sind sie meistens.«

Nun mussten sie entscheiden, wie sie Herrn und Frau Kakridis die Wahrheit beibringen sollten. Sie sprachen mehrmals sämtliche Möglichkeiten durch. Für Pezas war alles ganz einfach. »Sie haben uns für diese Information bezahlt. Es ist unsere Pflicht, sie ihnen zu geben. Was sie damit anfangen, das ist ihre Sache.«

»Mir gefällt nicht, was danach passiert«, entgegnete George. »Bis jetzt ist alles im Gleichgewicht. Das werden wir zerstören.«

»Sie haben uns darum gebeten.«

»Sie wissen nicht, was sie tun.«

»Bald wissen sie es.«

»Sie werden es bereuen.«

»Das ist ihr Problem.«

»Können wir ihnen nicht wenigstens einen schriftlichen Bericht zuschicken, verbunden mit der Empfehlung, ihn nicht zu lesen?«

»Das soll wohl ein Witz sein!«

»Ganz und gar nicht.«

»Das macht ihnen doch nur Appetit.«

»Zumindest haben wir sie dann gewarnt.«

»Wie du willst. Mein Bericht ist morgen fertig.«

»Ich brauche ein paar Tage länger.«

»Warum?«

»Ich fahre morgen zur Beerdigung eines Freundes.«

»Also schicke ich meinen schon mal ab.«

»Willst du nicht warten, damit wir beide gleichzeitig informieren können?«

»Warum?«

»Wegen der Fairness. Ich benötige maximal drei Tage.«

»Okay. Freitag, 19:00 Uhr, und kein Rückzieher.«

Jetzt war es Freitag, 17:00 Uhr. George öffnete die Akte.

Sie enthielt die täglichen Auflistungen sämtlicher Bewegungen, die Telefonnummern, die Frau Kakridis gewählt hatte, die Aufzeichnungen, die Fotos, den Umschlag mit den Quittungen. Während böse Vorahnungen sein Herz beschwerten, schaltete er seinen Laptop an und formulierte eine Zusammenfassung seiner Ergebnisse.

Das war schnell erledigt. Nach Dutzenden solcher Berichte flossen die Sätze fast wie von selbst aufs Papier. »Die Person wurde über einen Zeitraum von drei Wochen beobachtet. Dreimal suchte sie das Hotel Sokrates in der Kotziasstraße auf und verbrachte dort jeweils zwei Stunden. Ihre Besuche fielen mit denen eines gutgekleideten Herrn in offensichtlich gehobener Stellung zusammen, der sich unter dem Namen ›Karouzos‹ eintrug. Ein Kellner brachte bei jedem Aufenthalt Whisky und Kaffee aufs Zimmer und gab an, zweimal sei Herr Karouzos in einem Kimono zur Tür gekommen und einmal die Person selbst, nur in ein Laken gehüllt. Verfängliche Fotoaufnahmen existieren nicht, da die Vorhänge vor den Fenstern zugezogen waren, doch es gelang uns, mehrere Schnappschüsse von Herrn Karouzos und der Person zu machen, während sie am offenen Fenster gemeinsam eine Zigarette rauchten. Die Beweislage erlaubt Rückschlüsse auf eine intime Beziehung. Andere Aktivitäten oder Besuche des Subjekts geben keinerlei Anlass zu Verdächtigungen irgendwelcher Art.« Das musste genügen.

Es war 18:45 Uhr. Er rief Pezas an.

»Bist du fertig?«

»Fertig!«

»Zuerst die Warnung. Sollten sie anschließend darauf bestehen, schicken wir die Beweise per Boten?«

»Einverstanden.«

George legte auf und wählte Kakridis' Privatnummer.

Eine schroffe, ungeduldige Stimme antwortete und versetzte ihn augenblicklich in gereizte Stimmung. George zwang sich, ruhig zu bleiben. Er erklärte Kakridis, sein Verdacht habe sich bestätigt, riet ihm jedoch, die Angelegenheit nicht weiterzuverfolgen und die Beweise nicht in Augenschein zu nehmen, da ihn das nur aufregen werde.

Kakridis explodierte. »Glauben Sie, ich bezahle Sie dafür, mir Ratschläge zu erteilen? Oder völlig unbewiesene Behauptungen aufzustellen? Sie müssen den Verstand verloren haben!«

»Das sind keine unbewiesenen Behauptungen, Herr Kakridis. Die notwendigen Beweise liegen mir vor.«

»Dann zeigen Sie sie mir, verdammt noch mal!«

»Ich empfehle Ihnen, sie nicht anzusehen.«

»Warum nicht?«

»Um Ihren Seelenfrieden nicht zu gefährden.«

»Lassen Sie meinen Seelenfrieden mal meine Sorge sein! Tun Sie einfach Ihre Arbeit, und händigen Sie mir die Unterlagen aus.«

»Die bekommen Sie schon noch. Ich will Ihnen nur erklären …«

»Sparen Sie sich Ihre Erklärungen!«

»Okay, dann lass ich's.«

»Wenn meine Frau mich betrügt, brauche ich Einzelheiten.«

»Das beste Rezept für eine Katastrophe.«

»Das hätte sie sich vorher überlegen sollen.«

»Was Sie außerdem noch in Betracht ziehen sollten«, fuhr George geduldig fort, »ist Ihr eigenes Verhalten.«

»Wovon zum Teufel reden Sie?«

»Falls Sie Anschuldigungen vorbringen möchten, sollten Sie sicherstellen, dass Sie sich selbst nichts vorzuwerfen haben.«

»Na hören Sie mal, mein Freund, sparen Sie sich Ihre Belehrungen!«

»Das ist eine Warnung, die ich allen meinen Klienten zu bedenken gebe.«

»Dann sollten Sie Priester werden und nicht als verdammter Privatdetektiv arbeiten.«

»Ich werde darüber nachdenken.«

»Stellen Sie mir die Dokumente augenblicklich zu.«

»Ich schicke einen Boten. Nach Hause oder ins Büro?«

»Ins Büro! Kennzeichnen Sie das Kuvert mit ›Persönlich und streng vertraulich‹, sonst öffnet meine dumme Sekretärin den Brief, und das ganze verfluchte Desaster steht morgen früh in allen Zeitungen.«

George legte den Hörer auf, klebte den Umschlag zu und bestellte einen Motorrad-Boten. Dann schloss er die Augen.

Die Klingel an seiner Tür weckte ihn. Er warf einen prüfenden Blick auf den Bildschirm der Türsprechanlage. Ein Mann in Motorrad-Ausrüstung, den Helm unterm Arm, war gekommen, um die Post abzuholen.

»Zweiter Stock«, sagte er und drückte auf den Türöffner.

George schenkte sich einen Whisky mit Soda ein und dachte an »Herrn Karouzos« im Hotel Sokrates. Ausgerechnet Karouzos! Als wäre er ein verkappter Opernsänger!

Er rief Pezas an.

»Wie ist es bei dir gelaufen?«

»Wie erwartet«, antwortete sein Kollege. »Sie wollte die Beweise sehen.«

»Hast du ihr davon abgeraten?«

»Ja.«

»Und?«

»Sie ist an die Decke gegangen.«

»Komisch. Ihr Mann auch.«

»Da hast du's«, bemerkte Pezas. »Sie brauchen Gewissheit. Sonst lässt es ihnen keine Ruhe.«

»Hat sie dich bezahlt?«

»Ohne Wenn und Aber. Wie steht's mit dem Gatten?«

»Bis jetzt noch nicht.«

»Ganz schön riskant für dich.«

»Der will über seine Abenteuer bestimmt nichts in der Zeitung lesen. Oder über die seiner Frau.«

»Du würdest dich doch nicht an die Presse wenden, oder?«

»Nein, aber von mir aus soll er das ruhig glauben.«

»Behältst du eigentlich Kopien von allem?«

»Ich behalte die Originale. Er bekommt die Kopien.«

5

Am Samstagmorgen beschloss George in aller Frühe spontan, Zoe einen Besuch abzustatten. Noch war es kühl in der Sonne, deren schräge Strahlen sich zwischen den Häusern ausbreiteten, als er in seinen Wagen stieg – einen alten blauen Fiat Mirafiori, der nach jahrelangem Einsatz im Kriegsgebiet, besser gesagt: im Athener Straßenverkehr, verbeult und mit Rostflecken übersät war – und die Strecke nach Marathon hinausfuhr.

Er war nachdenklich während der Fahrt, die ihn an Kaminholz-Händlern und Gärtnereien vorbeiführte, an Ausstellungsräumen für Küchen- und Badezimmer-Einrichtungen, an Motorboot-Händlern und Heimwerker-Märkten, die vollgepackt waren mit Bausätzen für selbstgemauerte Gartengrills – alles Zubehör, das den Traum vom Vorstadtleben nach amerikanischem Vorbild wahr werden ließ. Hin und wieder tauchte ein Wegweiser nach Marathon auf und erinnerte George unversehens an die Schlacht in der Antike, die dort stattgefunden hatte. Vierhundert schwarze Schiffe liefen damals in Schinias auf Strand. Das persische Heer, fünfundzwanzigtausend Mann stark, schlug in den fruchtbaren Feldern ein Lager auf und rüstete sich zum Angriff auf Athen. Der überhebliche Oberbefehlshaber hatte eigens einen riesigen Granitblock mitgebracht, den er zur Erinnerung an seinen Sieg mit einer Inschrift versehen lassen wollte. Neuntausend Griechen aus Athen und Plataiai schlugen die Perser in die Flucht. Bravourös und heldenhaft trieben sie einen Keil des Schreckens mitten durch die feindlichen Linien, so dass deren Kavallerie in panischer Angst in sämtliche Richtungen floh und in den Sümpfen ertrank. Der Triumph der Griechen beruhte auf ihrem Improvisationstalent und kam unerwartet. Als außergewöhnliche Geste bestatteten sie ihre Toten gleich auf dem Schlachtfeld, mitsamt Waffen und Pferden. Und ließen aus dem Granitblock des arroganten Heerführers eine Statue der Nemesis meißeln.

George fuhr immer wieder gern zu dieser geschichtsträchtigen Stätte; noch heute lagen dort, zwischen Bergen und Meer schachbrettartig angelegt, grüne Felder, Olivenhaine und Bewässerungsgräben: ein friedlicher Ort, an dem Griechenland sein Bestes bewahrte. Unter einem grasbewachsenen Hügel ruhten die Gebeine der Soldaten aus Athen. Man konnte oben stehen und ihren Geist in sich aufnehmen, der auch nach zweieinhalbtausend Jahren noch deutlich zu spüren war. In einem kleinen Museum, das ein patriotischer Reeder hatte errichten lassen, waren Statuen und Urnen ausgestellt, Dreifüße aus Bronze und Schmuckstücke aus Gold, die aus einer dem Gott Pan geweihten Höhle, einem antiken Friedhof und einem römischen Isis-Tempel stammten.

Manch einer verglich das heutige Griechenland mit der Situation damals, im Jahre 490 vor Christus, und zog düstere Parallelen zwischen der Invasion der Perser und dem Internationalen Währungsfonds. Als wäre die persische Armee ein Team aus Technokraten und Ökonomen gewesen, das nichts Teuflischeres im Schilde führte, als Verwaltungsreformen und Rechtsstaatlichkeit durchzusetzen! Derartiger Blödsinn machte George fassungslos. Wie alle Griechen faszinierte die Vergangenheit auch ihn, doch es widerte ihn an, wenn sie als Rechtfertigung missbraucht wurde, um sich der Verantwortung für die Gegenwart zu entziehen.

Dreißig Kilometer außerhalb der Stadt fuhr George in Richtung Rafina und rollte langsam hinunter zum Hafen. Beim Anblick des Meeres wurde ihm leichter ums Herz. Die nächste Fähre nach Andros legte in einer halben Stunde ab.

Er gelangte zu Zoes Haus und traf sie in der Küche an, wo sie in einer alten grünen Schürze vor einem turmhoch mit Aprikosen beladenen Tisch stand. Den ganzen Vormittag über hatte sie die Früchte im Garten geerntet. Sie streckte ihm ihre gerötete Wange zum Begrüßungskuss entgegen.

»Das ist ja eine Überraschung«, rief sie.

»Ich bin spontan losgefahren. Hab eine harte Woche hinter mir.«

»Ich koche gerade Marmelade ein. Willst du mithelfen?«

»Klar. Lass mich nur zuerst einen Kaffee trinken.«

George hatte auf einen faulen Nachmittag gehofft, doch er wollte keinen Streit.

Tatsächlich machte ihm Marmeladekochen Spaß: die Früchte, die im Kessel blubberten und sich durch die Erhitzung röteten, die ganze Küche voll Aprikosenduft. Als der Sirup eindickte, gossen sie die Marmelade in heiß ausgespülte Gläser, versetzten ein paar mit »Spezialmischungen« aus Raki oder Brandy und schraubten, nachdem sie das Gefäß fest mit einem Stück Stoff umwickelt hatten, mit glühenden Fingern die Deckel zu. Als sie fertig waren, wurde es bereits Abend.

»Lass uns schwimmen gehen«, sagte Zoe.

Sie fuhren hinunter nach Aprovato, wo die Sonne schon tief am Horizont stand. George stürzte sich in die Fluten und schwamm hinaus, geleitet vom feurigen Glitzern des Sonnenlichts. Das Wasser war kühl und salzig, sein tiefes Blau wurde mit abnehmendem Tageslicht immer dunkler. Zoe folgte ihm mit geschmeidigen Bewegungen, das Gesicht vom Meer verändert.

Er fühlte sich jung, trotz der knapp fünfzig Jahre, die er auf dem Buckel hatte. Körperlich war er immer noch fit und hatte kein Gramm Fett angesetzt, im Gegensatz zu vielen seiner Freunde, die den ganzen Tag am Schreibtisch saßen, nie weiter als dreißig Meter zu Fuß gingen und sich der Genusssucht und Trägheit hingaben. Er dagegen liebte Sport – Joggen, Tennis, Training im Freien, doch am meisten liebte er Schwimmen: schwerelos durchs Wasser zu gleiten, jeden Muskel anzuspannen und dabei die Giftstoffe des Großstadtlebens abzuspülen.

Sie fuhren auf den Berg zu Costas Taverne, tranken eine Flasche Retsina und aßen auf Holzkohle gegrillten Seebarsch mit einer Sauce aus Zitrone und Olivenöl. Sie erinnerten sich an die ersten Jahre ihrer Ehe, bevor Nick geboren wurde. Damals führten sie ein unbeschwertes Leben. Ganze Sommer vergingen zwischen Strand, Taverne und Bett. Später folgten ernüchternde Erkenntnisse: Ohne Anstrengung erreicht man nichts, Kinder und Arbeit nehmen den Großteil des Tages in Anspruch. Selbst Obstbäume wollen gepflegt werden.

Zoe hatte unter diesem Erwachen gelitten. Irgendwann begann sie eine Affäre. Mit einem Reeder, der in der Schweiz, in New York und Paris Immobilien besaß. Alles wurde von Dienstboten erledigt. Sogar das Einkaufen. Ein Jahr lang ließ sie sich davon beeindrucken. Dann war sie plötzlich wieder zu Hause, zwischen Bergen von schmutzigem Geschirr und Wäsche, und redete sehr wenig.

War sie froh, wieder hier zu sein? Dazu äußerte sie sich nie. Aber sie war da: Das war das Entscheidende.

Diese Erinnerungen blieben unausgesprochen und waren ihnen beiden dennoch vertraut. Unterschwellig begleiteten sie jedes Gespräch.

Zoe fragte nach der Situation in Athen. Das Fernsehen berichtete von Streiks und Protesten gegen die Regierung. Premierminister Georgios Papandreou hielt jeden Tag eine Ansprache, selbst während seiner Auslandsreisen. Er betonte die Notwendigkeit, Solidarität zu zeigen und Opfer zu bringen. Griechenland hatte den Staatsbankrott durch einen Rettungskredit abgewendet, doch der war an strenge Bedingungen geknüpft. »Das griechische Volk«, sagte Papandreou, »hat keine andere Wahl, als sie zu akzeptieren.«

Doch das griechische Volk – zumindest eine gutorganisierte Minderheit – hatte nicht die Absicht, die »Befehle aus Washington und Brüssel« hinzunehmen. Sollten doch die Superreichen zahlen! Schließlich hatten sie das Land durch Steuerhinterziehung und Profitmacherei erst in die Krise gestürzt.

»Wie schlimm ist es wirklich?«, fragte Zoe.

»Nicht so schlimm, wie es aussieht. Das Leben geht ganz normal weiter.«

»Und die Proteste?«

»Die finden vor dem Parlamentsgebäude statt. Überall sonst ist alles ruhig und friedlich.«

»Und was sagen die Leute?«

»Das hängt davon ab, mit wem man spricht. Die Gutsituierten meinen, es sei an der Zeit, unsere Rechnungen zu begleichen, frühere Regierungen hätten zu viele Schulden gemacht, jetzt müssten wir die Ausgaben kürzen und unseren Haushalt konsolidieren. Da wir das nicht allein schaffen, brauchten wir Hilfe. Erst Mittwoch hörte ich die Bemerkung eines Mannes: Er würde es begrüßen, wenn in jeder griechischen Behörde ein Beamter aus Deutschland säße und einer vom IWF. Nur, damit alles wieder ins Lot käme. Die arbeitende Bevölkerung dagegen klagt, das alles sei nicht ihre Schuld, warum also sollte sie dafür bezahlen? Sie ist verbittert. Kommunisten und Anarchisten gießen natürlich Öl ins Feuer.«

Zoe nickte und fragte dann, als würde sie einen gerade unterbrochenen Gedankengang fortsetzen: »Erinnerst du dich an die drei jungen Leute, die vor einigen Wochen in einer Bank ums Leben gekommen sind?«

»Im Mai? Bei dem Brandanschlag?«

»Genau. Der Sohn meiner Cousine Evi, Panos, kannte eine von ihnen, eine junge Frau – sie war schwanger.«

»Das ist ja schrecklich.«

»Tatsächlich sind also vier Menschen gestorben, wenn man das ungeborene Baby mitrechnet.«

»Man fragt sich, was diese Idioten sich eigentlich dabei gedacht haben, Molotowcocktails in eine Bank zu werfen«, sagte George. »Irgendein dämlicher Sprecher verkündete sogar kaltschnäuzig, die Angestellten hätten eine Strafe verdient!«

»Und wofür?«

»Sie hatten den Aufruf zum Generalstreik nicht befolgt.«

»Das ist doch krank.«

»Die Mistkerle wird man niemals zur Rechenschaft ziehen. Sie trugen Masken und Jacken mit Kapuzen.«

»Ich wünschte, du würdest der Sache nachgehen, George!«

George runzelte die Stirn. »Das kommt nur in Frage, wenn mich jemand engagiert.«

»Genau das könnte ich doch der Familie vorschlagen.«

»Bitte nicht.«

»Warum nicht?«

»Sie wollen sicher einen Freundschaftspreis.«

»So sind sie nicht drauf.«

»Bitte – nein!«

»Manchmal bist du wirklich komisch«, erwiderte Zoe.

»Ich lasse mich nicht von Verwandten anheuern.«

»Selbst wenn die Verwandten verzweifelt sind?«

»Zunächst einmal sollten sie die Polizei ihre Arbeit machen lassen.«

»Ich habe Mitleid mit meinem Großcousin und mit der Familie des Mädchens und möchte gern etwas für sie tun.«

»Natürlich.«

»Versuch doch zu helfen, George!«

»Ich kann ihnen allgemeine Ratschläge geben. Ansonsten sollen sie sich an einen meiner Kollegen wenden. Pezas ist ein guter Mann.«

Zoe starrte ihn an.

Diese Situation war typisch für ihre Begegnungen. Es lag durchaus im Bereich des Möglichen, dass ihre früheren Gefühle neu erblühten. Eine Zeitlang schienen beide das zu spüren. Dann war es vorbei. Vielleicht doch eine zu große Anstrengung und allzu demütigend für ihren Stolz. Als sie die Taverne verließen und auf der Gebirgsstraße zurückfuhren, hing jeder seinen eigenen Gedanken nach. Zu Hause machten sie sich zum Schlafen fertig, gingen nacheinander ins Bad und knipsten dann, er im Schlafanzug, sie im Nachthemd, ihre Leselampen an, und jeder schlug sein Buch auf. Bald waren sie eingeschlafen.

Am Morgen stand Zoe früh auf, machte Kaffee und Toast und klebte Etiketten auf die Gläser: »Georges & Zoes Aprikosenmarmelade, Andros, Juni 2010«. Symbol einer glücklichen Eintracht, die es in Wirklichkeit nicht gab. Eine fromme Hoffnung. Die vielleicht, wenn sie es nur ernsthaft genug und oft genug versuchten und schwierige Themen wohlweislich ausklammerten, schließlich Wurzeln schlagen und wachsen könnte.

George kam in die Küche und erkannte die unterschwellige Botschaft, die sich entlang der Gläserreihe vielfach wiederholte. Er hielt es für unwahrscheinlich. Ungefähr so, als würde man versuchen, die Straße der Zeit rückwärtszugehen und die zerkochten und gezuckerten Früchte wieder in die frischen Aprikosen am Baum zurückzuverwandeln. Ein Ding der Unmöglichkeit.

Sie frühstückten auf der Terrasse, zwischen Rosenstöcken und Töpfen mit Basilikum. In den Bäumen sangen Vögel. Das Tal loderte im Morgenlicht. Die Früchte haben wir konserviert, dachte George, auch wenn ihre rosige Frische vergangen ist. Durften sie sich mehr erhoffen?

6

Am Montag war George zurück in Athen, saß im Café Agamemnon, trank Schluck für Schluck seinen Kaffee und plante die kommende Woche. Das Agamemnon war sein Stammlokal – ein Dutzend Metalltische unter den Arkaden der Aristotelesstraße. Die Sonne schien hell zwischen den Häusern und warf tiefe, schräge Schatten. Busse und Motorroller flitzten vorbei, Andreas, der alte Kapitän, ging von Tisch zu Tisch und verkaufte Lotterielose, und auf einem Balkon weiter oben zwitscherte ein Kanarienvogel. Dimitri bediente seine Gäste mit Würde und Charme, obwohl seine Frau im Sterben lag. Diesen Teil von Athen liebte George. Hier hatte sich eine Wohngegend erhalten, in der man noch am Schicksal der Nachbarn Anteil nahm und die Beschwernisse des Großstadtlebens mit Humor, Kaffee und Zigaretten zu lindern suchte.

George griff nach der Zeitung auf dem Nebentisch. Er bereute es sofort. »Selbstmord eines Parlaments-Abgeordneten« titelte die Schlagzeile. Sein Puls beschleunigte sich beim Lesen. Angelos Boiatzis hatte gestern Nachmittag seine Wohnung verlassen, um mit dem Hund Gassi zu gehen. Nach zwei Stunden war er noch immer nicht zurückgekehrt. Seine Frau lief hinaus und suchte nach ihm. Durch das Gebell ihres Hundes alarmiert, steuerte sie auf eine Gruppe Kiefern zu, wo sie ihren Mann auf dem Boden liegend fand, eine Pistole in der Hand und ein rußgeschwärztes Loch im Hemd. Der Polizei gegenüber erklärte Frau Boiatzis, ihr Mann habe keine Nachricht hinterlassen. Es sei ihr völlig unbegreiflich, wie es zu diesem tragischen

Vorfall kommen konnte. Ein Artikel auf Seite drei analysierte eine politische Karriere, die abrupt ein brutales Ende gefunden hatte.

George begann ihn soeben zu lesen, als sein Telefon klingelte.

»George? Hier spricht Hektor. Weißt du schon Bescheid?«

»Ich habe gerade die Zeitung vor mir.«

»Ich wünschte bei Gott, ich hätte auf dich gehört!«

»Weswegen?«

»Wegen der Aushändigung der Beweise an Frau Kakridis. Sie muss Streit mit ihrem Mann gehabt und ihm gedroht haben, alles aufzudecken. Daraufhin gab er Kontra mit der Information, die er von dir bekommen hatte, und drohte seinerseits, Boiatzis auffliegen zu lassen. Ich bin sicher, das hat ihn in den Selbstmord getrieben!«

»Jetzt mal schön langsam, Hektor! Das alles ist viel zu weit hergeholt. Woher willst du das so genau wissen?«

»Das ist doch offensichtlich!«

»Gar nichts ist offensichtlich. Ich sehe nur jede Menge Fragen.«

»Hast du dir die Nachrufe angeschaut?«

»Ich habe eben einen gelesen.«

»Sieh sie dir genau an«, sagte Pezas. »Er war ein Held.«

»Na und?«

»Ich fühle mich beschissen, weil ich es nicht geschafft habe, einen anständigen Mann zu schützen. Einen der wenigen, die es noch gibt.«

»Man hat dich dafür bezahlt, einen Auftrag zu erledigen.«

»Ich hätte auf dich hören sollen!«

»Dann hör jetzt auf mich. Vergiss das Ganze. Es ist nicht deine Schuld.«

Auf seine Bemerkung folgte Schweigen.

»Hektor?«

»Ich finde diesen Gedanken wenig hilfreich«, erwiderte Pezas. »Ich bilde mir gern ein, dass ich Gutes tue.«

»Lass lieber die Finger von Eheproblemen. Das ist immer ein mieses Geschäft.«

»Aber damit erwirtschafte ich neunzig Prozent meines Einkommens.«

»Offensichtlich spielst du in der falschen Liga. Eröffne doch eine Zoohandlung.«

»Vielleicht mach ich das sogar.«

»Ich wette, Boiatzis hat sich aus einem völlig anderen Grund erschossen.«

»Hoffentlich. Ich sage dir, ich fühle mich so miserabel ...«

»Lass das, Hektor, spar dir deine Energie für andere Dinge.«

Pezas legte auf, und George wandte sich wieder dem Zeitungsartikel zu. Boiatzis, schrieb der Verfasser, sei Idealist gewesen und aus seiner aufrechten Gesinnung heraus Politiker geworden, habe allerdings nur bescheidene Erfolge erzielt. »Er wurde zwar weithin respektiert«, schloss der Beitrag, »doch mangelte es ihm an der Aggressivität, ohne die man in unserer erbarmungslosen politischen Kultur nichts ausrichten kann.«

»Amen«, murmelte George.

Wieder klingelte sein Telefon. Diesmal war es Kakridis, der ihm befahl, unverzüglich in sein Büro zu kommen. Worum es ging, wollte er nicht sagen.

George trank den Kaffee aus und machte sich zu Fuß auf den Weg zum Parlamentsgebäude.

Es war ein Spaziergang von zwanzig Minuten, runter zur Panepistimioustraße und weiter zum Syntagmaplatz. Unterwegs begegneten ihm nur wenige Anzeichen für eine Krise: ein oder zwei bettelnde Sinti oder Roma, hier und dort Wandschmierereien der Anarchisten. In den Luxusgeschäften herrschte nach wie vor Hochbetrieb, die Damen kamen und gingen und trugen immer noch die gleichen teuren Frisuren und ihre Designermode einschließlich Handtaschen und Schmuck.

Ausnahmsweise ließ Kakridis ihn nicht warten.

»Diese Geschichte mit Boiatzis«, begann er, sobald die Tür seines Büros ins Schloss gefallen war, »ist ein teuflisches Desaster.«

George nickte.

»Ich denke an die Zukunft«, fuhr er fort. »An den Schaden, den das noch anrichten kann.«

»Inwiefern?«

»Überlegen Sie doch mal, Mann! Er hatte eine Affäre mit meiner Frau!«

»Hat er sich deshalb umgebracht?«

»Verdammt, woher soll ich das wissen? Heutzutage gibt es zahllose Gründe, sich zu erschießen; er hatte die freie Auswahl!«

»Haben Sie Ihre Frau wegen der Affäre zur Rede gestellt?«

»Das geht Sie nichts an.«

»In Ordnung«, erwiderte George. »Also, wozu haben Sie mich hierherbeordert?«

Kakridis machte ein finsteres Gesicht, seine Augen funkelten. »Ich möchte vermeiden, dass irgendjemand zwischen mir, meiner Frau und Boiatzis eine Verbindungslinie zieht! Weder die Polizei noch die Presse noch sonst wer! Diese Geschichte hat es nie gegeben, kapiert? Ihre Nachforschungen haben niemals stattgefunden. Sämtliche Fotos und Aufzeichnungen müssen sofort vernichtet werden. Akten, Briefe, E-Mails, alles.«

»Dann wünschen Sie keine Rechnung für meine Tätigkeit?«

»Machen Sie Witze? Nichts!«

»Zahlen Sie bar?«

»Nennen Sie mir einfach den Betrag.«

»Dreitausend.«

»Ich lasse es Ihnen zukommen.«

»Okay. Sobald ich das Geld erhalte, vergesse ich den Fall.«

»Nein. Sie vergessen ihn sofort. Vernichten Sie die Beweise!«

»Von mir haben Sie nichts zu befürchten. Meine Aufzeichnungen sind gesichert. Sie werden vernichtet, sobald Sie mich bezahlt haben.«

Kakridis starrte ihn wütend an. »Das ist Erpressung!«

George erwiderte ungerührt seinen Blick. »Keine Erpressung. Die übliche Verfahrensweise. Die auch eine Art Versicherung darstellt.«

»Erpressung! Schlicht und ergreifend!«

George erhob sich. Kakridis zeterte weiter. »Wenn auch nur ein Wort davon an die Öffentlichkeit dringt, weiß ich, wer dafür verantwortlich ist.«

»Zahlen Sie einfach Ihre Rechnungen, Herr Kakridis.«

Er drehte sich um und verließ den Raum; als er die Tür schloss, schnappte er einige der schmutzigsten Schimpfwörter auf, die er seit langem gehört hatte.

Draußen vor dem Parlamentsgebäude formierte sich ein Demonstrationszug. Die skandierende, johlende Menge stand dichtgeschlossenen Reihen von Bereitschaftspolizisten gegenüber. Die Stimmung war angespannt und aggressionsgeladen. George las die Transparente über den Köpfen der Kundgebungsteilnehmer: Nein zur Sparpolitik! Nein zu den Befehlen aus Washington! Bittet die Plutokraten zur Kasse! Wir zahlen unsere Steuern, werte Politiker. Und ihr?

7

Zurück an seinem Schreibtisch überlegte George, auf welchem Weg er Kontakt zu Inspektor Bagatzounis, dem Polizeichef von Ägina, aufnehmen sollte. Ein solcher Schritt erforderte Taktgefühl und Einfluss. Ein unangemeldeter Anruf wäre völlig sinnlos. Bagatzounis würde nur mit Vorgesetzten und persönlichen Freunden sprechen – vorausgesetzt, er hatte welche.

Er überdachte seine Möglichkeiten. Erstens: die britische Botschaft, falls der Professor die britische Staatsbürgerschaft angenommen hatte. Das könnte allerdings kompliziert werden. Er würde es im Hinterkopf behalten. Zweitens: Pazarakis, der Polizeichef von Athen. Pazarakis hatte sich in der Vergangenheit als hilfreich erwiesen, war jedoch ein chronisch überlasteter Mann, schlecht organisiert und mit einer Neigung zur Panik; er verfügte nicht über genügend Mitarbeiter und wurde Tag für Tag von einer Lawine von Arbeit überrollt. Verbrechen wurden selten aufgeklärt, die meisten Fälle erstickten unter einem Wust von Formalitäten.

Also blieb nur noch einer übrig: Takis Mitropoulos, sein Freund bei der Polizei in Kalamata auf dem südlichen Peloponnes. George erinnerte sich kaum, wie viele Gefälligkeiten er ihm bereits schuldete, doch Takis schien sie nicht zu zählen.

Er wählte seine Nummer.

»George! Ich bin gerade mit dem Wagen unterwegs. Was willst du?«

»Zugang zur Polizei in Ägina.«

»Wozu?«

»Ich bearbeite dort einen Fall. Ich muss in Erfahrung bringen, was sie wissen. Der zuständige Beamte heißt Bagatzounis.«

»Bagatzounis? Was ist denn das für ein Name? Klingt wie ein Zuhälter.«

»Ich interessiere mich nicht für seine Familiengeschichte. Ich muss nur mit ihm sprechen.«

»Ich kümmere mich drum.«

Als Nächstes rief George Madame Corneilles Freund Abbas an, der am Vorabend des Mordes noch zum Abendessen beim Professor gewesen war. Abbas war Perser, hörte sich jedoch wie ein waschechter Amerikaner an. Als George ihn fragte, wer den Professor seiner Meinung nach erschossen haben könnte, antwortete er: »Es gibt einen ganzen Stall voll Kandidaten. Da kommt reichlich Arbeit auf Sie zu.« Auf die Bitte, das genauer auszuführen, erklärte er: »Dazu müssen Sie schon persönlich hier anreisen und sich vor Ort ein Bild von der Situation machen.«

»Das klingt sehr zeitaufwendig.«

»Abkürzungen enden oft in der Sackgasse.«

»Ich hatte gehofft, Sie könnten mich führen.«

»Ich kann's versuchen.«

»Kennen Sie einen pensionierten Oberst, der in dem Haus hinter Madame Corneille wohnt?«

»Oberst Varzalis?«

»Genau den.«

»Er ist ein alter Freund.«

»Denken Sie, er könnte es getan haben?«

»Das bezweifle ich. Es sei denn, er hätte auf Tauben gezielt und irrtümlich den Professor erwischt.«

»Ist das möglich?«

»Möglich ist alles, aber Varzalis ist ein Meisterschütze und hat an den Olympischen Spielen teilgenommen. Er schießt nicht oft daneben.«

»Sie glauben nicht, dass er Petrakis vorsätzlich erschossen hat?«

»Auf keinen Fall.«

»Kennen Sie ihn gut?«

»Wir kennen uns schon ziemlich lange.«

»Woher denn?«

»Aus dem Athener Schützenverein, seit über zwanzig Jahren.«

George hatte von diesem Schützenverein in Athen noch nie gehört. Abbas machte ihn kurz mit der Geschichte des Clubs vertraut – er wurde nach dem Ersten Weltkrieg von britischen Offizieren gegründet und seither von einem Haufen Exzentrikern im In- und Ausland am Leben erhalten.

»Sind Sie immer noch Mitglied?«

»Ja, bin ich. Allerdings habe ich fast zehn Jahre lang keinen Abzug mehr betätigt. Jedenfalls nicht am 25. März 2010, falls Sie das in Erwägung ziehen.«

»Das tue ich nicht.«

»Schauen Sie, wenn Sie nächstes Mal hier sind, doch bei mir vorbei.«

George nahm die Einladung an. Abbas' Stimme klang noch lange in ihm nach. Bissig, klug, ironisch. Ein Freund des Obersts. Genau wie er ein Waffennarr. Dem würde er nachgehen müssen.

Er war auf dem Weg ins Badezimmer, als Takis anrief.

»Ich hab mich ein wenig umgehört über deinen Polizeichef in Ägina. Er ist offensichtlich ein Arschloch und wird dir Schwierigkeiten bereiten, wo er kann. Am besten wendest du dich an einen gewissen Sotiriou im Dezernat für Gewaltkriminalität. Er sitzt in der Hierarchie weiter oben. In geradezu schwindelerregenden Höhen. Der Fall liegt in seinem Zuständigkeitsbereich.«

»Kann ich seine Nummer haben?«

»Nein.«

»Er wird nicht mit mir reden?«

»Nein.«

»Noch ein Arschloch?«

»Das kannst du laut sagen.«

»Das kann ja heiter werden.«

»Ich habe mit ihm telefoniert. Er wird mit Bagatzounis sprechen.«

»Das ist besser als nichts.«

»Wir haben es hier mit einem heiklen Fall zu tun. Alle sind äußerst vorsichtig. Du kannst Bagatzounis jederzeit anrufen.«

Georges Ohr schmerzte vom vielen Telefonieren. Er beschäftigte sich eine Weile mit Aufräumen und Aktenablage. Die Mappe mit den Kakridis-Dokumenten schloss er weg, nur zur Sicherheit. Dann machte er sich einen Kaffee und rief das Polizeirevier in Ägina an.

»Ja? Bitte sprechen Sie!«

»Ich suche Inspektor Bagatzounis.«

»Sie haben ihn gefunden! Wer sind Sie?«

»George Zafiris, Privatdetektiv.«

»Was wollen Sie?«

»Ich untersuche den Mordfall Petrakis.«

»In wessen Auftrag?«

»Ich arbeite für Constantine Petrakis, den Bruder von …«

»Ich kenne den Mann. Er ist schon bei mir gewesen. Ich habe ihm alles Wissenswerte mitgeteilt.«

»Ich melde mich bei Ihnen auf Empfehlung von Kriminaldirektor Sotiriou vom Dezernat für Gewaltkriminalität.«

Schlagartig veränderte sich die Stimme und verlor ihre Arroganz. »Kriminaldirektor Sotiriou?«

»Ich glaube, er hat Sie angerufen.«

Am anderen Ende der Leitung herrschte Schweigen. George wartete.

»Hallo, Herr Zafiris?«

»Ja?«

»Können Sie morgen früh um 8:00 Uhr hier herkommen?«

»Wohin?«

»Aufs Polizeirevier in Ägina-Stadt.«

»Ich werde da sein.«

Er ist wirklich ein Arschloch, dachte George, und was für eins.

Am selben Abend traf er mit der Fähre um 18:00 Uhr in Ägina ein, eine Reisetasche über die Schulter gehängt. Er ging ein Stück am Hafen entlang und bahnte sich seinen Weg zwischen den Tischen der Cafés hindurch. Plötzlich rief einer der Gäste seinen Namen: »Herr Zafiris!«

Er schaute sich um und erblickte Madame Corneille in Gesellschaft eines weißhaarigen Mannes mit Adlernase. Sie tranken Ouzo.

Madame Corneille stellte ihn ihrer Begleitung vor.

»Und ich bin Jalal Abbas. Wie geht es Ihnen?«

Sie schüttelten sich die Hand. George fielen Abbas' klare Gesichtszüge auf, die glatte kupferfarbene Haut und die wachsamen blauen Augen.

»Möchten Sie sich auf einen Drink zu uns setzen?«

»In einer halben Stunde? Ich muss zuerst in meinem Hotel einchecken.«

»Wir werden hier sein.«

George lief zum Hotel Brown. Er nahm den Schlüssel in Empfang, stieg die Treppe hinauf, riss das Fenster in seinem Zimmer weit auf und legte sich aufs Bett, wo er müde dem Geräusch der Pferdekutschen lauschte, deren Räder den Hafendamm entlangratterten. An der Zimmerdecke spiegelten sich die Lichtreflexe des Meeres; sie verschwammen, sobald Schatten darüber hinweghuschten. George schloss die Augen.

Er fiel in einen Sekundenschlaf, der ihn jedoch erfrischte. Er stand auf, duschte und zog sich rasch an. Kugelschreiber, Notizblock, Telefon, Geld ... fertig.

Als er im Café eintraf, war Madame Corneille nicht mehr da. Abbas entschuldigte sie und erklärte, sie habe einen Termin mit einem Klienten. George machte eine beschwichtigende Handbewegung.

»Soso«, sagte Abbas, »vor vier Stunden lade ich Sie nach Ägina ein, und schon sind Sie hier – als hätte der König persönlich Sie hierherbefohlen.«

»Ich bin gekommen, um den hiesigen Polizeichef zu treffen.«

»Aha!« Abbas' Augen funkelten schelmisch. »Aus welchem Grund sollte man den treffen wollen?«

»Um die Ermittlungen voranzubringen.«

»Das ist ein taktischer Irrtum.«

»Vielleicht«, erwiderte George. »Aber er hat mich hergebeten.«

»Bagatzounis wird Ihre Ermittlungen zum Erliegen bringen!«

»Tatsächlich?«

Abbas nickte. »Das ist nun mal sein Stil. Er raubt Ihnen alles: Ihren Verstand, Ihre Hoffnung, Ihren Glauben an die Menschheit ...« Er warf sich eine Handvoll Cocktailnüsse in den Mund und zermalmte sie energisch. »Sprechen Sie mit jedem, nur nicht mit ihm.«

»Ich werde versuchen, mir nichts rauben zu lassen.«

»Das müssen Sie, oder Sie sind am Ende. Wen möchten Sie außerdem noch kennenlernen?«

»Oberst Varzalis. Falls das möglich ist.«

»Das ist möglich. Soll ich ihn anrufen?«

»Gern.«

»Sie wissen, dass er an Alzheimer leidet?«

»Nein.«

»Das ist wichtig.«

»Selbstverständlich.«

Abbas zog ein Telefon aus der Tasche, wählte und führte ein kurzes Gespräch.

»Um 20:30 Uhr«, sagte er. »Bis dahin bleibt uns noch eine Stunde Zeit. Wobei kann ich Ihnen sonst noch behilflich sein?«

»Sie sagten, ich sollte mir vor Ort ein Bild von der Situation machen.«

»Absolut richtig!«

»Also? Womit fangen wir an?«

»Mit einem Drink. Ouzo? Whisky?«

»Ouzo.«

Abbas schnippte mit den Fingern und gab die Bestellung auf. Dann lehnte er sich in seinem Stuhl zurück. »Sie suchen einen Mörder. Folglich können wir alle normalen Menschen ausschließen, oder? Wir konzentrieren uns auf die Spinner. Ich kenne jeden einzelnen. Ich habe sie genauestens studiert. Jede Insel hat ihre Verrückten, Einheimische und Zugewanderte. Bei den Ausländern handelt es sich für gewöhnlich um *Künstler* irgendwelcher Art, oft ziemlich instabile Persönlichkeiten, die irrtümlicherweise glauben, allein schon das Tragen einer dunklen Sonnenbrille und das Herumsitzen im Kaffeehaus mache einen James Joyce aus ihnen. Vermutlich kennen Sie diesen Typ.«

»Nicht persönlich.«

»Sie Glückspilz. Es gibt da eine große Spannbreite – vom harmlosen Schwachkopf bis zum gefährlichen Psychopathen.

Einer von ihnen könnte durchaus der Mörder sein. Haupteinwand: Im Allgemeinen sind diese Menschen nicht sonderlich leistungsfähig. Die Vorstellung, sie könnten planvoll genug vorgehen, um alles Nötige zu organisieren – eine Waffe, Munition, einen Standort zum Schießen, dazu einen Moment ausreichender Nüchternheit sowie eine ruhige Hand, um das Gewehr ordentlich zu halten, und das Ganze obendrein noch abends um 19:30 Uhr –, das erscheint mir, ehrlich gesagt, ziemlich abwegig. Ein oder zwei von ihnen wären dazu in der Lage, vorausgesetzt, sie hätten ein Motiv und genügend Hass aufgestaut. Ich kann Ihnen die Namen nennen. Doch ich kenne keinen Grund, warum sie Professor Petrakis hätten umbringen wollen …«

»Und die Einheimischen?«

»Da gibt's diverse Kandidaten: Anarchisten, Faschisten, die Gestörten, die Zornigen, die Ungeliebten. Einige von denen haben militärische Ambitionen und laufen demonstrativ in Tarnkleidung herum. Mit der entsprechenden Motivation – wegen irgendeines Ärgers oder einer Kränkung oder selbst aufgrund einer paranoid-schizophrenen Gedankenverwirrung – könnte einer von ihnen das bewerkstelligen. Aber was in aller Welt hat John Petrakis jemals getan, um sie vor den Kopf zu stoßen?« Abbas verzog das Gesicht. »Da müssen Sie schon tief graben, und zwar an ausgesprochen dunklen und übelriechenden Stellen.«

George interessierten die am Ort wohnenden Ausländer. Er fragte, wie viele es gäbe.

Etwa einhundert, schätzte Abbas.

»Und was bringt sie hierher?«

»Ach, sämtliche Phantasien unter der Sonne. ›Ich war in einem früheren Leben schon mal hier‹ – eine Standardantwort. Oder der Reiz der Antike. Oder der Natur. Die heidnischen Götter. Die orthodoxe Kirche. Das Meer. Das Licht. Die Berge. Die

Menschen. Einfach alles! Doch das stärkste und häufigste Motiv ist immer noch der Byron'sche Impuls, dem Versagen zu Hause zu entfliehen und in einem sonnigen Land zu leben, in dem man sich als Genie ausgeben kann.«

»Ich gehe davon aus, dass Sie sich selbst nicht in diese Kategorie einordnen?«

»Keinesfalls!«, erwiderte Abbas empört. »Ich hatte eine Arbeitsstelle!«

»Welcher Zugewanderte könnte den Professor ermordet haben?«

Statt einer Antwort nippte Abbas an seinem Ouzo und richtete seine blassblauen Augen auf die Masten der Fischerboote am Kai.

»Da kommen nur zwei in Frage. Der eine ist so verrückt, der brauchte nicht mal ein Motiv. Der andere ist ein übler Bursche, den ich leider allzu gut kenne. Aber ich möchte nicht mit dem Finger auf ihn zeigen.«

»Warum nicht?«

»Weil er mir Leid angetan hat – großes Leid! Er ist ein Feind. *Der* Feind, um genau zu sein. Bei jedem Verbrechen, das auf der Insel begangen wird, habe ich ihn im Verdacht ... Ich möchte nicht, dass meine Rachegefühle und Ihre Ermittlungen einander in die Quere kommen, deshalb sollten wir ihn vergessen.«

»Könnte er den Professor ermordet haben?«

»Das bezweifle ich.«

»Wie heißt er?«

»Ernest Hemingway.«

»Sie machen Witze.«

»Das ist sein Künstlername. Er glaubt, dadurch würden die Verleger auf ihn aufmerksam.«

»Ich bin sicher, da ist was dran.«

»Es nützt nur herzlich wenig, wenn man nicht schreiben kann.«

»Wer ist der andere durchgeknallte Ausländer?«

»Der verrückte Terry. Den trifft man nur durch Zufall. Es ist sinnlos, nach ihm zu suchen. Er bewegt sich nach seinem eigenen kosmischen Zeitplan ... Aber jetzt müssen wir los, zum Oberst. Er mag es nicht, wenn man sich verspätet.«

8

Sie gingen den Hafendamm entlang, vorbei an Kapodistrias in seinem kümmerlichen kleinen Palmenkreis. Im Osten, jenseits der Meerenge, erhob sich der Peloponnes wie ein riesiges graues Bollwerk. Sie wandten sich landeinwärts und folgten einer langen schmalen Gasse bergauf. Nach zweihundert Metern mündete das Sträßchen in einen kleinen gepflegten Platz. Rechter Hand waren zwei schmiedeeiserne Torflügel in eine hohe Steinmauer eingelassen. Abbas zog am Glockenstrang. Über ihren Köpfen schepperte eine Ziegenglocke, und eine alte Dame in einem verblichenen geblümten Kleid hinkte den Gartenweg entlang auf sie zu.

Abbas küsste sie auf beide Wangen und nannte sie »Kyra Sophia«. Sie führte die Besucher seitlich am Haus vorbei, an Reihen von Zitronen- und Orangenbäumen, deren Stämme mit weißer Kalkfarbe getüncht waren. Hinten, in einem von Weinranken beschatteten Hof, saß ein schlanker älterer Herr mit kurzgeschnittenem weißen Haar und einem akkurat getrimmten kleinen Schnurrbart und las mit Hilfe eines Vergrößerungsglases Zeitung. Beim Geräusch ihrer Schritte sah er auf, erblickte Abbas und erhob sich schwankend von seinem Stuhl.

»Die Gurkhas sind da!«

»Ich bin kein Gurkha, Oberst, das habe ich Ihnen schon so oft erklärt. Ich bin Parse.«

»Für mich sind Sie ein Gurkha. Akzeptieren Sie das endlich.«

Abbas stellte George vor.

»Sind wir uns schon mal begegnet?«, fragte der Oberst.

»Nein.«

»Verzeihen Sie die Frage. Mein Gedächtnis ...«

»Kein Problem«, erwiderte George.

Varzalis forderte sie auf, Platz zu nehmen, und deutete auf die rostigen Metallstühle rund um den Tisch. Kyra Sophia fragte sie nach ihren Getränkewünschen und schlurfte davon, in die Küche. Sie sprachen über die Hitze der letzten Tage. Der Oberst schien der Unterhaltung kaum zu folgen.

»Sagten Sie, wir sind uns schon mal begegnet?«, fragte er unvermittelt.

»Nein«, antwortete George. »Nicht dass ich wüsste.«

Der Oberst tippte sich an die Stirn. »Leer wie ein alter Schuhkarton.«

»Zumindest wissen Sie, dass es so ist«, sagte Abbas.

»Nur zu gut«, bemerkte Varzalis und wandte sich an George: »Was führt Sie hierher nach Ägina?«

»Ich untersuche den Mord an Professor Petrakis.«

Der Oberst blickte verständnislos drein. »Kenne ich ihn?«

»Genau das wollte ich Sie fragen.«

»Ich erinnere mich nicht. Was denken Sie, Abbas?«

»Mir gegenüber haben Sie seinen Namen nie erwähnt.«

»Da sehen Sie es.«

»Sie kennen seinen Bruder Constantine.«

»Constantine ist mir ein vertrauter Name. Constantine Petrakis. Ein Name, den ich überaus gern vergessen würde.«

»Tatsächlich?«

Der Oberst machte ein finsteres Gesicht. »Wir hatten eine Meinungsverschiedenheit. Er hat sich schlecht benommen. Er und sein noch weitaus unangenehmerer Partner. Männer aus guten Familien, wohlgemerkt. Ein Beweis für den Niedergang unserer Nation, falls es dazu noch eines Beweises bedürfte.«

»Worum ging es bei dem Streit?«

»Raten Sie mal!«

»Geld?«

»Richtig!«

»Was ist passiert?«

»Sie wollten ein Hotel bauen. Genau dort.« Der Oberst deutete zum hinteren Teil seines Gartens. »Ein überaus großes und hässliches Hotel. In jeder Hinsicht unpassend für ein historisches Städtchen wie dieses.«

»Was ist passiert?«

»Ich habe das unterbunden.«

»Wie haben Sie das angestellt?«

»Mit sämtlichen mir zur Verfügung stehenden Mitteln.« Der Gedanke daran verschaffte ihm sichtlich Befriedigung.

George war beeindruckt, wie genau sich der Oberst an diesen Vorfall erinnerte. Das stand in merkwürdigem Gegensatz zu seiner vorherigen Unsicherheit.

»Abbas hat mir erzählt, dass Sie ein berühmter Sportschütze sind?«

Der Oberst nickte. »Vier Olympische Spiele. Vier Goldmedaillen.«

»Sie müssen eine Menge Pokale zusammengetragen haben.«

»Habe ich.«

»Schießen Sie immer noch?«

»Nein.«

»Besitzen Sie Ihre Gewehre noch?«

»Selbstverständlich. Und alle funktionsfähig.«

»Aber Sie benutzen sie nicht?«

Der Oberst kniff die Augen zusammen. »Nur im Notfall.«

»Zum Beispiel?«

»Du weißt nie, wann dein Land dich braucht.«

»Ein Mann und eine Handvoll Gewehre – damit kann man nicht viel ausrichten.«

»Nein, aber eine Gruppe von Bewaffneten, die in der Kriegskunst ausgebildet sind, kann einen Angreifer durchaus in Bedrängnis bringen. Die Geschichte ist voll von Beispielen dafür.«

»Sie sind auf eine Invasion vorbereitet?«

»Das bin ich.«

»Vielleicht vom Internationalen Währungsfonds?«

Der Oberst schien die Anspielung nicht zu verstehen. »Von wem auch immer«, antwortete er.

»Verfügen Sie denn über eine Gruppe von Freiwilligen?«

»Allerdings!«

Fasziniert sagte George: »Ich würde mir gern Ihr Arsenal anschauen.«

Blitzschnell war der Oberst auf den Beinen. »Kommen Sie, Abbas, zeigen wir's ihm. Vorher gibt er doch keine Ruhe.«

Varzalis führte sie durch den Hof zum Hintereingang, wo sie auf Kyra Sophia trafen, die gerade ein Tablett mit Getränken heraustrug.

»Wir gehen in die Bibliothek«, erklärte er. »Bringen Sie die Drinks bitte nach oben.«

»Natürlich, Herr Oberst.«

Sie betraten eine Halle, deren Fußboden mit polierten Marmorplatten im Schachbrettmuster ausgelegt war. Ein Kronleuchter aus Muranoglas warf sein mehrfarbiges Licht auf zwei Ölgemälde aus den zwanziger Jahren: Eins der beiden Porträts zeigte einen Unternehmer im Nadelstreifenanzug, der mit selbstsicherem Lächeln und einer Zigarre in der Hand an seinem Schreibtisch saß, das andere eine hohläugige Schönheit in blasser Seide, mit einer Gardenie im Haar.

»Die Familie meiner Frau«, erläuterte der Oberst.

Sie erklommen eine Marmortreppe; colorierte Stiche aus Ägypten schmückten den Aufgang.

Am Ende der Stufen geleitete Varzalis sie durch eine schwere Doppeltür in ein Zimmer mit hohen Fenstern, deren Läden zum Schutz gegen die Sommersonne geschlossen waren. Er schaltete eine Lampe an. Verglaste Bücherregale bedeckten die Wände. Rechter Hand war ein Regal durch einen Gewehrständer ersetzt worden.

Der Oberst näherte sich einem Tisch in der Mitte des Zimmers; in einer gläsernen Vitrine prangte eine Sammlung von Medaillen und Orden für sportliche und militärische Leistungen, zwischen denen die vier olympischen Goldmedaillen eine herausragende Position innehatten. Im Raum herrschte eine gedämpfte Atmosphäre, er wirkte überladen, ganz so, als hätte man ihn aus einem Londoner Herrenclub hierherversetzt.

George schlenderte an den Bücherreihen entlang und machte sich ein Bild von den Interessensgebieten des Obersts: Militärgeschichte, Archäologie, Kunst, Antiquitäten. Er erreichte den Gewehrständer.

»Die sehen aus wie Sammlerstücke«, bemerkte er.

»Richtig«, erwiderte Varzalis und zog einen kleinen Schlüsselbund an einer Silberkette aus der Tasche. »Schauen wir sie mal näher an.«

Die Türen schwangen auf. Mit flinkem Griff hob der alte Herr eine der Waffen aus dem Gestell. Er öffnete sie, überprüfte die Läufe, ließ sie zuschnappen und überreichte sie George. »Legen Sie an.«

George probierte es und zielte auf eine Ecke der Zimmerdecke. Er war verblüfft, wie leicht das Gewehr war, wie es sich an seine Schulter schmiegte, wie sicher es in seinen Händen lag.

»Das ist keine Schusswaffe, eher eine Violine«, sagte er und gab es zurück.

»Alles eine Frage der Ausgewogenheit«, antwortete der Oberst. »Dieses Gewehr wiegt nur knapp drei Kilogramm.

Wäre das Gewicht nicht so perfekt verteilt, würden sie sich anfühlen wie dreißig.«

Er verstaute es wieder im Ständer, glitt mit der Hand an mehreren Waffen entlang und zog schließlich ein Armeegewehr heraus.

»Probieren Sie das mal.«

George konnte es nur mit Mühe schultern. Es schien ganz aus stählernen Kanten und klobiger Masse zu bestehen. Das Holz des Gewehrkolbens war hart wie Granit.

»Was für eins ist das?«

»Ein Pattern 1914 Enfield. Die wurden von Vertragsfirmen wie Remington in den USA hergestellt und von der griechischen Armee im Albanienfeldzug eingesetzt, im Winter 1940/41. Damals verjagte dieses Gewehr die Italiener und scheuchte sie heulend zu Mama zurück. Als ich 1953 einrückte, war es noch immer in Gebrauch. Ich habe damit meine gesamte Ausbildung absolviert. Eine derbe alte Waffe, aber auch ein zuverlässiger Kamerad!«

»Und das erste, die Flinte, was war das?«

»Eine Purdey.«

»Kann man damit überhaupt schießen?«

»Aber ja. Rundum ein perfektes Gewehr.«

»Und als Olympia-Schütze, welche Waffe haben Sie da benutzt?«

Varzalis nahm ein weiteres Gewehr aus dem Gestell. Schmal, glatt, von schlangenhafter Eleganz. George hob es an die Schulter. Mit seinem langen dünnen Lauf, der in eine winzige Flosse überging, war es noch leichter als die Purdey.

»Welche Marke ist das?«

»Hämmerli.«

»Funktioniert es denn noch?«

»Selbstverständlich.«

»Ich würde Sie liebend gern mal schießen sehen.«

»Nicht hier drinnen!«

»Wir könnten die Fenster öffnen?«

»In Ordnung. Wären Sie so freundlich, Abbas?«

Während Abbas die Klappläden entriegelte, erschien Kyra Sophia mit den Getränken.

»Vielen Dank«, sagte Varzalis. »Dort auf den Tisch bitte.«

»Kann ich Ihnen sonst noch etwas bringen?«

»Nein danke.«

»Sie sollten nicht mehr schießen, Herr Oberst.«

»Ich weiß, Sophia, danke. Es wird schon nichts passieren.«

»Passen Sie auf, was er tut, Herr Abbas«, sagte sie. »Das gefällt mir nicht.« Sie verließ den Raum und zog die Doppeltür hinter sich zu.

Abbas schwang die Läden nach außen, in einen Himmel voller Schwalben, die im verblassenden Licht schilpend hin und her jagten. George stützte beide Hände auf die Fensterbank. In etwa dreißig Metern Entfernung stand das zweistöckige Haus von Madame Corneille, deren Badezimmerfenster deutlich zu sehen war. Er beobachtete den Oberst. Der alte Herr schaute hinauf in den Himmel, der sich in der Abendsonne scharlachrot färbte und in dem es von flatternden Flügeln nur so wimmelte.

»Könnten Sie eine Schwalbe treffen?«, fragte George.

»Das würde ich niemals wollen.«

»Wie wär's mit einer Möwe?« Er deutete auf ein Möwentrio, das hoch über den Dächern patrouillierte.

»Die wären ein leichtes Ziel«, erwiderte Varzalis, »aber wozu töten?«

George wies ihn auf eine Stelle hin, an der der Wandputz neben dem Badezimmerfenster sich verfärbt hatte.

»Den Fleck dort könnten Sie doch ins Visier nehmen. Versuchen Sie's.«

Der Oberst wandte ihm seine stahlblauen Augen zu.

»Nur ein Krimineller würde ein Ziel anpeilen, das so nah bei einem Fenster liegt.«

»Warum?«

»Wenn ich danebenschieße?«

»Davon gehe ich nicht aus.«

»Ich auch nicht, aber trotzdem! Sicherheit geht vor!«

»Schauen Sie mal dort oben«, warf Abbas jetzt ein. »Ein Luftballon, der sich losgerissen hat.«

George beobachtete, wie der Farbklecks langsam über den Dächern der Oberstadt aufwärtsstieg. Er hörte das mechanische Klicken beim Öffnen des Gewehrlaufs und das Klappern von Patronen in einer Büchse. Der Oberst machte einen Schritt nach vorn, spähte wachsam wie ein Cockerspaniel und hielt das Gewehr locker in den Händen. Plötzlich ertönte ein scharfer Knall, der Ballon verschwand.

Varzalis blieb einen Augenblick reglos stehen, als wolle er ein zweites Mal abdrücken. Dann nickte er und hob die Waffe von der Schulter.

»Das müssen gut dreihundert Meter gewesen sein«, bemerkte Abbas.

»Ich treffe immer noch«, erwiderte der Oberst.

George dankte ihm für die Demonstration. Varzalis reichte Abbas das Hämmerli und bat ihn, es wieder im Gewehrständer zu verstauen.

»Es ist merkwürdig«, sagte George, »aber Professor Petrakis wurde von einer Stelle aus erschossen, die fast mit dieser hier übereinstimmt.«

»Wer ist das?«, fragte der alte Herr.

»John Petrakis. Wir haben vorher über ihn gesprochen.«

»Ich kannte einen anderen Petrakis.«

»Constantine. Seinen Bruder.«

»Richtig! Warum erwähnen Sie ihn?«

»Er wurde erschossen. Dort drüben, durch dieses Fenster!«

»Ich sagte doch, Gewehre sind gefährliche Waffen!«

»Man konnte ihn klar und deutlich erkennen. Genau im Fensterrahmen. Ein äußerst verlockendes Ziel.«

Der Oberst verzog das Gesicht. »Sie haben schon merkwürdige Vorstellungen!«

George setzte ihn weiter unter Druck. »Der Professor war eine durchaus umstrittene Persönlichkeit. Er veröffentlichte Bücher über das, was er die dunkle Seite des antiken Griechenland nannte.«

»Welche dunkle Seite?«

»Kriminalität, Sklaverei, Sex mit Minderjährigen, Kinderopfer ...«

»Ach, dieses alte Zeug!«

»Er genoss weithin großes Ansehen. Er hat in Princeton gelehrt, in London ...«

»Verrückt! Völlig verrückt! Heutzutage interessieren sich alle für die Laster der großartigen Männer, die unsere Zivilisation aufgebaut haben. Anstatt sich mit ihren Errungenschaften zu beschäftigen und von ihnen zu lernen. Der reinste Siegeszug der Engstirnigkeit!«

»Verblüffend ist allerdings die Tatsache, dass der Mord am 25. März geschah.«

»Na und?«

»Das deutet auf ein Motiv hin.«

Varzalis wirkte erstaunt.

»Ein Patriot könnte die Bücher des Professors als eine Beleidigung Griechenlands auffassen.«

Der Oberst erwiderte unbeeindruckt: »Da müsste es sich allerdings um einen Patrioten von minderer Intelligenz handeln!«

»Warum sagen Sie das?«

»Antike und Moderne. Zwei völlig verschiedene Dinge.«

»Vielleicht für Sie, Oberst, aber nicht für andere! Und selbst für Sie könnte die Intensität der Gefühle, der Wut über die Herabsetzung der Vergangenheit unserer Nation, die ausschließliche Konzentration auf Homosexualität, Prostitution, Alkoholexzesse ...«

Der Oberst legte George beruhigend eine Hand auf den Arm. »Ich verstehe, dass das verletzend für Sie ist«, sagte er. »Jeder Grieche empfindet das als Kränkung. Aber es hat keinerlei Bedeutung. Es ist nichts weiter als ein Regenschauer, der auf unsere marmornen Monumente niedergeht! Der Schatten einer vorüberziehenden Wolke! Lassen Sie die Pedanten aus Princeton ruhig mitreden. Unsere Tempel wird man noch bewundern und studieren, wenn ihre Bücher längst zu Staub zerfallen sind!«

»Jemand war über diese Bücher so wütend, dass er den Verfasser mit einem Kopfschuss erledigt hat. Jemand, der in einem Fenster wie diesem stand, mit einem Gewehr wie diesem. Jemand, der ziemlich gut schießen konnte!«

Betrübt schüttelte der Oberst den Kopf. »Was für eine schreckliche Geschichte! War er ein Freund von Ihnen?«

»So fühlt es sich zumindest an. Ich untersuche seinen Tod.«

Varzalis nickte mitfühlend.

George bedrängte ihn weiter. »Ich brauche Stichproben von Ihrer Munition, Oberst.«

»Wozu?«

»Um sie mit der Kugel zu vergleichen, die den Professor getötet hat.«

»Selbstverständlich. Aber passen Sie auf, ich möchte nicht, dass Sie irgendein Gewehr damit laden!«

»Versprochen.«

»Dann nehmen Sie, was immer Sie benötigen.«

Abbas half ihm, eine Auswahl von Patronen aus allen sechs Waffen des Obersts zusammenzustellen. Sechs schwere kleine Messingzylinder mit einer abgerundeten Spitze aus Blei. George ließ sie über seine rechte Handfläche rollen und gegeneinanderstoßen. Sechs todbringende Hülsen. Schließlich steckte er sie in die Hosentasche.

Die drei Männer standen schweigend am offenen Fenster.

»Die Drinks!«, rief Abbas plötzlich.

»Ach, natürlich. Bitte, meine Herren ... Zum Wohl!«, erwiderte Varzalis und wandte sich dann an George. »Sagen Sie, junger Mann, was führt Sie hierher nach Ägina?«

9

Das Polizeirevier von Ägina war in zwei niedrigen heruntergekommenen Gebäuden untergebracht. Auf dem ungepflasterten Vorplatz parkten Motorräder, Jeeps und Streifenwagen kreuz und quer zwischen den Zitronenbäumen. Ein mit Platten befestigter Fußweg, der von Zigarettenstummeln übersät und voller Risse war, in denen Unkraut wucherte, führte auf zwei im Schatten liegende Türen zu; auf der einen stand »Touristenpolizei«, auf der anderen »Dienststelle«. Die Schilder waren von der zittrigen Hand eines Amateurs in den Nationalfarben Blau und Weiß beschriftet worden. Das Antennengewirr, das auf den Dächern gen Himmel ragte, erinnerte an eine Kakteenlandschaft.

George entschied sich für die Dienststelle. Der Beamte hinter dem Schreibtisch starrte auf einen Computerbildschirm, während aus dem Aschenbecher neben seinem Ellbogen eine schlanke Rauchsäule aufstieg. In einem Hinterzimmer schrillte ein Telefon, das niemand abnahm.

»Ich bin mit Inspektor Bagatzounis verabredet«, sagte George.

»Name?«, fragte der Diensthabende, ohne aufzuschauen.

»Zafiris. Ich habe einen Termin um 8:00 Uhr.«

Jetzt warf der Polizist einen Blick auf die Wanduhr und hob kraftlos den Telefonhörer ab. Er steckte die halb gerauchte Zigarette zwischen die Lippen und murmelte ein paar Worte. Die Antwort schien übertrieben langatmig auszufallen. Er drückte seine Zigarette aus, nickte ununterbrochen und erwiderte mechanisch: »Ja, Chef. Das haben wir gemacht. Hat er sich noch nicht gemeldet? Ja, das liegt uns vor ... Nein, noch nicht ... Wir warten noch darauf ...« Er zündete sich eine neue Zigarette an, nickte und drehte die Schachtel erst linksherum und dann rechtsherum. Atmete den Rauch ein und wieder aus, hörte halbherzig zu und gab nichtssagende Antworten. Kein einziges Mal machte er sich Notizen oder ließ einen Anflug von Energie erkennen. Er saß in seiner Rauchwolke, runzelte die Stirn und verkniff sich permanent das Gähnen. Nachdem er die Zigarette aufgeraucht hatte, drückte er sie im Aschenbecher aus und starrte an die Decke, während er weiteren Instruktionen lauschte. Endlich legte er auf.

»Die Tür links«, sagte er.

George klopfte an und wurde mit einem barschen »Herein!« empfangen.

Inspektor Bagatzounis saß hinter einem Schutzwall aus Akten an einem winzigen Schreibtisch. Sein Gesicht war rund und jungenhaft, er hatte bleiche Pausbacken, schütteres braunes Haar und einen schwülstigen Schnurrbart. Seine Augen wirkten gequält und melancholisch. George wusste sofort, dass ihm ein schwieriges Gespräch bevorstand.

»Ich bin auf Empfehlung von Kriminaldirektor Sotiriou hergekommen«, erklärte er, um das Gedächtnis des Inspektors aufzufrischen.

Bagatzounis spitzte die Lippen und verschob einen Stapel Papiere um wenige Zentimeter nach links.

»Ich erinnere mich«, antwortete er. »Wie geht es Kriminaldirektor Sotiriou?«

»Gut. Er sagte, Sie seien bereit, mir zu helfen.«

»Selbstverständlich.« Seine Stimme drückte alles andere als Hilfsbereitschaft aus.

»Herr Constantine Petrakis hat mich engagiert.«

Augenblicklich legte Bagatzounis die glatte Stirn in Falten.

»Sie wissen, wen ich meine?«, fragte George.

»Das weiß ich nur zu gut!«

»Er hat gerade seinen Bruder verloren, man kann verstehen, dass er Ergebnisse sehen möchte.«

Bagatzounis fiel ihm ins Wort. »Natürlich. Das ist ganz normal. Aber eines möchte ich Ihnen gleich sagen: Er geht zu weit. Er will Resultate, und zwar sofort. Das ist sein Problem. Wenn er wenigstens zuließe, dass die Behörden der Angelegenheit ordnungsgemäß nachgehen, könnten wir alle schneller mit unserer Arbeit vorankommen!«

»Ich habe durchaus Verständnis für Ihre Sichtweise«, entgegnete George, »aber ich habe auch einen Job zu erledigen.«

»Mit seiner endlosen Fragerei hindert Herr Petrakis mich daran, meinen zu tun!«

»Wie ist der Stand der Ermittlungen, Inspektor?«

»Wie bitte?«

»Liegen Ihnen schon die Ergebnisse der forensischen Untersuchung vor?«

Bagatzounis starrte ihn entrüstet an. »Das ist Sache der Polizei.«

»Können Sie mir wenigstens einen Überblick geben?«

»Wir sind für diese Ermittlung nicht zuständig.«

»Wer dann?«

»Das Polizeipräsidium in Athen.«

»Welche Rolle spielen Sie dabei?«

»Kenntnis der hiesigen Gegebenheiten sowie Unterstützung.«

»Haben Sie ein Verzeichnis sämtlicher Waffenbesitzer auf Ägina?«

»Selbstverständlich.«

»Kann ich es sehen?«

»Nein.«

»Warum nicht?«

»Das Dokument ist für die Öffentlichkeit nicht zugänglich.«

»Ich bin aber nicht die Öffentlichkeit.«

»Vorschriften sind Vorschriften.«

»Wir sind hier in Griechenland.«

Bagatzounis richtete sich kerzengerade auf. »Wo die ersten Gesetze für eine Zivilgesellschaft niedergeschrieben wurden!«

»Das mag sein«, erwiderte George, »aber das hat uns nicht daran gehindert, sie seither tagtäglich zu brechen.«

»Was unser Volk braucht, ist Respekt vor dem Gesetz, Herr Zafiris!«

»Es gibt einen Unterschied zwischen dem Geist und den Buchstaben eines Gesetzes.«

Bagatzounis hob seine Hand, als wolle er den Verkehr regeln. »Differenzierungen dieser Art sind das Gebiet von Richtern und Geistlichen. Mir ist das zu spitzfindig. Meine Aufgabe besteht darin, auf die buchstabengetreue Einhaltung der Gesetze zu achten – im wahrsten Sinne des Wortes.«

George spürte Frustration in sich aufsteigen. Er wechselte das Thema.

»Haben Sie den forensischen Bericht gelesen?«

»Nein.«

»Haben Sie eine Liste möglicher Verdächtiger vorgelegt?«

»Wem denn?«

»Dem Polizeipräsidium in Athen, der Direktion für Gewaltkriminalität oder anderen?«

Bagatzounis zögerte und antwortete dann: »Ich habe mehrere Gespräche mit den Ermittlungsbehörden geführt.«

»Können Sie mir etwas über die Hinweise sagen, die eventuell verfolgt werden, oder darüber, wer noch in die Sache verwickelt sein könnte?«

»Das ist alles streng vertraulich.«

»Selbstverständlich«, erwiderte George. »Aber bei allem Respekt, Inspektor, Sie verstehen mich völlig falsch.«

»Ich verstehe Sie so, wie es mir passt!«

»Ich kann Ihnen helfen.«

»Wie denn?«

»Ich stelle Ihnen mein gesamtes Wissen zur Verfügung.«

Bagatzounis richtete sich zu seiner vollen, nicht gerade beeindruckenden Größe auf. »Wollen Sie damit sagen, dass Sie über Informationen im Zusammenhang mit dieser Ermittlung verfügen?«

»Lassen Sie mich meine Nachforschungen anstellen«, erklärte George, »unterstützen Sie mich dabei, dann haben wir gute Aussichten auf Erfolg.«

Bagatzounis wirkte gereizt. »Entweder Sie haben Informationen oder Sie haben keine!«

»Momentan verfüge ich über einige Informationen. Einige, möchte ich wiederholen. Nicht genug. Ich bin auf Ihre Kooperation angewiesen.«

»Ich kann jederzeit eine Aussage aufnehmen.«

»Das ist nicht das, was ich Ihnen anbiete.«

»Dann schlage ich vor, Sie setzen Ihre Ermittlungen fort, bis es so weit ist.«

»Es ist doch Unsinn, dass ich Ihre Arbeit noch mal mache!«

»Das ist nicht mein Problem.«

»Ist dieser Mord nicht Ihr Problem? Macht sich das nicht schlecht in Ihrer Akte? Wirft das kein schlechtes Licht auf Ägina?«

»Ich sagte Ihnen bereits, wir sind für den Fall nicht zuständig.«

»Okay. Athen ist zuständig. Aber der Mord ist hier passiert! Können Sie wenigstens einen Zwischenbericht auftreiben?«

Bagatzounis zeigte keinerlei Interesse.

»Warum rufen Sie nicht beim Polizeipräsidium an und fragen nach?«, schlug George vor.

»Ich kann natürlich tun, was ich für angemessen halte. Aber die sind mir keine Rechenschaft schuldig, und ich Ihnen schon gar nicht!«

»Ich bitte Sie nur um Ihre Kooperation.«

»Ich weiß ganz genau, worum Sie mich bitten! Um eine Abkürzung. Aber es gibt keine Abkürzung. Nicht durch dieses Büro!«

George atmete tief durch.

»Es wäre schön, wenn Sie sich mein Angebot noch mal überlegen«, sagte er. »Falls Sie denken, dass ich Ihnen behilflich sein könnte oder Sie mir, rufen Sie mich einfach an.«

Er legte seine Visitenkarte auf den Schreibtisch des Beamten. Bagatzounis würdigte sie keines Blickes.

»Noch eine Bitte«, fuhr George fort. »Ich brauche eine Liste der Anwohner in dem Gebiet südlich der Agios-Nektarios-Straße.«

»Wozu?«

»Um zu überprüfen, wer von ihnen einen Waffenschein besitzt.«

»Das werden Sie der Anwohnerliste nicht entnehmen können.«

»Ich weiß. Doch wenn ich die beiden Listen miteinander vergleiche, die Anwohner und die Waffenbesitzer, stoße ich sicher auf einige Namen, denen nachzugehen sich lohnt. Mit Hilfe des forensischen Berichts könnte ich den Kreis der Verdächtigen weiter eingrenzen und vielleicht sogar den Mörder dingfest machen.«

Bagatzounis nickte müde. »Genau das versuchen wir doch alle.«

»Glauben Sie, dass die Kollegen in Athen dem schon nachgegangen sind?«

»Kann ich Ihnen nicht sagen.«

»Warum nicht?«

»Ich sage kein Wort mehr.«

»Darf ich die Liste der Anwohner einsehen?«

»Nein.«

»Sagen Sie jetzt bloß nicht, die sei auch vertraulich!«

»Doch, das ist sie.«

»Aber wieso? Ich könnte einfach rumspazieren und die Namen von den Klingelschildern ablesen.«

»Dann sollten Sie das tun.«

»Ich versuche doch nur, Zeit zu sparen.«

»Indem Sie meine verschwenden!«

George erhob sich. »Das ist ja lächerlich. Ich werde Kriminaldirektor Sotiriou berichten, dass Sie mich auf jede erdenkliche Weise behindern.«

Bagatzounis seufzte selbstgerecht. »Ich bin sicher, der Kriminaldirektor versteht die Situation wesentlich besser als Sie.«

10

Außer sich vor Wut hastete George am Wasser entlang. Er wollte mit den Fäusten irgendwo draufhauen, wollte irgendwas kurz und klein schlagen. Bagatzounis war ein Schwachkopf. Unwillig, arrogant und engstirnig. Und ausgerechnet der wollte anderen auch noch Vorträge über die Zivilisation Griechenlands halten! Die Dummheit dieses Mannes schien, so kam es George im Augenblick jedenfalls vor, das gesamte griechische Volk anzustecken – ein Volk von notorischen Gesetzesbrechern. Die Gesetze wurden immer ausgefeilter und komplexer, die Bürger immer erfinderischer darin, sie zu umgehen. Ein grausames Gegeneinander. Selbst für die einfachsten Geschäftsvorgänge benötigte man mittlerweile ein aberwitziges Sammelsurium von amtlichen Urkunden: für den Kauf eines Autos, den Verkauf eines Hauses oder die Eröffnung eines kleinen Ladens. Ministerien mussten aufgesucht, Stempel und Unterschriften beschafft werden, und zwar von aufgeblasenen Beamten, die sich nur selten der Mühe unterzogen, bei der Arbeit zu erscheinen, und an den wenigen Tagen, an denen sie sich ausnahmsweise dazu herabließen, schlecht gelaunt waren und vielfach obendrein noch Schmiergelder verlangten, damit sie überhaupt tätig wurden. In diesem Sumpf aus Gehässigkeit, Faulheit und Korruption saßen dann solche irregeleiteten, lächerlichen Gesetzeshüter und blockierten mit ihren Moralpredigten und Pseudoaktivitäten das gesamte System …

Er kam an einem Kiosk vorbei und kaufte eine Flasche Wasser, die er im Kirchgarten trank, während er Kapodistrias' Marmorstirn betrachtete und sich fragte, was der große Staatsmann wohl von dem monströsen Regierungssystem halten würde, das er hervorgebracht hatte; ob er in Anbetracht der historischen Entwicklung nicht sogar dankbar dafür wäre, dass ihn ein wütender Kriegsherr niederschoss, als er an einem Oktobermorgen aus der Kirche trat.

George leerte die Flasche, warf sie in den Abfallbehälter und wandte sich an der nächsten Kreuzung landeinwärts. An der Afeasstraße bog er nach rechts ab und lief parallel zur Küste an Metzgereien, Lebensmittelhändlern und Eisenwarenhandlungen vorbei – an Geschäften, die nützliche Dinge verkauften, ganz im Gegensatz zu den Läden mit luxuriösem Schnickschnack, den Nagelstudios und Tierboutiquen, die sich in den Straßen von Athen aneinanderreihten. Das Wetter war freundlich, im Schatten war es dämmrig und kühl. An einer Weggabelung kam er zur Schule, wo sich die Kinder auf dem von Eukalyptusbäumen beschatteten Sportplatz johlend um den Basketballkorb drängten. Er folgte der Baumreihe Richtung Meer und ging aufs Geratewohl weiter.

Plötzlich stand er vor einer Buchhandlung. Im Schaufenster entdeckte er zwischen Liebesromanen und Publikationen über Astrologie, Geld und alternative Heilmethoden das Werk *Die dunkle Seite des antiken Griechenland* von John Petrakis.

Er bat den Verkäufer, kurz einen Blick hineinwerfen zu dürfen. Das Buch war ins Griechische übersetzt worden und im vergangenen Jahr erschienen. Das Foto des Verfassers zeigte einen Mann Mitte fünfzig mit einem scharfsichtigen, ironischen Blick; einen Mann, den das Leben erheiterte.

»Haben Sie viele Exemplare davon verkauft?«, fragte George.

»Etwa dreißig«, antwortete der Buchhändler, ein hagerer, blasser und ernster Mann.

»Nach dem Mord oder davor?«

»Die meisten danach.«

»Sind dreißig Bücher viel?«

»Für ein seriöses Sachbuch schon.«

»Ich habe gehört, das Buch sei schockierend.«

»Ich würde es nicht als schockierend bezeichnen.«

»Wie denn dann?«

»Als unverblümt und eindringlich.«

»Haben Sie es gelesen?«

»Selbstverständlich.«

»Können Sie es empfehlen?«

»Absolut.«

»Und warum?«

»Es ist außergewöhnlich gut geschrieben, von einem Experten auf seinem Gebiet. Er spricht Dinge aus, die wir uns anhören sollten.«

»Indem er die alten Griechen schlechtmacht?«

»Das tut er keineswegs. Er erkennt ihre Geistesgröße ebenso an wie ihre Unvollkommenheiten. Er beschreibt sie sehr treffend, als menschliche Wesen. Nicht als Helden.«

»Wir brauchen aber Helden. Und zwar dringend.«

»Das stimmt. Glaubwürdige Helden. Vielleicht« – der Buchhändler fixierte ihn mit einem melancholischen Blick – »können wir dann aufhören, uns als Nation selbst zu verachten.«

»Wenn das Buch so viel bewirken kann«, sagte George, »kaufe ich es.«

Er machte sich auf den Rückweg zum Hafen. Viel hatte er an diesem Tag in Ägina nicht mehr zu erledigen: nur noch im Rathaus nach einem Einwohnerverzeichnis fragen, vielleicht mit Madame Corneille sprechen, anschließend nach Athen zurückkehren.

Zwar war er noch keineswegs bereit für die nächste Schlacht mit der Bürokratie, beschloss jedoch, es hinter sich zu bringen. Das Schlimmste, was ihm passieren konnte, war ein Nein. Da er das Schlimmste erwartete, würde ihm die Enttäuschung erspart bleiben. Doch die Angestellte im Rathaus überraschte ihn: Sie händigte ihm das Verzeichnis ohne weiteres aus.

Angesichts dieser glücklichen Fügung hob sich Georges Stimmung; er suchte die Namen der Grundstücksbesitzer heraus. Die Eigentümer waren natürlich nicht notwendigerweise identisch mit den Bewohnern, doch zumindest hatte er das Gefühl, Fortschritte zu erzielen und in einer rationalen Welt zu leben. Im Moment war es sinnlos, die Namen zu notieren. Am besten überprüfte er zuerst das Schusswaffenregister – falls man ihm jemals Einsicht gewährte.

Er dankte der Angestellten und machte sich auf den kurzen Weg zu Madame Corneille.

Sie öffnete ihm die Tür, barfuß, in Jeans und weißer Bluse, eine Bernsteinkette um den Hals. Bei seinem Anblick hellte sich ihr Gesicht auf, auch wenn sich ihre Augen vor Kummer gleich wieder verdunkelten.

»Sie haben heute nicht die gleiche Aura wie neulich«, sagte sie.

»Das überrascht mich nicht.«

»Was ist passiert?«

»Nichts. Buchstäblich nichts. Genau das ist das Problem.«

»Kommen Sie rein und trinken Sie einen Kaffee mit mir.«

Sie saßen in ihrer Küche, zwischen Kristallkugeln und sakralen Bildern aus Tibet. Heute brannte ein anderes Räucherstäbchen und verbreitete Rosenduft. Sie servierte griechischen Kaffee, mit Kardamom gewürzt wie bei den Arabern.

»Also«, begann er und bemühte sich, seine Skepsis zu unterdrücken, »Sie sehen tatsächlich die Aura, die eine Person umgibt, nicht wahr?«

»Ja.«

»Wie habe ich mir eine Aura vorzustellen?«

»Ein farbiges Oval rund um Kopf und Körper.«

»Und was bedeutet sie? Kann man daran die Stimmung ablesen?«

»Noch wesentlich mehr! Es handelt sich um ein Energiefeld, das den Gesamtzustand von Körper, Geist und Seele offenbart.«

»Können Sie mir bitte ein Beispiel geben?«

»Ich habe gerade Ihre Aura angeschaut. Sie zeigt Ihren Geist in einem rastlosen, besorgten Zustand.«

»Woher wissen Sie, dass das nicht nur an der Körpersprache liegt?«

»Die Körpersprache ist natürlich wichtig. Aber sie ist nicht immer eindeutig. Manch einer hat aufgrund von Müdigkeit oder Rückenproblemen eine gebeugte Sitzhaltung, obwohl sein Geist relativ stark ist. Die Aura ist wie ein Röntgenbild der Seele.«

»Einfarbig oder mehrfarbig?«

»Alle Farben des Regenbogens.«

»Kann jeder sie sehen?«

»Wenn man mit offenen Augen durch die Welt geht, ja. Aber viele von uns haben vergessen, wie man sie erkennt, oder wir wurden konditioniert, sie nicht mehr wahrzunehmen.«

»Und was tun Sie, nachdem Sie sie betrachtet haben?«

»Man kann sie für therapeutische Zwecke nutzen, etwa um das Gleichgewicht wiederherzustellen, oder einfach für ein freundliches Gespräch.«

»Mir fiel auf, dass Sie Constantine Petrakis auf seine Aura ansprachen, als ich zum ersten Mal hier war.«

»Tatsächlich?«

Ein kurzer Blick von ihr sagte ihm, dass sie dieses Thema nicht weiterzuverfolgen wünschte. Er beschloss, trotzdem nachzuhaken.

»Ich hatte gehofft, Ihnen ein paar Fragen über ihn und Oberst Varzalis stellen zu können.«

»Was ist mit den beiden?«

»Es scheint einen Konflikt gegeben zu haben.«

Erneut Widerwille und Zögern. Dann leise: »Das stimmt.«

»Worüber?«

»Ein Hotel.«

»Können Sie mir etwas mehr erzählen?«

»Mehr weiß ich nicht.«

»Wie gut kennen Sie den Oberst?«

»Kaum. Er ist nicht mein Typ.«

»Es überrascht mich ein wenig, dass Constantine Petrakis Ihr Typ ist.«

»Habe ich das gesagt?«

»Vielleicht nicht ... Und John? War er Ihr Typ?«

»Absolut! Ihn musste man einfach lieben.«

»Haben Sie?«

»Habe ich was? Ihn geliebt?«

George sagte nichts. Sie wusste, was er meinte.

»Ich habe ihn geliebt, als Freund«, antwortete sie. »Etwas anderes stand völlig außer Frage.«

George wollte wissen, was sie nach Ägina geführt hatte. Sie erzählte ihm, dass sie in ihrer Jugend Tänzerin war, zuerst beim französischen Staatsballett, dann in den Folies-Bergère – »ein dringend notwendiger Wechsel des Rhythmus«, erklärte sie, »sowie der Kostüme.« Danach schloss sie sich einer Compagnie für zeitgenössischen Tanz in Bordeaux an. Zehn Jahre später begann sie sich für Fotografie zu interessieren. Nach zwei Kindern, einer schwierigen Scheidung und »einer seelischen Krise, in der ich meine wahren Fähigkeiten entdeckte« wurde sie Therapeutin und spirituelle Beraterin.

»Ist das jetzt Ihr neuer Beruf?«

»Wenn man das Beruf nennen kann.«

»Wie nennen Sie es denn?«

»Ich würde es eher als Übung bezeichnen.«

»Ist Constantine einer Ihrer Klienten?«

Sie schwieg.

»Ich verstehe. Das darf ich nicht fragen.«

»Fragen dürfen Sie schon«, erwiderte sie, »aber Sie werden nicht immer eine Antwort erhalten.«

George trank seinen Kaffee aus. »Ich sollte mich auf den Weg machen«, bemerkte er.

»Sie haben mir noch nichts von sich erzählt.«

»Wollen Sie das denn hören?«

»Selbstverständlich.«

»Das ist schnell zusammengefasst. Ich bin in Athen aufgewachsen, habe in London studiert und danach als Volkswirt bei der Nationalbank gearbeitet. Zehn Jahre Büroalltag, Besprechungen auf höchster Ebene, finanzpolitische Theorien. Ich habe zwar gut verdient, aber das war nicht meine Welt: Sie war mir zu eindimensional und bestand nur aus Zahlen. Ich hatte das Gefühl zu ersticken. Deshalb nahm ich eine Stelle in einer Detektei an.«

»In England?«

»Nein, in Athen. Bei einem gewissen Karakitsis – Sie haben vielleicht von ihm gehört.«

Sie schüttelte den Kopf.

»Er war der König der Privatdetektive. Die perfekte Mischung aus Gauner und Ehrenmann. Er konnte sich in Sekundenschnelle vom einen in den anderen verwandeln. Eigentlich war er beides gleichzeitig.«

»Haben Sie gefunden, wonach Sie suchten?«

»Was meinen Sie?«

»Indem Sie den Beruf wechselten. Konnten Sie der eindimensionalen Welt der Zahlen entfliehen?«

»Ich denke schon.«

»Sind Sie zufrieden?«

»Wenn ich eine Ermittlung erfolgreich abschließe, bin ich zufrieden. Bis dahin bin ich – wie haben Sie das ausgedrückt – rastlos und besorgt.«

»Möglicherweise sind Sie auf einer tieferen spirituellen Suche, die auch durch noch so viele strafrechtliche Ermittlungen nicht zu befriedigen ist.«

»Da mögen Sie durchaus recht haben.«

»Ich spüre es ganz deutlich.«

Irgendetwas in George sträubte sich. Jetzt wurde es ihm allmählich doch zu abgehoben. »Das könnten Sie von jedem einzelnen Menschen auf dieser Welt behaupten.«

»Wäre es dadurch weniger wahr?«

»Nein. Es wäre dann allerdings nicht mehr mein persönliches Problem.«

Er trank den letzten Schluck Kaffee. »Ich sollte mich auf den Rückweg machen«, sagte er.

»Jeder von uns muss das Problem auf seine Weise lösen«, bemerkte sie.

»Einverstanden.« George erhob sich. »Vielen Dank für den Kaffee.«

11

Das Büro von Kriminaldirektor Sotiriou lag in einer engen Gasse hinter der Leoforos-Alexandras-Straße und war noch schlimmer als die anderen Polizeidienststellen, die George in Griechenland gesehen hatte – der reinste Alptraum. Trostlose Metallmöbel, die Wände seit Jahrzehnten nicht gestrichen, schmierige, veraltete Computer, die in einem Kabelgewirr zu ersticken drohten, ein Schreibtisch, auf dem sich Akten stapelten wie Materialien auf einem Bauhof. So sah es zwar überall aus, doch in diesem Amtszimmer hatten sich die Schriftstücke irrwitzig vervielfacht und bedeckten in kniehohen Haufen den gesamten Fußboden. An den Wänden reihten sich Bücherregale aneinander, in denen jeder Zentimeter vollgestopft war mit Heftmappen, Schachteln, Ordnern und zusammengeschnürten Dokumentenbündeln. Die Luft roch nach Staub und abgestandenem Tabakqualm. Durch die schmutzigen Scheiben des Fensters zum Hof sickerte gelblich-braunes Licht.

Der Kriminaldirektor war ein hagerer Mann, klein, kahlköpfig, mit einem abgespannten Gesicht von ungesunder Hautfarbe. Als George eintrat, drückte er gerade eine Zigarette im Aschenbecher aus. Es gab einen einzigen Stuhl – verchromtes Stahlrohr, rissige grüne Kunstlederpolster. Er wurde aufgefordert, Platz zu nehmen und irgendwo zwischen den Papieren eine freie Stelle für seine Füße zu finden.

Sotiriou fragte nach Takis Mitropoulos. George antwortete, er habe ihn letzten Monat in Kalamata getroffen, momentan bliebe aber nur noch Zeit zum Telefonieren.

»Er ist ein Arbeitstier«, sagte Sotiriou. »Aber er hat so manchen Kampf auszufechten.«

»Weil er ehrlich ist.«

»Vielleicht.« Sotiriou brachte ein verbittertes Grinsen zustande. »Es macht keinen Spaß mehr, Polizist zu sein. Als ich vor dreißig Jahren in den Polizeidienst eintrat, gab es keine Gewaltverbrechen. Zumindest keine nennenswerten. Ab und zu Familienstreitigkeiten, Ehrenmorde auf dem Land – erinnern Sie sich? Erscheint mir im Rückblick so lange her wie die Steinzeit! Aber wir hatten alles unter Kontrolle. Heute dagegen herrscht Krieg. Eine Flut von Straftaten! Schlimme Vergehen – gegen Einwanderer, von Einwanderern, die Armen werden immer weiter an den Rand gedrängt. Wir lösen nicht mal ein Viertel der Fälle, mit denen wir überhäuft werden.«

»Und was hat sich verändert?«

»Geldgier, Konsumzwang, der Zerfall von Religion und Familie, die Einwanderer aus desolaten Ländern …«

»Zum Beispiel?«

»Oh, das können Sie sich aussuchen! Zuerst war es Albanien, dann Pakistan, Georgien, Russland … Von dort kommen Menschen, die für ein paar Euro töten. Wir haben von ihnen gelernt. Statt ihnen Zivilisation beizubringen, sind wir in Barbarei verfallen.« Er griff nach einer neuen Zigarette. »Was kann ich für Sie tun?«

»Ein Mord in Ägina.«

»Welcher?«

»Professor Petrakis.«

Sotiriou nickte. »Gewehrschuss durch den Kopf, 25. März. Äußerst bizarr. Was haben Sie herausgefunden?«

»Nicht viel. Die örtliche Polizei legt mir Steine in den Weg. Ich möchte auf den Kern der Geschichte zurückkommen, auf die wichtigsten Beweise.«

»Und welche sind das Ihrer Meinung nach?«

»Es gibt etwa zwanzig Häuser, aus denen der Schuss abgefeuert worden sein könnte. Mit Hilfe des Schusswaffenregisters von Ägina wäre man in der Lage, die Liste der Verdächtigen auf eine Handvoll Personen einzugrenzen. Hätte man obendrein noch den forensischen Bericht, dann hätte man den Mörder.«

»Nur zwanzig Häuser, sagen Sie?«

»Höchstens.«

»Waren Sie dort und haben es sich angesehen?«

»Natürlich.«

»Wer bezahlt Sie?«

»Der Bruder des Ermordeten.«

»Name?«

»Constantine Petrakis.«

Sotiriou reagierte nicht auf den Namen.

»Hat er Ihnen erklärt, warum er einen Privatdetektiv anheuert?«

»Er behauptet, die Polizei bliebe untätig.«

»Haben Sie den gleichen Eindruck?«

»Ich weiß nicht. Bagatzounis, der örtliche Polizeichef, spricht von Überlastung. Dennoch sitzt der diensthabende Beamte am Schreibtisch und spielt Poker im Internet.«

Sotiriou runzelte die Stirn. »Das ist schlechte Betriebsführung. Aber überall in der Provinz läuft es so. Was schlagen Sie vor?«

»Ich wäre schon glücklich, wenn ich einen Blick auf diese beiden Dokumente werfen könnte: Schusswaffenregister und forensischer Bericht.«

»Und was dann?«

»Das würde möglicherweise bereits für eine Verhaftung ausreichen.«

»Wunderbar.«

»Können Sie mir behilflich sein?«

Sotiriou zuckte mit den Achseln. »Ich kann's versuchen. Es gibt da allerdings ein Problem.«

»Und welches?«

»Hier bei uns sitzen keine Beamten herum und spielen Poker. Wir sind wirklich völlig überlastet. Es sieht in allen Büros so aus wie bei mir, überall stapeln sich die laufenden Ermittlungen. Die Bearbeitung erfolgt streng nach chronologischer Reihenfolge.«

George versuchte, das Problem herunterzuspielen. »In Griechenland wird doch nie irgendwas der Reihe nach erledigt!«

»In dieser Behörde schon.«

George schwieg. Er warf Sotiriou einen skeptischen Blick zu.

»Sie hoffen, sich an der Warteschlange vorbeidrängen zu können«, bemerkte der Kriminaldirektor.

»Wenn es eine Warteschlange gäbe«, erwiderte George, »würde ich mich liebend gern den ganzen Tag lang dort einreihen.«

»Bei uns, Herr Zafiris, gibt es eine Warteschlange. Hier drängt sich niemand vor. Ob Minister, Filmstar oder Reeder, hier wartet jeder, bis er dran ist.«

»Das glaub ich nicht«, entfuhr es George.

»Dann passen Sie auf!«

»Ich habe keine Zeit.«

»Dann müssen sie sich Zeit nehmen, denn das wird dauern.«

»Wenn es eine Frage des Geldes ist, wäre eine Spende an die Unterstützungskasse der Polizei ...«

»Das würde nichts nützen. Eigentlich ist das ein strafbarer Vorschlag, den wir gleich wieder vergessen sollten.«

»Na schön. Ich bitte Sie um eine Gefälligkeit, die nicht zu Lasten der Arbeitszeit Ihrer Mitarbeiter geht. Lassen Sie mich das Schusswaffenregister von Ägina einsehen. Das und den forensischen Bericht. Dazu brauche ich ein bis zwei Stunden, dann gebe ich beides zurück. Ich kann das gleich hier im Gebäude tun. Ihre Abläufe würde das keinesfalls stören.«

Sotiriou wirkte zu Tode erschöpft. »Sie scheinen nicht zu begreifen, was Ihre Anfrage bedeutet. Zunächst muss ich diese Unterlagen finden. Dafür muss ich jemanden abstellen. Dann muss ich demjenigen Dampf machen, was zu weiteren Komplikationen führen wird. Wenn jemand mitbekommt, dass ich einen bestimmten Vorgang begünstige, schafft das einen Präzedenzfall. Ich habe jahrelang hart gearbeitet, um in dieser Abteilung eine Kultur aufzubauen, in der alles streng der Reihe nach erledigt wird! Der einzige Weg, auf dem man das erreichen kann, ist Selbstdisziplin. Ich muss mit gutem Beispiel vorangehen und darf für niemanden eine Ausnahme machen!«

George konnte kaum glauben, dass er so viel Pech hatte. Ein zweiter Bagatzounis! Der mit seinem »Streng der Reihe nach« die Arbeit behinderte. In einem anderen Zusammenhang mochte das bewundernswert sein, doch hier schien es geradezu wahnhaft. Das System war völlig blockiert. Er bot an, es wieder in Gang zu bringen, und diese Idioten lehnten das ab.

»Herr Kriminaldirektor, ich verstehe Ihren Standpunkt. Ich wünschte, alle Beamten in Griechenland wären so ehrenhaft wie Sie.«

»Kommen Sie mir jetzt nicht damit. Das wünschen Sie ganz und gar nicht! Außerdem hasse ich Schmeicheleien.«

»Ich schmeichle Ihnen nicht. Ich möchte, dass Sie das ganze aus einem anderen Blickwinkel betrachten. Sie haben ein gewisses Arbeitspensum zu bewältigen. Das überfordert Sie. Ich biete an, Ihnen etwas davon abzunehmen. Möglicherweise kann ich den Fall sogar lösen. Wäre das nicht wünschenswert?«

»Wir wünschen keine Hilfe von außen.«

»Warum nicht?«

»Wenn sie inkompetent ist, verschlimmert sie alles nur noch. Ist sie kompetent, wirft das ein schlechtes Licht auf uns.«

»Also wollen Sie keine Hilfe?«

»Informationen: Ja. Hilfe: Nein.«

»Okay«, erwiderte George. »Ich besorge Ihnen Informationen.«

»Was für Informationen?«

»Alles Nützliche, was ich herausfinden kann.«

»Schön.«

»Als Gegenleistung für eine Stunde Einblick in diese Unterlagen.«

»Ganz schön durchtrieben, Zafiris.«

»Mir gefällt das Wort ›durchtrieben‹ nicht.«

»Es erfüllt seinen Zweck. Jetzt werde ich mal ein bisschen durchtrieben sein. Falls Sie den Mörder finden, verlange ich, dass Sie den Namen unverzüglich an uns weitergeben und an niemanden sonst. Haben Sie das verstanden?«

George dachte darüber nach. Bevor er antworten konnte, fuhr Sotiriou fort: »Das ist ein Test für Ihre Aufrichtigkeit. Wenn Sie wirklich helfen wollen, werden Sie meine Bedingungen akzeptieren.«

»Es gibt da etwas, was mir nicht gefällt«, erklärte George.

»Sagen Sie's mir.«

»Was passiert, wenn die Information in Ihrem System verlorengeht? Wenn keine Verhaftung stattfindet? Dann fängt alles wieder von vorn an.«

»Ich garantiere Ihnen, dass das nicht geschehen wird.«

»Was halten Sie von einer Zeitbegrenzung?«

»Was meinen Sie damit?«

»Falls es innerhalb von, sagen wir, zwei Wochen nicht zu einer Verhaftung kommt, darf ich die Informationen anderweitig benutzen.«

»Zwei Wochen sind knapp. Sagen wir, ein Monat.«

»Ein Monat, um jemanden zu verhaften? Das ist ja lächerlich.«

»Wir müssen alles überprüfen und den Fall gründlich vorbereiten.«

»Das dauert einen Monat?«

»Nicht immer. Manchmal geht es schneller. Aber ich brauche einen gewissen Spielraum. Presse und Medien bleiben auf jeden Fall immer außen vor.«

»Okay.«

»Überlassen Sie das mir. Geben Sie mir eine Telefonnummer, unter der ich Sie erreichen kann.«

George überreichte ihm eine Visitenkarte.

»Vielleicht bekomme ich auch Ihre Telefonnummer, Herr Kriminaldirektor?«, bat er. »Ihre Durchwahl?«

Sotiriou überlegte einen Augenblick. »Haben Sie einen Stift?«

»Ja.«

George schlug seinen Notizblock auf.

»Diese Nummer ist ausschließlich für Sie bestimmt. Ist das klar?«

»Selbstverständlich.«

»Schreiben Sie auf keinen Fall meinen Namen daneben!«

»Wie Sie wünschen.«

Sotiriou begann, ihm die Zahlen zu diktieren – mit feierlichem Ernst, als handele es sich um den Geheimcode für die Atombombe.

12

Kurz nach 19:00 Uhr verließ George das Dezernat für Gewaltkriminalität und schlenderte hinüber zur Leoforos-Alexandras-Straße. Die Hitze des Tages hatte nachgelassen und war der sinnlichen Wärme eines frühen Sommerabends gewichen. Er genoss den Spaziergang, trotz der Hindernisse überall auf den Gehwegen, der überquellenden Abfallbehälter, der hupenden Autos, trotz des Gefühls, dass die Stadt unter ihrem eigenen überschüssigen Gewicht fast zusammenbrach. Die Büros wurden geschlossen, Bars und Cafés füllten sich. Er überquerte die Alexandrasstraße und lief durch schmale Gassen, in denen es nach Orangenblüten duftete, hinauf zur Lykavittos-Straße. Hier war noch ein Rest vom ursprünglichen Athen zu spüren, eine Anmut, die durch die allgemeine Bauwut in den letzten fünfzig Jahren aus den meisten Stadtteilen verdrängt worden war. Er ging um den Hügel herum und nahm eine Abkürzung zur Kolonakistraße. Bei Philippos, einem Restaurant, das er seit Jahren nicht mehr besucht hatte, bestellte er eine Portion gebratene Auberginen und einen halben Liter Retsina.

Er nahm *Die dunkle Seite des antiken Griechenland* aus seiner Aktentasche, trank den geharzten Wein Schluck für Schluck und begann zu lesen. Nach einigen unstrittigen Bemerkungen über die klassische Kultur der Griechen und ihren Einfluss auf die moderne Welt behandelte das erste Kapitel Platons *Symposium:*

»Dieses Gespräch unter Freunden ist eines der grundlegenden Dokumente unserer Zivilisation – eine Diskussion über die Liebe und

ihre Bedeutung in der menschlichen Erfahrung; die Darstellung ist in ihrer Dramatik, Klarheit und Tiefsinnigkeit bis heute unübertroffen. Niemand bestreitet den Stellenwert dieses Textes als ein Meisterwerk griechischen Gedankenguts. Gleichzeitig ignoriert die Mehrzahl seiner Leser in einem befremdlichen und verstörenden Zustand von Desinteresse und Blindheit den wahren Charakter der Gesellschaft, die dieses Werk schildert – einer Gesellschaft, die politische Unterdrückung, Pädophilie, Kinderarbeit, Sklaverei, Prostitution und grausame Eroberungskriege als völlig normal und akzeptabel betrachtete; einer Gesellschaft, in der ein intellektueller Gigant wie Sokrates zur Einnahme von Gift gezwungen werden konnte, weil er das Wertesystem der herrschenden Elite in Frage gestellt hatte. Ich als Grieche kann diesen außergewöhnlichen Dialog unmöglich lesen, ohne ein brennendes Schamgefühl angesichts der Oberflächlichkeit unserer antiken ›Demokratie‹ zu empfinden, und ich bin zutiefst fassungslos darüber, dass diese Gesellschaft in Griechenland und anderswo über zweitausend Jahre lang aufgrund der allgemeinen Unwissenheit verehrt wurde. Es wird Zeit, dass wir aus diesem unverantwortlichen romantischen Traum erwachen …«

George spürte, wie Wut in ihm aufstieg. Wie alle Griechen glaubte auch er, dass irgendwo in der Seele seines Volkes die einstige Großartigkeit der Antike bewahrt worden war, dass dort eine Goldader lag, aus der jeder Bürger dieses Landes in Zeiten der Not schöpfen konnte. Hier ging es nicht um »Verehrung aus Unwissenheit«! Hier ging es um eine Gewissheit, die auf Tatsachen beruhte! Als Beweis für diese Größe stand nur wenige hundert Meter von hier entfernt der Parthenon, das vollkommenste Bauwerk der Welt, mitten im Herzen Athens. Das war nicht auf politischer Unterdrückung und Kinderarbeit errichtet! Nicht auf Pädophilie und Sklaverei! Ganz im Gegenteil! Es war das

Ergebnis des gewaltigen kollektiven Bestrebens und der vereinten Spendenbereitschaft der Bewohner einer Stadt, die sich gerade von den Zerstörungen durch das persische Heer zu erholen begann. Ganz zu schweigen von der Genialität der Architekten und Bildhauer, dem Können der Steinmetze, Zimmerleute, Maler und Arbeiter. Zu Recht wurde der Parthenon als Symbol der Zivilisation in Ehren gehalten. Nur ein Grieche, der sein Land im Stich gelassen hatte, konnte solchen Unsinn schreiben! Wäre John Petrakis in Athen geblieben, dann hätte der tagtägliche Anblick der Akropolis ihn vor dem Verlust der Besonnenheit und Verhältnismäßigkeit seines Denkens bewahrt.

Dennoch las George immer weiter, gespannt darauf, welche Ungeheuerlichkeiten sich dieser Bilderstürmer sonst noch einfallen lassen hatte.

Seine Lektüre wurde durch einen Anruf von Abbas unterbrochen, der nachfragte, ob er am Gedenkgottesdienst für John Petrakis teilnehmen werde. George war nicht eingeladen und wusste nicht einmal, dass er demnächst stattfinden sollte.

»Kein Problem«, sagte Abbas. »Kommen Sie einfach.«

»Wohin?«

»In die Panagitsa-Kirche hier in Ägina-Stadt.«

»Wann?«

»Morgen Mittag.«

13

Am nächsten Vormittag um 10:00 Uhr nahm George wieder einmal die Fähre; er fühlte sich elend und ziemlich verstört.

Nach Abbas' Anruf hatte er nicht schlafen können, so dass er lange wach blieb, Whisky trank und das Buch des Professors las. Durch seine Phantasie spukten Bilder von Sklaven, die in den Silberminen Tunnel graben mussten, von Frauen, die mit dem Blut wilder Tiere beschmiert waren, von Jungen und Mädchen, die unter der Sonne Spartas nackt herumtollten, die Gesichter voller Staub, Schweiß und Öl ...

Um die Müdigkeit zu vertreiben, kaufte George sich einen Kaffee und setzte sich auf einen sonnigen Platz an Deck, wo der sanfte Fahrtwind ihn umwehte. Von dort aus beobachtete er den plumpen Annäherungsversuch eines Offiziers der Schiffsbesatzung an eine blonde Skandinavierin, die halb so alt war wie er. Sie erteilte ihm eine Abfuhr, doch das nützte wenig. George fragte sich, ob der Offizier vor zweitausend Jahren wohl einen zarten Knaben bevorzugt hätte.

Nach der Ankunft in Ägina eilte George am Hafen entlang zur Panagitsakirche. Er entzündete eine Kerze für die Seele des toten Professors und nahm in einer der hinteren Sitzreihen Platz. Der Raum füllte sich rasch. Unter dem riesigen Kronleuchter aus Messing, der vom Kuppelgewölbe herabhing, begann der Gottesdienst; die Priester in ihren goldbestickten Gewändern schwenkten Weihrauchgefäße, aus denen duftende Schwaden aufstiegen, und sangen mit ausdruckslosem Blick die Liturgie. Freunde und Verwandte von John Petrakis hörten die Geschichte von Lazarus, der von den Toten auferweckt wurde, und lauschten gleichgültig der Versicherung, dass die gesamte Menschheit der Korruption entsagen und in der Liebe Christi wieder auferstehen werde.

Nach dem Gottesdienst begab sich die Trauergemeinde in nachdenklichen Grüppchen ins Hippocampus, das kleine Restaurant direkt neben dem Hotel Brown. Tabletts mit Speisen und Getränken wurden herumgereicht. George nahm ein Glas kalten Weißwein und beobachtete die Menschen im Lokal. Sie unterhielten sich eifrig, wie Gäste bei einer Cocktailparty. An der Bar entdeckte er Abbas, der augenblicklich zu ihm herüberkam und fragte, ob er ihn mit jemand Bestimmten bekannt machen solle.

»Kennen Sie denn alle hier?«

»Ägina ist eine kleine Stadt.«

»Okay«, antwortete George. »Beginnen wir an der Tür. Die blonde Dame mit den Diamantohrringen.«

»Das ist Regina Petrakis, die Frau von Constantine.«

»Was wissen Sie von ihr?«

»Viel zu viel. Nur zehn Prozent seines Elends hat Petrakis sich selbst zuzuschreiben, der ganze Rest geht einzig und allein auf ihr Konto. Ich begreife nicht, wie er nachts überhaupt noch schlafen kann. Sie ist die reinste Giftfabrik. Der Mann mit dem Silberhaar und dem italienischen Anzug, mit dem sie sich unterhält, heißt Simeon Yerakas.«

»In welcher Beziehung stehen sie zueinander?«

»Er ist ein Cousin ersten Grades von Constantine. Hinter ihm, das ist ...«

»Ich habe den Namen schon irgendwo gehört.«

»Er ist Bauunternehmer. Mit allerbesten Verbindungen.«

»Hinter ihm?«

»Kollegen von verschiedenen Universitäten.«

»Irgendwelche Rivalen darunter?«

»Jeder Einzelne von ihnen!«

»Ich meine, wirklich neidische Rivalen.«

»Wütend genug für einen Mord?«, fragte Abbas amüsiert.

»Warum nicht?«

»Ich glaube kaum.«

»Okay. Wer noch?«

»Dort steht der Bürgermeister von Ägina, und neben ihm, in diesem entsetzlichen blauen Anzug, das ist Kalamaras, der Vorsitzende des Einzelhandelsverbandes. Seine Gesprächspartnerin ist Frau Frangopoulou, die Rektorin der Oberschule. Daneben der Inhaber des Internetcafés nahe der Schule, Tzonis, der Metzger, Titina, die Besitzerin des Kinos, Costas, der Poet, Maria, die Kräuterfrau ...«

»Waren sie mit John befreundet?«

»Sie sind alle Mitglieder der Historischen Gesellschaft.«

»Unwahrscheinlich, dass sie ihren Referenten ermordet haben.«

»Äußerst ungewöhnlich. Dazu noch so kurz vor dem Vortrag.«

George nahm ein zweites Glas Wein vom Tablett eines Kellners.

»Sagen Sie, Abbas, haben Sie *Die dunkle Seite des antiken Griechenland* gelesen?«

»Aber natürlich.«

»Und was denken Sie darüber?«

»Mir hat's gefallen. Es ist nicht ganz so bahnbrechend, wie die Leute behaupten – das haben Wissenschaftler wie Kenneth Dover schon vor Jahren erledigt –, aber es ist eine gelungene Synthese unseres heutigen Wissensstandes auf diesem Gebiet. Und scharfzüngig geschrieben! Das zählt ganz besonders.«

»Wer ist Kenneth Dover?«

»Er verfasste die erste wissenschaftliche Abhandlung über

Homosexualität in der Antike. Wo wir gerade beim Thema sind, da kommt Bill.«

»Bill?«

»Bill Preston, Johns Lebensgefährte.«

George drehte sich um und sah einen muskulösen dunkelhaarigen Mann Mitte vierzig in einem gutgeschnittenen schwarzen Anzug. Abbas machte sie miteinander bekannt.

»Ich hatte gehofft, Sie hier zu treffen«, sagte George.

»Warum?«, fragte Preston kalt.

»Ich versuche, den Sinn von Johns Ermordung zu begreifen.«

»Tun wir das nicht alle?«

»Ich weiß«, antwortete George, »aber das gehört zu meiner Arbeit.«

»Polizist?«

»Privatdetektiv.«

Preston musterte ihn skeptisch. »Wer bezahlt Sie?«

»Constantine.«

»Ich verstehe.«

»Ich würde Ihnen gern ein paar Fragen stellen.«

»Ich befand mich auf dem Heimflug, als es passiert ist.«

»Sie sind nicht tatverdächtig.«

»Also, das will ich doch hoffen! In diesem Irrenhaus weiß man nie ...«

»Ich brauche Ihre Hilfe.«

»Was möchten Sie wissen?«

»Alles über Rivalen, Feinde, jeden erdenklichen Hinweis.«

»Da kann ich Ihnen kaum weiterhelfen.«

»Vielleicht mehr, als Sie glauben. Könnten wir uns nachher treffen?«

»Ich werde nach Ihnen Ausschau halten.«

Preston ging mit versteinertem Gesicht davon.

»Was ist sein Problem?«, fragte George.

»Keine Ahnung«, erwiderte Abbas.

George ließ seinen Blick durch den Raum schweifen und wünschte, er wäre überall, nur nicht hier.

»Mit wem möchten Sie jetzt sprechen?«, wollte Abbas wissen.

»Egal.«

»Wie wär's mit Yerakas?«

»Warum nicht.«

Abbas führte ihn hinüber. Yerakas lauschte mit gelangweilter Miene einem Universitätsprofessor, der wie ein Maschinengewehr auf ihn einredete. Der Bauunternehmer sah sie kommen und wandte sich ohne die geringste Andeutung einer Entschuldigung von dem Professor ab. Gekränkt und verwirrt verstummte der Gelehrte mitten im Satz.

Yerakas verhielt sich kühl und förmlich. Sie plauderten. George bemerkte, er sei überrascht über die große Beteiligung an der Gedenkfeier.

»John Petrakis war ein berühmter Mann«, erklärte Yerakas. »Es sollten noch mehr Menschen hier sein. Wo bleibt die Presse, wenn man sie mal braucht?«

»Kannten Sie ihn persönlich?«

»Natürlich.«

»Wieso ›natürlich‹?«

»Er war mein Cousin.«

»Mütterlicherseits? Oder von Vaters Seite?«

»Von Mutters Seite.«

»Standen Sie sich nahe?«

Yerakas sah ihn erstaunt an. »Was meinen Sie damit?«

»Waren Sie nicht nur Cousins, sondern auch Freunde?«

»Als Kinder haben wir zusammen gespielt. Später lebte jeder sein eigenes Leben.«

»Also stehen Sie Constantine näher?«

Yerakas antwortete nicht sofort. Sein Blick wurde merklich kälter.

»Wir hatten geschäftlich miteinander zu tun.«

»Ist das immer noch so?«

»Warum fragen Sie?«

»Ich habe neulich mit Oberst Varzalis gesprochen.«

Yerakas nickte und wirkte augenblicklich gelangweilt. »Ich weiß, wen Sie meinen.«

»Mir wurde zugetragen, dass es einen Konflikt zwischen Ihnen und dem Oberst gab.«

Yerakas verzog das Gesicht. »Das ist Jahre her. Längst vergessen.«

»Nicht, was den Oberst betrifft.«

»Ich hege keinerlei Groll gegen Varzalis.«

»Er hat den Bau eines Hotels verhindert, richtig?«

»Vorübergehend.«

»Was soll das heißen?«

»Wir haben einen anderen Bauplatz gefunden und das Hotel dort errichtet. Klappe zu, Affe tot.«

»Hier auf der Insel?«

»Auf vielen Inseln! Jetzt müssen Sie mich entschuldigen, ich war gerade im Gespräch mit Professor Dimitriou ...«

Yerakas wandte sich wieder an den Gelehrten. »Sie sagten gerade?«

Mit einem Ausdruck der Genugtuung nahm der Professor den Gesprächsfaden wieder auf und setzte seine Ausführungen fort.

George entdeckte Abbas, der im Freien eine Zigarette rauchte.

»Hat's Spaß gemacht?«, wollte Abbas wissen.

»O ja. Ein wunderbares Gespräch.«

»Er und Constantine sind ein Herz und eine Seele.«

»Wo steht das Hotel? Das, das sie im Garten des Obersts nicht bauen durften?«

Abbas schien nicht ganz sicher zu sein. »Sie haben ziemlich viele gebaut. Waren Sie schon mal in Perdika?«

»Nein.«

»Die Küstenstraße entlang, zwei, drei Kilometer vor …«

George hörte das Klingeln seines Telefons. Als er es aus der Tasche zog, erblickte Abbas einen Freund und ließ ihn allein.

»Hallo? Hier spricht Zafiris.«

»Ich bin's, Kriminaldirektor Sotiriou.«

George verließ eilig das Restaurant.

»Gibt es Neuigkeiten?«

»Gute und schlechte.«

»Reden Sie.«

»Ich habe das Schusswaffenregister von Ägina aufgetrieben und den forensischen Bericht.«

»Ausgezeichnet. Ich komme morgen früh zu Ihnen.«

»Bedauerlicherweise gibt es da eine Unregelmäßigkeit.«

»Nämlich?«

»Die Nummerierung im Register ist nicht fortlaufend.«

»Was soll das heißen?«

»Eine Seite wurde entfernt. Fein säuberlich herausgeschnitten. Für etwa fünfzig Waffen fehlen sämtliche Belege.«

»Es könnte trotzdem nützlich sein.«

»Vielleicht. Aber hier haben wir es mit einer neuen Straftat zu tun, so dass eine zweite Untersuchung angeordnet wurde.«

»Steht das in Beziehung zu dem Mord an Professor Petrakis?«

»Das wissen wir nicht.«

»Gibt es eine Kopie des Registers?«

»Nein. Eines Tages wird man sämtliche Daten in den Computer eingeben, aber bis jetzt …«

»Kann ich vorbeikommen und einen Blick darauf werfen?«

»Nein.«

»Warum nicht?«

»Es ist bereits auf dem Weg nach Kalamata, zur weiteren Analyse.«

»Kalamata, um Himmels willen! Warum ausgerechnet dort?«

»Ich bevorzuge jemanden von außerhalb.«

George verstand: eine vernünftige Vorsichtsmaßnahme.

»Was ist mit dem forensischen Bericht? Kann ich den sehen?«

»Nein.«

»Ist der etwa auch in Kalamata?«

»Genau.«

George dankte ihm und legte auf.

Diese Entwicklung war ungut. Spuren wurden verwischt und Beweise vernichtet.

Er hörte, wie jemand scharf seinen Namen rief. Als er sich umschaute, sah er Constantine Petrakis, der mit wütender Miene auf ihn zusteuerte.

»Was zum Teufel fällt Ihnen ein, Yerakas so auszufragen?«

»Wie denn?«

»Wie einen Tatverdächtigen.«

»Bis jetzt ist er das nicht.«

»Wozu ihn dann in Verlegenheit bringen?«

»Ich habe keinerlei Verlegenheit bemerkt.«

»Herr Zafiris, ich habe Sie engagiert, um den Mord an meinem Bruder aufzuklären. Sie erscheinen auf einer privaten Gedenkfeier, ohne dass jemand Sie eingeladen ...«

»Ich wurde eingeladen.«

»Von wem?«

»Von Abbas.«

Verächtlich ging Petrakis darüber hinweg.

»Ich bin derjenige, der hier einlädt oder nicht einlädt!«

»Ich verstehe das Problem nicht.«

»Ich habe Sie nicht engagiert, damit Sie auf meine Kosten völlig irrelevante Nachforschungen anstellen! Und ganz bestimmt nicht, damit Sie meine Gäste auf einer privaten Veranstaltung in Verlegenheit bringen!«

»Ich habe Yerakas nach einem Hotel gefragt. Er wollte nicht darüber sprechen. Das ist alles.«

»Wozu haben Sie Herrn Yerakas nach dem Hotel gefragt? Was zum Teufel hat das überhaupt damit zu tun?«

»Vielleicht könnten Sie mir das sagen.«

»Was soll das schon wieder heißen?«

»Sie kennen die Geschichte. Ich nicht.«

»Sie ist unwichtig.«

»Sie scheint aber eine Menge Ärger zu verursachen.«

»Wer hat Ihnen davon erzählt?«

»Oberst Varzalis.«

»Also haben Sie ihn getroffen? Haben Sie ihn befragt?«

»Ja.«

»Hat er irgendwas Vernünftiges gesagt?«

»Teilweise schon. Sein Gedächtnis ist ziemlich schwankend.«

»Praktischerweise schwankend, würde ich behaupten!«

»Es schien ihn große Anstrengung zu kosten.«

Petrakis nickte. »Er ist ein äußerst raffinierter Gauner. Lassen Sie sich nicht täuschen! Haben Sie ihn gefragt, was er am 25. März gemacht hat?«

»Noch nicht.«

»Ich schlage vor, Sie holen das nach. Und vergessen Sie das Hotel!«

»Glauben Sie, er hat Ihren Bruder erschossen?«

»Ich werde Ihnen nicht sagen, was ich denke. Aber der Mann ist ein stadtbekannter Faschist. Und ein Meisterschütze. Es überrascht mich, dass Sie ihn nicht zur Rede gestellt haben.«

»Er kann weder etwas planen noch erinnert er sich …«

»Mit wem haben Sie außerdem noch gesprochen?«

»Mit Abbas, Bagatzounis, Bill Preston, dem Leiter des Dezernats für Gewaltkriminalität.«

»Mit vier Personen? In einer Woche?«

»Ich sagte Ihnen bereits, man weiß nicht, wie lange diese Ermittlung dauern wird. Ich arbeite auch noch an anderen Fällen. Und die Polizei ist nicht gerade hilfsbereit.«

»Genau deshalb habe ich Sie ja engagiert! Um denen Feuer unterm Hintern zu machen! Jetzt fehlt das Feuer unter Ihrem!«

»Jemand hat das Schusswaffenregister manipuliert. Es wurden Seiten daraus entfernt.«

»Wissen Sie was? Das interessiert mich nicht die Bohne! Entweder haben Sie genug Mumm für diesen Auftrag oder Sie haben ihn nicht. Ich vermute, Sie haben ihn nicht. Ich gebe Ihnen noch drei Tage; bringen Sie mir Ergebnisse, sonst sind Sie gefeuert.«

»Sie verändern die Rahmenbedingungen für diesen Fall.«

»Zum Teufel mit den Rahmenbedingungen!«

Petrakis wandte sich zum Gehen, drehte sich jedoch noch einmal um.

»Und wagen Sie es ja nicht, noch einen meiner Gäste anzusprechen!«

Zitternd vor Wut sah George ihn davonstolzieren. Er atmete tief durch und bemühte sich, ruhig zu bleiben. Am liebsten hätte er den Job hingeschmissen. Allerdings nicht, bevor er sein Geld hatte.

14

Als Bill Preston zu ihm trat, kochte George innerlich immer noch. »Lassen Sie uns woanders hingehen«, schlug der Engländer vor. »Ich habe genug von diesen Idioten.«

Sie fanden ein Lokal am Hafen. Bill bestellte ein Bier, George einen Kaffee.

Preston drehte sich eine Zigarette. Sein Gesicht war vor Zorn gerötet, er konnte sich kaum beherrschen.

»Was ist los?«, fragte George.

»Was meinen Sie?«

»Irgendwas hat Sie aufgeregt.«

»Es handelt sich um etwas Persönliches.«

»Das glaube ich Ihnen sofort.«

»Deshalb werde ich nicht darüber sprechen, in Ordnung? Fragen Sie, was Sie über John wissen möchten, und lassen Sie mich mit dem Rest in Ruhe.«

George ließ ihn ein Weilchen schmoren.

»Würden Sie mir auch eine Zigarette drehen?«

Wortlos schob Preston seinen Tabaksbeutel über die Tischplatte zu ihm hinüber.

»Ich kann das nicht«, sagte George.

Unwillig schüttelte Preston den Kopf. Er legte ein Blatt Zigarettenpapier vor sich hin, nahm eine Portion Tabak aus der Packung und begann, das Ganze zu formen und zu rollen. Dann befeuchtete er die Kante des Blättchens, glättete die Klebefläche, stopfte die Tabakfasern an den Enden mit einem Streichholz hinein und reichte George den gekonnt gedrehten Glimmstängel.

»Vielen Dank«, entgegnete George.

Er rauchte nicht regelmäßig, aber im Augenblick war ihm danach. Außerdem musste die wütende Energie seines Gegenübers irgendwohin kanalisiert werden. Ein paar Sekunden Ruhe, die Konzentration auf eine körperliche Tätigkeit, auf etwas außerhalb seines Kopfes ... Das würde Bill vielleicht so weit beruhigen, dass er im Gespräch nicht gleich explodierte.

Preston reichte ihm die Streichhölzer.

»Es gibt eine Menge Informationen über diesen Fall, die die Leute mir vorenthalten möchten«, begann George. »Dinge, die sich im Hintergrund abspielen. Familiengeheimnisse, private Geheimnisse, Geschäftsgeheimnisse. Ich bekomme allmählich den Eindruck, dass die beiden Brüder sich nicht ausstehen konnten. Habe ich recht?«

»Constantine kann niemanden ausstehen.«

»Er mag Rosa Corneille.«

»Rosa ist anders.«

»Inwiefern?«

»Sie ist ein gebender Mensch. Eine spirituelle Heilerin. Sie passt auf ihn auf.«

»Braucht er denn einen Aufpasser?«

»Haben Sie seine Frau kennengelernt?«

»Nein.«

»Wenn Sie ihr begegnen, werden Sie mich verstehen.«

»Okay ...« George schwieg. »Ich versuche zu begreifen, wie das alles mit John zusammenhängt ...«

Bill drückte seine Zigarette aus. »Na schön. Scheiß drauf, ich kann's Ihnen ruhig erzählen. John und ich besitzen ein Haus auf Mykonos. Eine ehemalige Ölmühle. Wussten Sie das?«

»Nein.«

»John hat es als Ruine gekauft. Ich habe es auf meine Kosten wieder aufgebaut. Das war mein Beitrag dazu. Ein wunderschöner Platz. Und eine Menge Geld wert. Etwa sieben- bis achthunderttausend. Jetzt versucht Constantine, es sich unter den Nagel zu reißen. Er behauptet, es gehöre ihm – durch seinen Bruder.«

»Gibt es eine Grundlage für diese Behauptung?«

»Nein. Es gehört uns. Jeweils zur Hälfte. Das haben wir so abgemacht.«

»Steht es auch so im Grundbuch?«

»Nein.«

»Fehler!«

»Wir waren ein Paar. Wir haben alles geteilt.«

»Und Constantine will das anfechten?«

»Nur in Bezug auf das Haus auf Mykonos. Es gibt noch ein Haus in London, aber Gott sei Dank kommt er da nicht ran.«

»Möglicherweise hat er einen Rechtsanspruch darauf.«

»Unsinn. Das ist erstunken und erlogen. Wir leben in Europa. Hier spielt es keine Rolle, ob man schwul oder hetero ist, ob man rechtmäßig verheiratet ist oder einfach zusammenlebt. Das Stück Land gehört beiden.«

»Vielleicht gelten in Griechenland andere Regeln.«

»Genau das behauptet er. Er versucht, mir Angst einzujagen.«

»Wird er vor Gericht gehen?«

»Das hat er angedroht.«

»Dann brauchen Sie einen Anwalt.«

»Kennen Sie einen?«

George nickte.

»Würde er mit mir sprechen? Mir offen und ehrlich sagen, ob ich einen rechtlichen Anspruch geltend machen kann?«

»Selbstverständlich.«

»Teuer?«

»Ja, aber es lohnt sich. Er vertritt Sie nur, wenn er sicher ist, dass er gewinnt.«

»Wie kann ich ihn finden?«

»Ich gebe Ihnen seine Nummer.«

Bill zog ein schwarzes Notizbuch heraus und schlug eine Seite auf, die mit Skizzen bedeckt war. Er blätterte um und notierte sich Name und Telefonnummer.

»Erzählen Sie mir etwas über die Beziehung zwischen den zwei Brüdern«, bat George.

»Sie war nicht gerade unproblematisch.«

»Inwiefern?«

»Zwei völlig verschiedene Charaktere. John liebte das Leben. Die Kunst. Auch die Menschen. Costa hatte dafür keine Zeit. Ihm ging es immer nur um Geld, Status und Äußerlichkeiten.«

»Das ist hier in Griechenland nichts Ungewöhnliches.«

»Da haben Sie leider recht!«

»Ich treffe ständig Leute wie ihn«, entgegnete George. »Sie interessieren sich für nichts und niemanden, wenn sie in ihrer Selbstsucht keinen Nutzen daraus ziehen können. Geht dann mal irgendwas schief, wundern sie sich, dass keiner ihnen helfen will. Was können Sie mir sonst noch erzählen?«

Preston überlegte einen Augenblick. »John war schwul«, antwortete er. »Costa ist so unnachgiebig wie ein verdammter Besenstiel. Er fürchtet, der Name der Familie könnte in den Schmutz gezogen werden. In der Antike war die Hälfte aller Griechen homosexuell, genauso wie die Hälfte der Helden im Kampf gegen die Türken – das wäre ein Buch geworden, an das sogar John sich nicht rantraute! –, aber Costa konnte damit nicht umgehen. Ein schwuler Petrakis! Was werden bloß die Nachbarn denken? Natürlich dachten die Nachbarn alle, dass John ein toller Typ war. Sie liebten ihn. Das machte Costa ganz verrückt. Er drehte fast durch wegen John, beneidete ihn jedoch um alles, was er hatte: Freunde, Freiheit, Ruhm … John bekniete Costa immer wieder, er solle einfach mal loslassen, doch das konnte er nicht;

er hatte Angst, alles würde zusammenbrechen, sobald er es nicht mehr mit seinem neurotischen Griff festhielt. Ihr Vater war genauso. Er konnte keinen Muskel bewegen, ohne sich Gedanken zu machen, wie das wohl aussehen mochte. Das war einer der Hauptgründe, weshalb John Griechenland verließ.«

»Also kamen John und sein Vater nicht gut miteinander aus?«

»Nach Johns Ankunft in Amerika renkte sich das wieder ein. Johns Status stieg. Princeton wiegt schwerer als Schwulsein.«

»Was ist mit Yerakas?«

»Mit dem hatten wir nie zu tun.«

»Keinerlei gesellschaftlichen Kontakt?«

»Gerade das nicht. John mochte ihn nicht. Genauso wenig wie seine ganze Familie.«

»Warum hat Costa mich engagiert, wenn sich die beiden so schlecht verstanden?«

»Costa hat John bewundert. Ihn vielleicht sogar geliebt, auf seine verkorkste Art. Er hat immer versucht, John zur Rückkehr nach Griechenland zu bewegen.«

»Warum denn das?«

»Um die Familie zusammenzuhalten. Aber John wollte nicht zurück. Er hat London geliebt.«

»Hat er Griechenland auch geliebt?«

»Er hat es vergöttert. Vielmehr das, was es sein könnte, wenn ...«

»Wenn was?«

»Wenn nicht Idioten wie sein Bruder überall das Sagen hätten.«

»Da bin ich ganz seiner Meinung.«

Preston nickte, lächelte wehmütig und wandte den Blick ab.

»Was ist mit Rosa?«

»Das sagte ich bereits. Sie ist etwas Besonderes.«

»Welche Rolle spielt sie in diesem Stück?«

»Sie war so eine Art Brücke zwischen beiden.«

»Verstehen Sie sich gut mit ihr?«

»Ich stehe nicht auf dieses Aura-Zeugs.«

»Geht Yerakas auch zu ihr?«

»Das kann ich mir nicht vorstellen. Dazu ist er viel zu eingebildet.«

George sah zu, wie Bill sich noch eine Zigarette drehte.

»Haben Sie irgendeine Idee, wer John umgebracht haben könnte?«, fragte er.

»Keine Ahnung«, antwortete Preston. »Es ergibt keinen Sinn.« Seine Gesichtszüge verschwammen in einer Wolke aus Zigarettenqualm. »Egal, wie man es betrachtet. Es ist eine wahnsinnige, entsetzliche Tat ... Ich wünschte, ich könnte Ihnen eine größere Hilfe sein. Haben Sie noch Fragen?«

»Im Augenblick nicht.«

»Ich muss zurück nach Athen.«

George gab ihm seine Karte. »Rufen Sie an, wenn Ihnen etwas einfällt.«

»Das werde ich.«

Bill kramte in seiner Tasche und zog ebenfalls eine Karte hervor. George las sie. *William Preston. Bau. Design. Instandhaltung.* Eine Adresse in Süd-London.

»Verstehen Sie mich nicht falsch«, sagte George, »aber Sie wirken ungewöhnlich wortgewandt und gebildet für einen Bauhandwerker.«

»Daran ist John schuld.«

»Wie lange waren Sie zusammen?«

»Fünfundzwanzig Jahre.«

Preston versuchte zu lächeln, doch seine Augen füllten sich mit Tränen.

15

Am selben Abend war George im Café Agamemnon mit seinem Kollegen Hektor Pezas verabredet. Sie saßen im Schatten und tranken Bier, ihre Stimmen hallten laut zwischen den leeren Tischen wider.

Hektor berichtete von seinem Treffen mit Frau Boiatzis: »Sie war ziemlich aufgebracht. Sie stellte ihren Mann wegen seiner Affäre zur Rede und drohte, ihn zu verlassen und sich an die Presse zu wenden. Es kam zu einer lautstarken Auseinandersetzung. Er gab sein Verhältnis mit Frau Kakridis zu, zeigte sich reumütig, stimmte ihr zu, dass das keine Lösung für ihre ehelichen Probleme war, versprach, die Episode zu beenden, und bat sie um Verzeihung. Sie versöhnte sich mit ihm, behauptet sie zumindest, und er machte sich auf den Weg zum Park. Wenige Stunden später wurde er tot aufgefunden, mit einer Pistole in der Hand.«

»Gehörte die Pistole ihm?«

»Anscheinend schon.«

»Anscheinend?«

»Sie glaubt, dass er eine Pistole besaß, aber genau weiß sie es nicht.«

»Also steht noch nicht fest, ob er Selbstmord begangen hat?«

»Nicht hundertprozentig.«

»Wie hat Frau Kakridis die Nachricht aufgenommen?«

»Ich habe keine Ahnung. Und um ehrlich zu sein, es interessiert mich auch nicht. Für mich ist die Angelegenheit erledigt. Ich habe getan, wofür man mich bezahlt hat.«

»Ich auch«, warf George ein, »aber Kakridis hat mir mein Geld noch nicht gegeben.«

»Oh, großer Fehler! Mir hast du geraten, das Honorar im Voraus zu kassieren«, erwiderte Hektor.

»Ein wunderbarer Rat. Ich wünschte, ich hätte ihn selbst befolgt.«

Sie wechselten das Thema. George erzählte von seinen frustrierenden Ermittlungen im Mordfall Petrakis.

»Du kannst von Glück reden, dass du den Job hast«, bemerkte Hektor.

»Manche Aufträge lehne ich ab.«

»Wirklich? Was denn zum Beispiel?«

»Die vier jungen Leute, die bei dem Brandanschlag auf die Bank ums Leben gekommen sind. Während der Demonstrationen im Mai.«

»Ich dachte, es waren drei.«

»Eines der Mädchen war schwanger, also sind es vier.«

»Okay. Und worum geht es?«

»Die Familie will Bewegung in die Sache bringen.«

»Na logisch wollen sie das!«

»Aber ich halte mich da raus.«

»Warum?«

»Wir sind um mehrere Ecken miteinander verwandt. Du weißt ja, Familie und Geschäft ...«

»Gib sie an mich ab!«

»Hast du nicht genug Arbeit?«

»Die derzeitige Wirtschaftslage ist nicht gerade förderlich für unseren Berufsstand«, antwortete Hektor.

»Vielleicht bin ich noch nicht davon betroffen.«

»Das kommt noch ... Aber weißt du was? Irgendwie finde ich die Krise gar nicht so schlecht. Aus meiner Sicht waren die Jahre des Aufschwungs ziemlich abstoßend. Seit den Olympischen

Spielen befand sich ganz Griechenland nur noch im Konsumrausch. Finanziert wodurch? Durch Kredite! Eine Periode der Maßlosigkeit, die kein Ende nahm; die Preise schossen in die Höhe, aber das kümmerte niemanden. Man gab immer mehr Geld aus. Jetzt bekommen wir die Rechnung. Das ist nur korrekt. Ich begrüße die Sparpolitik. Das Land profitiert davon. Aber mein Geschäft wirft keinen Gewinn mehr ab!«

»Es ging uns doch ziemlich lange gut.«

»Ach wirklich! All diese eigennützigen Leute, die sich gegenseitig mit Dreck bewarfen und jede Menge Geld zum Ausgeben hatten. Inzwischen drehen sie jeden Cent zweimal um. Für unsereins haben sie jetzt keine Verwendung mehr.«

»Alle Berufsgruppen leiden darunter. Sogar Ärzte und Rechtsanwälte.«

»Wenigstens hat sich auch das damit erledigt: eine Million verdienen, aber nur zehntausend versteuern. Dreckskerle.«

»Gibst du denn dein Einkommen vollständig beim Finanzamt an?«

Hektor unterbrach abrupt seinen Redefluss.

»Gibst du alles an?«, wiederholte George.

»Mehr oder weniger, genau wie du«, antwortete er verlegen.

»Warum muss man dann über Ärzte und Rechtsanwälte herziehen?«

»Es geht um die Beträge! Um die Schamlosigkeit! Die Heuchelei dieser angeblich so ehrenwerten Berufsgruppen. Das ist einfach nicht akzeptabel.«

»Aber das Prinzip ist das gleiche. Alle betrügen, aber jeder möchte, dass andere dafür bestraft werden.«

Pezas lachte. »Was erwartest du? So sind die Griechen nun mal!«

»Das ist doch kindisch. Wir müssen endlich erwachsen werden.«

»Willst du mit gutem Beispiel vorangehen?«

»Ich werde darüber nachdenken.«

»Das werden wir sicher alle tun!«

Pezas erhob sich. »Ich muss los. Sag Bescheid, wenn du weitere Aufträge bekommst, die du nicht übernehmen willst.«

»Das werde ich. Tatsächlich könntest du etwas für mich tun. Arbeit für einen halben Tag.«

»Na klar. Worum geht's denn?«

»Nachforschungen über einen Geschäftsmann. Simeon Yerakas.«

»Was möchtest du über ihn wissen?«

»Familie und geschäftliche Interessen.«

»Irgendwas Spezielles?«

»Nein, alles. Aber ganz besonders interessiert mich, ob er Geschäftsbeziehungen zu Constantine Petrakis unterhält.«

»Soll ich ihn beschatten?«

»Nein. Nur Informationen sammeln. Ein halber Tag. Mehr nicht.«

»Verstanden.«

George stieg die Treppe zu seiner Wohnung hinauf. Er war müde, musste allerdings noch eine Sache erledigen, bevor er endlich Feierabend machen konnte.

Er rief Antonis Mihalopoulus an, seinen Anwalt, und erzählte ihm von Bill Prestons Schwierigkeiten mit Constantine Petrakis. Der Jurist reagierte abwehrend, als er den Namen hörte.

»Mit dieser Familie möchte ich mich lieber nicht anlegen«, sagte er.

»Warum nicht?«

»Sie engagieren nur die Besten.«

»Ich dachte, du wärst der Beste.«

»Ich bin so gut wie der Beste«, erwiderte Mihalopoulus.

»Das passt doch wunderbar.«

George berichtete ihm, was er wusste. Der Anwalt erklärte sich bereit, mit Preston zu reden.

»Gut«, sagte George. »Noch eine Frage. Was weißt du über Simeon Yerakas?«

»Er hat doch nichts mit der Sache zu tun, oder?«

»Nein.«

»Falls doch, lass die Finger davon.«

»Warum?«

»Glaub mir einfach. Diesem Mann solltest du unbedingt aus dem Weg gehen.«

»Ich habe ihn heute kennengelernt.«

»Du Glückspilz! Er darf auf keinen Fall glauben, dass du ihm eine Gefälligkeit schuldest.«

»Was meinst du damit?«

»Er hat so eine Art, seinen Feinden das Leben richtig schwerzumachen.«

»Und wie macht er das?«

»Er lässt sie nicht mehr mitspielen und bereitet ihnen Unannehmlichkeiten ohne Ende.«

»Du sprichst in Rätseln.«

»Mehr ist nicht möglich. Du gehst zu einem Tennis-Match gegen Yerakas, und plötzlich sind die Tennisplätze an ein Bauunternehmen verkauft und du wirst wegen widerrechtlichen Betretens des Grundstücks festgenommen. Unversehens hast du es mit der Polizei zu tun. Bist du sicher, dass Yerakas nicht auf Prestons Grund und Boden scharf ist?«

»Keine Ahnung. Er ist mit Constantine Petrakis an mehreren Joint Ventures beteiligt.«

»Hoffen wir, dass diese Angelegenheit nicht dazugehört. Andernfalls kannst du Preston ausrichten, dass sich ein Kampf nicht lohnt.«

16

Am nächsten Morgen, als George sich gerade rasierte, klingelte das Telefon. Er ignorierte es und beendete sein Ritual. Dabei ließ er sich Zeit, hantierte ausgiebig mit Rasierschaum, Pinsel und Rasiermesser und zog die Klinge sorgfältig über die Ecken und Kanten von Kinn und Kehle. Eine schöne Art, den Tag zu beginnen, ein Augenblick, den er in Ruhe genießen wollte, auch wenn der Spiegel die Zahl der verbrauchten Jahre unbarmherzig erkennen ließ. Endlich hörte das Läuten auf.

Er trocknete sich das Gesicht ab, zog ein sauberes Hemd an und ging in die Küche, um Kaffee zu kochen. Das Telefon fing erneut an zu klingeln.

Es war Abbas. »Ich hab was für Sie«, sagte er.

»Was denn?«

»Eine Liste der Waffenbesitzer in Ägina.«

»Woher haben Sie die?«

»Vom Oberst.«

»Wie ist er da rangekommen?«

»Er hat sie selbst zusammengestellt.«

»Wann denn?«

»Vor acht Jahren. Er hat alle Mitglieder seiner freiwilligen Schutztruppe erfasst.«

»Ist sie noch aktuell?«

»Sie ist immerhin ein Anfang. Ich habe die Daten sogar schon überprüft und die Namen von drei Personen gefunden, die in dem fraglichen Gebiet wohnen. Wenn Sie herkommen, gehen wir rüber und reden mit ihnen.«

George überlegte. Ihm blieb nicht mehr viel Zeit.

»Ich kann in zwei Stunden da sein.«

»Ausgezeichnet. Ich hole Sie am Hafen ab.«

Abbas stand am Kai, als die Fähre rückwärts anlegte. »Sie sind ja schnell hier«, begrüßte er ihn. »Wir nehmen ein Taxi dorthin.«

»Verzeihung, wozu das Taxi?«

»Ich möchte Ihnen das Hotel zeigen.«

»Welches Hotel?«

»Das Ägina-Palace. Angeblich ein Palast!«

»Ich bin nicht hergekommen, um mir ein Hotel anzuschauen.«

»Es wird nicht lange dauern. Sie müssen es sich ansehen. Auch wenn Sie es nicht glauben – es muss sein.«

George warf einen Blick auf die Uhr. Es war kurz nach zwölf.

»Wie lange?«, fragte er.

»Eine halbe Stunde.«

Sie fanden ein Taxi, fuhren die Küste entlang Richtung Süden und kamen an mehreren kleinen Ferienorten vorbei – ein paar Sonnenschirme und Bars, die eingeklemmt zwischen der Straße und einem schmalen Sandstrand lagen. Unweit der Küste sah man vereinzelte Schwimmer, deren Köpfe wie Schatten im silbrig grellen Glanz der Wellen wippten.

»Die Insel ist nicht gerade berühmt für ihre Strände«, erklärte Abbas.

»Warum hat Yerakas dann hier gebaut?«

»Warten Sie, bis Sie sehen, was er gebaut hat!«

Sie passierten eine friedliche Bucht, in der Eukalyptusbäume Schatten spendeten und ein halbes Dutzend Rennboote vor Anker lagen. Wenige hundert Meter dahinter fuhr der Taxifahrer an den Straßenrand und deutete nach vorn.

»Das ist es«, sagte er.

George spähte durch die Windschutzscheibe auf einen monströsen hufeisenförmigen Block aus Stahlbeton, der sechs oder sieben Stockwerke hoch und früher einmal weiß gestrichen war, jetzt jedoch schmutzig grau aussah. Er wirkte wie ein verlassenes Gefängnis.

»Das kann doch unmöglich mal schön gewesen sein«, bemerkte er.

»Genau!«

»Wie lange war es denn in Betrieb?«

»Fünf Jahre.«

»Verdammt hässliches Ding für so einen Platz!«

»Verdammt hässliches Ding für jeden Platz! Aber das ist nun mal Yerakas' Masche. Er stellt einen riesigen Klotz in die Landschaft und kooperiert dann mit Reiseveranstaltern in ganz Nordeuropa, wo die Menschen den elenden Winter durchstehen müssen und von der Mittelmeersonne träumen; danach braucht er nur noch zu kassieren.«

»Es muss wohl funktionieren, sonst würde er es nicht tun.«

»Es hat auf Korfu funktioniert und auf Kreta. Dort gibt es Flughäfen und Sandstrand. Ägina ist anders. Für den Massentourismus ungeeignet. Kein Flugplatz, keine nennenswerten Strände. Um hierherzugelangen, brauchten die verfrorenen Nordländer erstens einen Flug nach Athen, zweitens einen Bus nach Piräus, drittens ein Schiff nach Ägina und viertens einen Bus zum Hotel. Das grenzt schon an Schwerstarbeit.«

»Das hätte er voraussehen müssen.«

»In der Tat. Doch er war offenbar entschlossen, irgendwas in Ägina aufzuziehen. Sein Zeichen zu hinterlassen, wie ein Hund, der sein Revier markiert. Ein Hotel in der Stadt hätte vielleicht Erfolg gehabt, aber das hat der Oberst verhindert.«

»Yerakas und Constantine müssen bei dem Projekt eine Menge Geld verloren haben.«

»Und wem gaben sie die Schuld dafür? Nicht ihrer eigenen Dummheit, nicht ihrer Gier, sondern einem alten Kämpfer, der sich bemüht, das architektonische Erbe seiner Insel zu bewahren.«

»Hier geht es mit Sicherheit nicht nur um Geld«, bemerkte George.

»Da verkennen Sie die beiden«, erwiderte Abbas. »Die sehen immer nur den Gewinn. Das ist alles, was für sie zählt.«

»Und deshalb versuchen sie, Varzalis einen Mord anzuhängen? Das ergibt doch keinen Sinn.«

»Was ergibt hier in Griechenland überhaupt einen Sinn?« Abbas' Augen glühten zornig.

»Vielleicht steckt ein anderes Motiv dahinter«, sagte George.

»Welches zum Beispiel?«

»Vielleicht kennen sie den Mörder.«

»Darüber muss ich erst mal nachdenken«, erwiderte Abbas. Er beugte sich nach vorn und bat den Taxifahrer, sie nach Perdika zu bringen. Dann wandte er sich wieder an George.

»Schwimmen? Mittag essen?«

»Was ist mit der Liste?«

»Dazu komme ich noch. Sie haben gesagt: ›Vielleicht kennen sie den Mörder.‹ Ein faszinierender Gedanke. Aber warum sollte Constantine Sie mit Nachforschungen beauftragen, wenn er Bescheid wüsste?«

»Er hat mir nur gesagt – so gut wie gesagt –, dass mein Auftrag lautet, Beweise gegen den Oberst zu beschaffen!«

Abbas überlegte einen Augenblick. »Das ist ja wirklich mehr als hinterhältig«, bemerkte er schließlich.

»Das nennt man Rache«, erklärte George.

»Stimmt, aber wenn jemand meinen Bruder getötet hätte, würde ich doch wollen, dass der Richtige dafür ins Gefängnis geht!«

»Sie schon. Ich auch. Doch wir haben es hier mit einem merkwürdigen Menschen zu tun.«

Eine Weile fuhren sie schweigend weiter. Der Taxifahrer bremste ab.

»Hier ist Perdika«, sagte er. »Rechts oder geradeaus?«

»Nach rechts« antwortete Abbas. »Mein Kopf braucht eine Abkühlung. Es ist im Augenblick viel zu heiß zum Denken.«

»Und die Liste?«, beharrte George.

Abbas schenkte ihm ein leicht verzerrtes Lächeln. »Die kriegen Sie schon noch zu sehen.«

Sie sprangen von den Felsen ins tiefe Wasser und streckten sich dann zum Trocknen in der Sonne aus. Das kühle Nass hatte sie zunächst erfrischt, doch schon bald war ihnen wieder heiß und schwindlig.

»Dagegen hilft nur eins«, erklärte Abbas. »Noch mal schwimmen, danach ein Mittagessen in einer schattigen Taverne.«

George erwiderte: »Hören Sie, Abbas, ich gehe keinen Schritt mehr, bevor Sie mir nicht die Liste zeigen. Unter diesem Vorwand haben Sie mich auf die Insel gelockt, und jetzt glaube ich allmählich, dass etwas ganz anderes dahintersteckt.«

»Ich wollte Sie nur entschleunigen, Sie auf die richtige Geschwindigkeit bringen.«

»Wenn ich noch langsamer werde, schlafe ich ein!«

»Schön! Jetzt kommen wir der Sache allmählich näher!«

»Nein! Sie versuchen die ganze Zeit, mich zu irgendeiner Sache zu bewegen. Das ist etwas völlig anderes.«

»Ich versuche lediglich, Sie zum Mittagessen in einer Taverne zu bewegen. Wo Sie die Angelegenheit aus der richtigen Perspektive betrachten können.«

George stand auf. »Vergessen Sie's. Ich fahr zurück nach Athen.«

»Um was zu tun?«

»Mich um meinen Lebensunterhalt zu kümmern!«

»Sie machen einen Fehler.«

»Das ist mir egal. Ich habe keine Zeit zum Lamentieren.«

Abbas steckte eine Hand in die Hosentasche. »Also gut«, sagte er. »Ich hätte mir dafür zwar eine andere Situation gewünscht, aber was soll's.«

Er reichte George zwei gefaltete Blätter.

George öffnete sie. Mit Maschine geschriebene Namen und Adressen, einige mit blauer Tinte korrigiert, alle mit einem Zeichen versehen: einem +, x oder *. Adressen auf Ägina und Angistri. Als Überschrift stand auf der ersten Seite das Wort ΕΘΕΛΟΝΤΕΣ. Freiwillige. Eine Anmerkung auf der zweiten Seite erklärte die Symbole:

* = Gewehr

\+ = Pistole

x = Jagdgewehr/Flinte

»Hat Ihnen der Oberst die gegeben«, fragte George, »oder befand sie sich bereits in Ihrem Besitz?«

»Die habe ich von Varzalis bekommen.«

»Haben Sie ihm gesagt, dass sie für mich ist?«

»Natürlich.«

»Konnte er sich an mich erinnern?«

»Nein.«

»Wie haben Sie's ihm dann erklärt?«

»Ich habe ihm die ganze Geschichte noch mal von Anfang an erzählt. Der Mord, die Untersuchung usw. Mit seinem Gedächtnis schafft er es gerade mal, sich die wesentlichen Fakten zu merken.«

George dachte darüber nach. Es konnte sich nach wie vor um einen raffinierten Trick handeln, doch das schien zunehmend unwahrscheinlicher. Wer würde sich die Mühe machen, eine

Seite aus dem Schusswaffenverzeichnis herauszuschneiden, und dann eine von Hand getippte Kopie vorlegen? Es sei denn, die Kopie sollte dazu dienen, die Polizei auf eine falsche Fährte zu locken?

»Ein Gedanke beunruhigt mich allerdings«, sagte George

»Welcher denn?«

»Das nachlassende Erinnerungsvermögen des Obersts. Es scheint merkwürdig selektiv zu funktionieren. Das wäre ein schlagkräftiges Argument für seine Unschuld, denn dieses Verbrechen und die anschließende Beseitigung von Beweisen erfordern vorausschauende Planung, für die wiederum ein funktionierendes Gedächtnis erforderlich ist. Aber es gibt ein Problem. Es gibt mehrere Probleme. Zunächst einmal: Wieso ist ihm wieder eingefallen, dass diese Liste existiert?«

Abbas ging nicht auf seine Frage ein, sondern reagierte mit einer Gegenfrage: »Welche Beseitigung von Beweisen?«

George erwiderte mit Bedacht: »Das ist vertraulich. Einzelheiten spielen keine Rolle. Können Sie meine Frage beantworten?«

»Varzalis hat sich nicht an die Liste erinnert.«

»Wieso ist sie dann aufgetaucht?«

»Ich habe mich erinnert.«

»Sie? Wie das?«

»Wie einem eben irgendwas wieder einfällt! Sie haben mich nach dem Schusswaffenverzeichnis gefragt, mir kam die Liste des Obersts in den Sinn, ich fragte ihn, ob er sie noch hätte, er sagte, er habe keine Ahnung, also gingen wir seine Unterlagen durch.«

»Ich wundere mich allerdings nach wie vor, woher Sie überhaupt von der Existenz dieser Aufstellung wussten.«

»Das führt uns zurück in die Vergangenheit«, erklärte Abbas. »Fast zehn Jahre zurück.«

»Wohin?«

»Ins Jahr 2001. Ich erinnere mich noch an jede Einzelheit unseres Gesprächs. Varzalis und ich befanden uns auf der Rückfahrt von einem Treffen im Athener Schützenverein. Das war genau an dem schändlichen Tag, an dem der Anschlag auf das World Trade Center verübt wurde. Die Fernsehschirme an Bord der Fähre – die ich normalerweise verabscheue – brachten gerade die Nachricht.«

»Um wie viel Uhr war das?«

»Gegen 18:00 Uhr.«

George rechnete nach. 9:00 Uhr in New York plus ein bis zwei Stunden, um die sich die Ausstrahlung der Neuigkeit verzögerte, plus sieben Stunden Zeitunterschied. Die Zeitangabe stimmte. »Erzählen Sie weiter.«

»Der Oberst war vollkommen außer sich. Das Ereignis schien ihn zutiefst zu erschüttern. Außerdem beeindruckte ihn die Effizienz der Terroristen, wenn man die Ausführung dieses Angriffs unter rein technischen Gesichtspunkten betrachtet. Er als Fachmann erkannte natürlich die Logistik, die dahintersteckte.«

»Als Fachmann auf welchem Gebiet?«

»Terrorismusbekämpfung und Spionage.«

»Das wusste ich nicht.«

»Das waren seine Aufgabenbereiche.«

»Okay. Erzählen Sie weiter.«

»Ich denke nicht«, entgegnete Abbas.

»Warum nicht?«

»Das ist nicht der richtige Ort dafür, hier draußen auf den Felsen. Hier werde ich bei lebendigem Leib gebraten. Warum suchen wir uns nicht eine Taverne ein Stück die Straße runter und bestellen uns eine Flasche Retsina, dann kann ich Ihnen die Geschichte erzählen, wie es sich gehört.«

»Mir gefallen diese Verzögerungen nicht.«

»Na schön, wie Sie wollen. Harren wir also hier aus, und ich mach's kurz. Und wie das in Athen so üblich ist, werden Sie die Pointe verpassen, weil Sie es viel zu eilig haben!«

»Mir bleiben nur noch zwei Tage, um den Fall abzuschließen.«

»Sagt wer?«

»Sagt mein Klient.«

»Erklären Sie ihm, er soll sich zum Teufel scheren.«

»Das würde ich liebend gern tun. Aber er bezahlt mich.«

»Na schön. Ich biete Ihnen die Gelegenheit, drei Männer kennenzulernen, die im Besitz der entsprechenden Waffe sind und genau an der entsprechenden Stelle wohnen, von der aus sie den Professor hätten erschießen können. Ist Ihnen das klar?«

»Ja.«

»Ich möchte Ihnen von diesen drei Männern berichten. Allerdings nicht, während meine Eier hier auf dem Kalksteinfelsen gebraten werden. Dabei könnte mir ein entscheidendes Detail durch die Lappen gehen. Sind Sie noch in der Lage, mir zu folgen?«

»Ich muss schnell arbeiten.«

»Nein, mein Freund, genau das ist Ihr größter Fehler! Sie wollen alles hopphopp erledigen, aber das bringt Sie keinen Schritt voran.«

»Ich führe hier eine Ermittlung durch! Ich stelle Fragen, und weiter geht's.«

»Okay, dann sprechen Sie doch allein mit den Typen. Lassen Sie mich aus dem Spiel.«

»Um welche Namen geht es?«

»Paraskevás, Kotsis und Tasakos.«

George überflog die Liste. Alle drei waren mit einem Sternchen gekennzeichnet, besaßen also Gewehre. Er könnte sie durchaus allein aufsuchen. Es würde dauern, bis er sie in dem Labyrinth der Gässchen fand, und er wäre nur ein anonymer Fragesteller … Er überlegte, warum Abbas so viel Wert darauf legte, die Dinge in seinem gemächlichen Tempo abzuwickeln: zuerst Mittag zu essen, alles in die Länge zu ziehen?

»In Ordnung«, sagte er schließlich. »Wir machen es auf Ihre Art. Aber ich brauche einen Zeitplan.«

»Fünf Minuten schwimmen. Fünf Minuten zum Restaurant. Eine Stunde fürs Mittagessen. Fünfzehn Minuten Rückfahrt in die Stadt, das Taxi bestellen wir jetzt gleich. Eine halbe Stunde für jede Befragung. Zehn Minuten Nachbesprechung. Das macht drei Stunden. Um 16:15 Uhr nehmen Sie die Fähre zurück nach Piräus.«

»Okay. Das ist zumindest ein Plan. Versuchen wir, ihn einzuhalten.«

Als der Retsina vor ihnen auf dem Tisch stand und der aromatische Duft gegrillter Sardinen aus der Küche zu ihnen herüberwehte, erzählte Abbas weiter, was sich an jenem Abend im Jahr 2001 zugetragen hatte.

»Der Oberst gab mir die entsprechenden Hintergrundinformationen – die logistischen Schritte, die die Terroristen unternehmen mussten, um fünf Flugzeuge gleichzeitig zu entführen und sie zu ihren Angriffszielen zu steuern. Er erläuterte alles so detailliert, als hätte er es selbst geplant. Das Training der Piloten, das organisatorische Netzwerk, die verschlüsselten Nachrichten per Telefon oder E-Mail … Wir diskutierten auf der Überfahrt von Athen hierher darüber und setzten das Gespräch bei ihm zu Hause noch bis in den späten Abend fort. Ich fragte ihn, wie gut Griechenland sich gegen einen solchen Angriff verteidigen könnte, und er antwortete wie erwartet: faktisch nur äußerst unzureichend. Allerdings, sagte er, gäbe es informelle Bürgerwehren, Gruppen von Freiwilligen, die in einem nationalen Notfall bereitstünden, genau wie im Zweiten Weltkrieg. Ich erinnere mich, dass ich eine zynische Bemerkung machte, weil die Griechen sich grundsätzlich nicht gerade gern fürs Allgemeinwohl einsetzen. Das provozierte ihn. Er zeigte mir eine Liste von bewaffneten Freiwilligen. Wedelte damit vor meiner Nase herum, um zu beweisen, dass es im guten alten Griechenland immer noch Anstand und Kampfgeist gab. Ich hegte keinerlei Zweifel an seiner Behauptung, doch er wollte mir unbedingt demonstrieren, dass er recht hatte. Ich sollte die Liste lesen. Name für Name.«

»Hatten Sie getrunken?«

»Und ob! Kyra Sophia brachte uns irgendwann Hackfleischbällchen und Käse, damit wir wenigstens was im Magen hatten.«

»Haben Sie oft zusammen getrunken?«

»Nicht regelmäßig. Aber hin und wieder, wenn wir in der Stimmung dazu waren, haben wir ordentlich gebechert.«

»Es wundert mich, dass er Ihnen von den Freiwilligen erzählt hat.«

»Warum? Weil ich Ausländer bin?«

»Ja.«

»Wir sind Freunde. Die Nationalität spielt überhaupt keine Rolle.«

»Außer in Kriegszeiten.«

»Stimmt. Aber Persien führte den letzten Krieg gegen Griechenland im Jahre 330 v. Chr. Danach fanden wir nie wieder einen Grund, uns zu bekämpfen.«

»Treffen sich seine Freiwilligen auch heute noch?«

»Nein. Das hörte vor etwa fünf Jahren auf.«

»Was haben sie gemacht?«

Bei dem Gedanken an früher lächelte Abbas unwillkürlich. »Die Zusammenkünfte fanden immer mittwochabends statt.

Im Winter hatten wir theoretischen Unterricht zu Themen wie Handhabung und Platzierung von Sprengstoffen, Häuserkampf und Guerillakampf, Kommunikation, Gefahrenabwehr, Organisation und Versorgung und sogar ›Militärstrategie von Alexander dem Großen bis Ho Chi Minh‹. In der wärmeren Jahreszeit ging es mehr um praktische Übungen: Schießen, Fitness, Klettern, Nahkampf, Manöver, simulierte Angriffe auf feste und bewegliche Ziele, Überleben in der Wildnis, Landung einer feindlichen Invasionsflotte – ein umfassendes militärisches Training im Kleinformat. Mein Gott, was haben wir uns amüsiert!«

»Hat Varzalis das Ganze organisiert?«

»Ab und zu kamen Gastredner, aber die Kampfübungen hat er immer selbst angeleitet.«

»Haben Sie das alles ernst genommen?«

»Ja und nein.«

»Was meinen Sie damit?«

»Man musste ernsthaft mitmachen, sonst flog man raus. Varzalis verlangte Einsatz. Und hat ihn auch bekommen. Doch in meinem Hinterkopf wiederholte eine skeptische Stimme beharrlich: ›Mensch, das ist doch nur ein Spiel!‹ Natürlich muss man auch Spiele ernst nehmen, damit sie Spaß machen. Also hatte ich eine Doppel-, vielleicht sogar eine Dreifachmoral.«

»Da kann ich Ihnen nicht mehr folgen. Wieso dreifach?«

»Die erste ist ernsthaft, die zweite skeptisch, die dritte ist sich beider Aspekte bewusst. Ich vermute, die vierte wäre das Bewusstsein über das Bewusstsein, aber das ist für einen heißen Nachmittag doch etwas zu spitzfindig.«

George fragte sich, wie Abbas mit diesem komplizierten Denken überhaupt irgendwas zustande brachte. »Waren Sie der Einzige, der sich mit solchen Psychospielchen beschäftigte«, wollte George wissen, »oder taten das andere auch?«

»Ich habe sie nie gefragt. Doch bei den Kampfübungen war man immer mit absoluter Aufmerksamkeit bei der Sache. Für einen Akademiker wie mich, der sein ganzes Leben in Bibliotheken und Hörsälen verbracht hat, war das äußerst anregend. Einmal nachts, erinnere ich mich, wurde die halbe Truppe eingeteilt, um eine frühere Artilleriestellung der Deutschen an der Küste zu verteidigen, die von den restlichen Kämpfern erobert werden sollte. Ich gehörte zu den Verteidigern. Es war grauenvoll. Wir wussten, dass ein Angriff bevorstand, allerdings nicht, wann und aus welcher Richtung. Damals wurde mir ein beeindruckender und höchst überraschender Aspekt der menschlichen Wahrnehmung bewusst. Eine Gestalt, die reglos in der Landschaft steht, ist unsichtbar. Unsichtbar, glauben Sie mir! Besonders nachts. Nur Bewegung springt ins Auge. Ein Mann kann knapp einen Meter neben Ihnen stehen, ohne dass Sie ihn bemerken. Schon allein dieses Wissen ist beängstigend. In der Nacht erlebt man alles viel intensiver – sie ist erfüllt von seltsamen Geräuschen, geheimnisvollen Gestalten und Bewegungen! Wo zwischen all den Schatten, zwischen den tiefschwarzen Löchern lauert der Feind? Neben diesem Olivenbaum? Dort in dem verfallenen Haus? Oder hinter dir? In dieser Situation hörte ich keine Stimme mehr im Hinterkopf, das kann ich Ihnen versichern! Ich spürte nur Angst und Aufregung, bis zur Morgendämmerung. Noch heute bekomme ich Gänsehaut, wenn ich daran zurückdenke.«

»Vermutlich hatten Sie auch Waffen dabei?«

»Bei dieser Übung nur Messer. Natürlich keine echten. Man musste den Gegner in deutliche Unterlegenheit bringen, dann hatte man gewonnen.«

»Also waren die Gewehre Nebensache?«

»Beim erwähnten Einsatz schon. Bei anderen benutzten wir Schusswaffen, entweder mit Platzpatronen oder beim Zielschießen mit echter Munition.«

Abbas schien sich in seinen Erinnerungen zu verlieren. »Im Ernstfall hätten wir nicht viel ausrichten können, doch wir waren gut trainiert und in der Lage, dem Feind durchaus einige Kopfschmerzen zu bereiten. Vor dem Oberst hatten wir großen Respekt.«

»Alle?«

»Jeder Einzelne.«

»Haben Ihre Freundschaften die Jahre überdauert?«

»Die meisten. Manche haben sich auseinandergelebt.«

»Hatte einer von Ihnen Meinungsverschiedenheiten mit Varzalis? Wurde jemand von ihm gedemütigt?«

»Demütigung war nicht sein Stil. Er war stets geradeheraus und direkt, aber niemals verletzend. Für ihn stand immer die Mission im Vordergrund. Jede Kritik diente dem guten Zweck.«

»Hat er sich keine Feinde gemacht?«

»Nicht bei uns.«

»Und anderswo?«

»Sie stellen Fragen, als wäre Varzalis ermordet worden und nicht der Professor!«

»Das kann noch passieren, wenn man ihm den Mord anhängt.«

»In Griechenland gibt es keine Todesstrafe mehr.«

»Nur den Tod bei lebendigem Leib – in Gestalt einer Gefängnisstrafe.«

Abbas nickte. Er wandte den Blick zum Meer hin, wo ein kleines Fischerboot, von einem Schwarm Möwen verfolgt, gerade in den Hafen einlief. »Ich hoffe wirklich, dass es nicht so weit kommt. Oder dass er, falls doch, vorher stirbt …« Jetzt schaute er wieder George an. »Sagen Sie, warum interessieren Sie sich für die Freiwilligen?«

»Sie faszinieren mich.«

Abbas wirkte amüsiert.

George las noch einmal die Namen durch. »Erzählen Sie mir von den dreien, die Sie erwähnt haben: Kotsis, Paraskevás und Tasakos.«

Abbas beschrieb sie: ein pensionierter Polizist, ein Pilot bei Olympic Airways und ein Geschäftsmann, dem einige Läden in der Stadt gehörten. Seiner Meinung nach alle zuverlässige, ehrliche, gesetzestreue Bürger, denen man weder Neid noch Fanatismus oder psychische Labilität nachsagen konnte.

»Warum also sollte einer von denen sich entscheiden, Professor Petrakis zu erschießen?«

»Das ist die große Frage!«

Die Sardinen wurden serviert, dazu ein Teller gebackene Kartoffeln und ein Salat aus Gurken und Tomaten. Abbas bestellte noch einen halben Liter Retsina und warf einen Blick auf die Uhr. »Wenn wir den Terminplan einhalten wollen, bleiben uns fünfundzwanzig Minuten, um das alles zu essen.«

»Ist ja gut«, erwiderte George. »Allmählich sehe ich ein, dass Sie recht haben. Lassen wir uns Zeit.«

17

Als Ersten besuchten sie den Piloten, Paraskevás. Er war ein kräftig gebauter Mann Mitte vierzig und erklärte, er habe das Gewehr vor vier Jahren, nach der Geburt seines Sohnes, verkauft.

»Ich wollte keine Waffen im Haus haben, nicht, wenn Kinder da sind. Man kann Gewehre so sorgfältig wegschließen, wie man will, Kinder sind immer neugierig. Sie finden Schlüssel. Sie kundschaften alles aus.«

George fragte ihn, was für ein Gewehr er besessen hatte.

»Ein Winchester 70«, antwortete der Pilot. »Ein Sammlerstück, ich habe es von meinem Vater geerbt.«

»War es bei der Polizei registriert?«

»Selbstverständlich.«

»An wen haben sie es verkauft?«

»An einen Landwirt aus Souvala. Brauchen Sie seinen Namen?«

»Und die Adresse.«

»Ich glaube nicht, dass ich die aufgeschrieben habe. Er hieß Koromilás.«

»Was wissen Sie über ihn?«

»Nicht viel. Er wirkte wie ein ganz normaler Bauer. Große Hände, behaart und sonnenverbrannt. Er fährt einen Kleinlaster.«

Sie unterhielten sich noch kurz über eines der großen Rätsel der heutigen Ökonomie: Wieso bekamen Landwirte immer weniger Geld für ihre Produkte, wenn andererseits die Preise in den Supermärkten unaufhörlich stiegen? Irgendjemand verdiente sich eine goldene Nase ... George verfolgte das Gespräch nur mit halbem Ohr, er beobachtete den Piloten. Der wirkte entspannt und offen und wünschte ihnen Erfolg bei ihren Nachforschungen.

Als Nächstes suchten sie den pensionierten Polizeibeamten auf, Leonardos Kotsis. Ihr Klingeln hatte ihn offensichtlich geweckt, doch er bat sie verschlafen herein; seine Frau bat er, Kaffee zu kochen. Sie setzten sich in den Hof, in dem Weinreben Schatten spendeten und Bienen summten, und bewunderten seinen fruchtbaren Gemüsegarten: Melonen, Tomaten, Paprika, Auberginen und weiter hinten Orangen- und Zitronenbäume, deren noch kleine Früchte giftgrün zwischen den Blättern leuchteten. Um den Tisch herum standen überall dicht gedrängt Blumentöpfe mit Geranien und Lilien.

»Nicht schlecht für einen Garten mitten in der Stadt«, bemerkte Abbas anerkennend.

Der alte Herr nickte. »Wenn man in Rente geht, braucht man eine Beschäftigung. Wozu soll das sonst gut sein?«

Der Lilienduft gemahnte George an die kürzliche Beerdigung seines Freundes, während die überquellende Fülle im Garten ihn an den Albtraum in Sotirious Büro in Athen erinnerte. Der Alte rieb sich die Augen und fragte, was er für sie tun könne.

»Mein Begleiter untersucht den Petrakis-Mord«, erklärte Abbas. »Dort oben, dort in dem Fenster, das von hier aus zu sehen ist. Sie stehen auf der Liste der Waffenbesitzer in diesem Gebiet. Deshalb möchte Herr Zafiris Ihre Waffen überprüfen und Ihnen einige Fragen stellen.«

»Was für Fragen?«

»Wo waren Sie in der Nacht, als der Mord geschah?«

»Datum?«

»25. März.«

»Ich hole meinen Kalender.«

»Und Ihr Gewehr!«

Wenige Minuten später kam er zurück, begleitet von seiner Frau, die ihn besorgt fragte, was er mit dem Gewehr vorhätte. Der Polizist erklärte es ihr und reichte George die Waffe.

»Schauen Sie sich's an«, sagte er. »Es ist nicht geladen.«

George untersuchte es. Offensichtlich Zweiter Weltkrieg.

»Ist das hier ein Nazisymbol?« Er deutete auf einen winzigen Adler und ein Hakenkreuz, die in die Metallteile neben dem Abzugsbügel gestanzt waren.

»Richtig. Eine Waffe, die von der Wehrmacht erbeutet und von Widerstandskämpfern verwendet wurde. Mein Onkel hat sie mir überlassen.«

»Was ist das? Ein Mauser-Gewehr?«

»Genau. Karabiner 98 K.«

»Wozu benutzen Sie es?«

»Für die Jagd.«

»In Ägina?«

»Nein. Epirus.«

»Was gibt's denn dort oben im Norden?«

»Wild, Wildschweine, Bergziegen.«

»Genug zum Jagen?«

»O ja. Jede Menge.« Er zwinkerte. »Besonders, wenn man die Orientierung verliert und die Grenze nach Albanien überquert.«

»Erinnern Sie sich, wo Sie am 25. März waren?«

»Das kann ich Ihnen ganz genau sagen.«

Kotsis schlug seinen Kalender auf, blätterte einige Seiten zurück und erklärte: »Ich war in Ioannina. Bei meinem Cousin Angelos, dem Sohn des Onkels, der mir das Mauser geschenkt hat. Am nächsten Tag gingen wir auf die Jagd.«

»Hatten Sie das Gewehr dabei?«

»Ja.«

»Ist es polizeilich registriert?«

Kotsis warf ihm einen vorwurfsvollen Blick zu. »Aber selbstverständlich.«

»Kann ich die Telefonnummer Ihres Cousins bekommen?«

»Natürlich. Haben Sie Stift und Papier?«

George notierte sich die Angaben.

»Rufen Sie ihn abends an. Tagsüber ist er draußen auf seinem Land unterwegs.«

George schloss sein Notizbuch. Er spürte, dass der Mann verlässlich war. Kein Zögern erkennbar. Es schien sinnlos, ihm weiter auf den Zahn zu fühlen, doch er wollte noch eine letzte Frage stellen.

»Nach dem Mord hat sich jemand am Schusswaffenregister zu schaffen gemacht und eine Seite herausgeschnitten. Kennen Sie irgendjemanden in diesem Wohngebiet, der in der Lage ist, ins örtliche Polizeirevier einzudringen und Beweismaterial zu manipulieren? Vielleicht ein Angehöriger von einem der Beamten? Oder ein Freund?«

Kotsis sah ihn ausdruckslos an.

»Denn der, der die Seite entwendet hat, ist höchstwahrscheinlich auch der Mörder.«

Kotsis nickte nachdenklich, sagte jedoch nichts mehr.

»Vielen Dank«, verabschiedete sich George. »Ich möchte Ihre Zeit nicht länger in Anspruch nehmen.«

Ihr letzter Besuch galt dem Internetcafé Cosmo-Kabel; sie trafen den Inhaber in einer Art Glaskasten an, der ihn von dem abgedunkelten und mit Computern vollgestellten Ladenlokal trennte. An jedem der Geräte saßen zwei bis drei Jugendliche, deren Gesichter von den wechselnden Darstellungen auf den Bildschirmen beleuchtet wurden. Eine bizarre, chaotische Geräuschkulisse aus Motorenlärm, Explosionen, Schüssen, Gestöhne und hektischer Musik spann ihr unsichtbares Netz in der Luft, die stickig und vom beißenden Schweißgeruch der Heranwachsenden erfüllt war. Die Augen der Jungen waren starr auf die Spiele gerichtet. Einige agierten hektisch, andere spielten mit einer kaltblütigen Geschicklichkeit, die George zutiefst verstörte. Der Mann, der den Laden beaufsichtigte, fragte sie nach ihrem Anliegen.

»Ich suche Manos Tasakos.«

»Weshalb?«

»Ich muss ihm ein paar Fragen stellen.«

»Worüber denn?«

»Das erkläre ich ihm, wenn ich ihn gefunden habe.«

»Sind Sie eine Art Kontrolleur?«

George reichte ihm seine Karte.

»Ich verstehe«, sagte der Mann und gab sie zurück. »Was möchten Sie wissen?«

»Sind Sie Herr Tasakos?«

»Ja.«

»Soweit ich weiß, besitzen Sie ein Gewehr.«

»Nicht mehr.«

»Was ist damit passiert?«

»Ich habe es weggegeben.«

»Wann war das?«

»Vor vier oder fünf Jahren.«

»Erinnern Sie sich an die Marke?«

»Mauser.«

»Alt? Neu?«

»Mindestens fünfzig Jahre alt. Vielleicht noch älter.«

»Wofür haben Sie es gebraucht?«

»Zum Schießen, auf Vögel, Schießscheiben ... Das Übliche.«

»Wo waren Sie am Abend des 25. März dieses Jahres?«

Der Mann holte sein Mobiltelefon heraus und begann auf den Knöpfen herumzudrücken.

»Am 25. März? In Athen, den ganzen Tag.«

»Sind Sie über Nacht geblieben?«

»Nein. Ich bin mit dem letzten Fährschiff zurückgekommen.«

»Um wie viel Uhr war das?«

»So gegen 19:00 Uhr?«

»Was haben Sie in Athen gemacht?«

»Geschäftliche Dinge.«

»Haben Sie Leute getroffen?«

»Natürlich.«

»Leute, die Ihre Anwesenheit dort bestätigen könnten?«

»Ja.«

»Um welche Art von Geschäften ging es?«

»Kauf neuer Computer.«

»Für dieses Lokal?«

»Nein. Ein anderes.«

»Mit dem gleichen Konzept?«

Der Mann nickte. »Ein Internetcafé.«

George warf ihm einen skeptischen Blick zu. »Nennt man das so?«

»Haben Sie ein Problem damit?«

»Mir gefällt es nicht, wenn Kinder so vor dem Computer abhängen.«

»Das ist der Arbeitsplatz der Zukunft.«

»Ich weiß. Aber junge Menschen sollten mehr gesundheitsfördernde Dinge tun.«

»Hier drinnen sind sie wenigstens sicher. Wenn beide Eltern den ganzen Tag arbeiten, muss sich doch jemand um sie kümmern.«

»Zweifellos. Aber ich bin nicht gekommen, um darüber zu sprechen.«

»Worüber wollen Sie denn sprechen?«

»Über Professor John Petrakis.«

»Oh.« Der Gesichtsausdruck des Mannes veränderte sich. »Eine traurige Geschichte.«

»Ja, sehr traurig.«

»Natürlich wissen alle, wer das getan hat.«

»Tatsächlich?«

Tasakos warf einen Blick zu Abbas hinüber. »Sie haben schon von Oberst Varzalis gehört?«, fragte er.

»Das habe ich. Ich begreife nicht, warum er das hätte tun sollen.«

»Er hat wohl den Verstand verloren. Ohne besonderen Grund. Einfach peng! Mann tot.«

»Soweit ich weiß, ist er ein Freund von Ihnen.«

»Stimmt.«

»Haben Sie kein schlechtes Gewissen, ihn zu beschuldigen?«

»Ich beschuldige ihn nicht. Ich wiederhole nur, was viele behaupten. Wenn Sie das nicht von mir hören, hören Sie's von anderen. Und natürlich habe ich ein schlechtes Gewissen. Aber man wird ihn niemals vor Gericht stellen.«

»Warum nicht?«

»Er hat Verbindungen. Bis ganz nach oben. Selbst wenn man ihn anklagt und verurteilt, wird er seine Gefängnisstrafe niemals absitzen, denn er ist alt und krank.«

Tasakos zog eine Zigarette aus der Schachtel auf seinem Schreibtisch und zündete sie an.

»Kann ich Ihnen einen Kaffee anbieten?«

George bedankte sich, sagte jedoch, er müsse sich auf die Rückfahrt nach Athen machen. Sie gingen durch das dumpfe Zwielicht im Laden und hinaus in den grellen Sonnenschein.

»Was denken Sie?«, fragte Abbas auf dem Weg zum Hafen.

»Wie gut kennen Sie Tasakos?«

»So lala.«

»Waren Sie nicht beide Freiwillige?«

»Doch. Er ist ein guter Mann. Er hat allerdings eine Menge Sorgen. Kein leichtes Leben.«

»Inwiefern?«

»Seine Frau ist ausgesprochen menschenscheu und übergewichtig. Der Sohn ist auch nicht viel besser.«

»Ein Einzelkind?«

»Ein anderer Sohn lebt in Deutschland. Aber der hält sich wohlweislich fern.«

»Er reagiert empfindlich, wenn man sich nach seinen Geschäften erkundigt.«

»Sie waren auch nicht gerade diplomatisch. Er wird von allen Seiten kritisiert. Keiner sieht es gern, wenn Kinder so von diesen Gewaltspielen fasziniert sind. Vielleicht ist das alles nur Phantasie, hat aber trotzdem eine Wirkung. Zwangsläufig.«

»Wie auch immer«, sagte George, »es ist völlig irrelevant. Er besitzt kein Gewehr und war den ganzen Tag über in Athen. Wenn alle drei die Wahrheit sagen, bin ich kein Stück weiter.«

»Wenn!«

»Jetzt bleibt mir nur noch ein Tag.«

»Sie müssen diesen forensischen Bericht einsehen.«

»Da haben Sie verdammt recht! Mal angenommen, darin steht, die Tatwaffe war ein Mauser-Gewehr? Wir wissen schon von zweien! Wie viele gibt es auf der Insel?«

»Jede Menge. Die Deutschen hatten Millionen davon.«

George dachte darüber nach. Es nützte nichts.

»Ich muss zusehen, dass ich die Fähre erwische«, sagte er.

18

Am frühen Abend kam George nach Hause. Gegen 22:00 Uhr erwartete er seinen Sohn Nick aus London und wollte vorher noch die Wohnung aufräumen, in der ein ziemliches Durcheinander herrschte. Er sammelte die alten Zeitungen und Zeitschriften im Wohnzimmer ein, stopfte die schmutzigen Kleidungsstücke, die im Schlafzimmer auf dem Fußboden lagen, in einen Wäschekorb, wusch in der Küche das benutzte Geschirr ab und ging rasch mit Staubsauger und Staubwedel durch alle Räume. Ihm platzte fast der Schädel. Abbas hatte recht. Er musste langsamer machen.

Kurz nach acht erhielt er die Nachricht, dass der Flug zwei Stunden Verspätung hatte. Bombenalarm in Heathrow. »Warte nicht auf mich, Papa. Bis morgen früh.«

Doch auf George wartete noch Arbeit. Er nahm eine Dose Bier aus dem Kühlschrank und öffnete seinen Laptop.

Das Erste, was er sah, war eine E-Mail von Pezas mit den Ergebnissen seiner Nachforschungen über Yerakas. Er las sie zweimal aufmerksam durch. Yerakas hatte überall in Griechenland Hotels, Wohnanlagen und Yachthäfen gebaut und die Standorte dafür geschickt ausgewählt. Mit dem Ägina-Palace schien ihm ein seltener Irrtum unterlaufen zu sein. Er war darüber hinaus an Einkaufszentren und Golfplätzen beteiligt sowie an Unternehmen der Wasserversorgung und Abwasseraufbereitung. Es gab ehrgeizige Pläne für ein »Öko-Apart-Hotel«, das in einem Naturschutzgebiet errichtet werden sollte, wegen der Schuldenkrise jedoch auf Eis gelegt worden war.

»GUT SO!«, hatte Pezas neben den letzten Absatz geschrieben.

Yerakas war verheiratet und hatte zwei Töchter und einen Sohn sowie einen Bruder und eine Schwester. Der Bruder arbeitete als Investmentbanker in Zürich. Die Schwester war in Athen mit einem Geschäftsmann verheiratet. Sie hatte einen Sohn.

George rief Pezas an. »Danke für den Bericht«, sagte er. »Gründlich wie immer. Ein Name fehlt allerdings.«

»Welcher denn?«

»Du schreibst, Yerakas' Schwester sei mit einem Geschäftsmann in Athen verheiratet. Wie heißt er?«

»Verdammt, ich wusste, dass du das fragen würdest. Das habe ich nicht herausgefunden.«

»Warum nicht?«

»Ich wurde unterbrochen und bekam keinen Kontakt mehr zu meinem Informanten.«

»Kannst du das noch für mich in Erfahrung bringen?«

»Im Augenblick nicht.«

»Warum nicht?«

»Ich trinke gerade was mit einem Freund.«

»Und danach?«

»Es handelt sich um eine Freundin.«

»Das hättest du auch gleich sagen können! Melde dich morgen früh.«

Er legte auf und dachte leicht amüsiert über Pezas nach, einen der sexbesessensten Männer auf diesem Planeten, der mit einer ›Freundin‹ ein paar Gläser trank. Auch mit fünfundvierzig hatte er immer noch ständig wechselnde Beziehungen. Dachte immer noch pausenlos an Sex. Am Morgen danach steht er dann entweder mit dem stolzen Lächeln eines Eroberers vor dir oder wird von existentiellen Zweifeln geplagt. War ich zu ungeduldig? Bin ich nicht mehr so gut wie früher? Ist sie vielleicht andersherum? George hatte ihn nach einigen dieser Begegnungen beschwichtigt und ihm neuen Mut zugesprochen. Dabei fühlten sie sich, als wären sie wieder zwanzig – als wäre die andere Hälfte der Menschheit von dem allertiefsten, undurchdringlichsten, wunderbarsten Geheimnis umwoben …

Er bekam Hunger und bestellte Kebab bei einem Lieferservice. Während er wartete, räumte er den Schreibtisch auf. Als es klingelte, öffnete er die Tür, zahlte dem Mann seine sechs Euro, ging mit einer zweiten Dose Bier vom Kühlschrank zurück ins Wohnzimmer und setzte sich hin, um zu essen.

Er sollte sich Gedanken über die nächsten Tage machen. Nick hatte geplant, morgen früh nach Andros zu fahren, und George wollte ihn gern begleiten, musste jedoch auch seinen Bericht an Petrakis schreiben und abliefern. Direkt vor der Abreise würde er das nicht mehr schaffen. Also blieb nur noch heute Abend, selbst wenn er nicht zu eindeutigen Ergebnissen kam, da ihm entscheidende Informationen fehlten. Doch das war der Preis, den Petrakis zahlte, weil er ein Arschloch war und Zeitdruck machte.

George spürte seine Müdigkeit. Früher hätte er alles vorbereitet: Bier, Zigaretten, Schallplatten; Licht an, Musik an, Schreibmaschine mit Farbband und Papier bestückt. Dann hätte er losgelegt wie ein Besessener. Egal, wie lange es dauerte. Wenn's sein musste, bis zum Morgengrauen. Jetzt wollte er nur noch ins Bett.

Er zerdrückte die Kebab-Schachtel und warf sie in den Abfalleimer. Dann zog er am Ring der Bierdose, dachte wehmütig an die Zigarettenmarke, Papastratos, die er lange geraucht hatte, und öffnete erneut seinen Laptop.

Zwei Stunden später war es vollbracht. Er druckte den Bericht aus, unterschrieb ihn, scannte ihn ein und schickte ihn per E-Mail an Petrakis. Das Original steckte er in einen Schnellhefter auf seinem Schreibtisch. Dann stand er auf, reckte und streckte sich und warf einen Blick auf die Uhr. 22:30 Uhr. Nick würde um Mitternacht ankommen. Er wollte wach sein und ihn begrüßen, anstatt auf dem Sofa vor dem Fernseher zu schlafen wie ein alter Mann. Also beschloss er, noch einen kleinen Spaziergang zu machen.

19

Bei seiner Rückkehr spürte George sofort, dass irgendwas nicht stimmte. Tabakrauch im Hausflur, sämtliche Lichter im Treppenhaus eingeschaltet. Er rannte nach oben. Seine Wohnungstür stand offen. Auf dem Treppenabsatz erwartete ihn Dimitri mit vor Schreck geweiteten Augen. Einbrecher hatten die Regale im Arbeitszimmer ausgeräumt, sämtliche Schränke und Schubladen geleert und Bücher und Papiere über den ganzen Fußboden verstreut.

»Haben Sie was gesehen?«, fragte George.

»Ich habe Geräusche gehört«, erwiderte Dimitri. »Ich wollte nachschauen, aber Tasia ließ mich nicht gehen.«

»Das war klug von ihr.«

»Wie sind sie reingekommen?«

George untersuchte die Tür.

»Wahrscheinlich mit einer Kreditkarte. Ich hatte nicht abgeschlossen.«

Dimitri bot an, ihm beim Aufräumen zu helfen. George lehnte ab; das würde er allein schaffen. »Gehen Sie nur zu Tasia. Sie braucht Sie jetzt.«

Er überprüfte die anderen Zimmer. Sie waren unberührt, doch sein Büro hatte man gründlich durchsucht. Sein Laptop war vom Schreibtisch verschwunden. Die alten hölzernen Weinkisten aus Frankreich, in denen er seine Kameras und Abhörgeräte aufbewahrte, waren leer geräumt. Er kontrollierte die Schreibtischschubladen. Jemand hatte sie durchwühlt, mehrere Gegenstände fehlten: Memorysticks, eine externe Festplatte, seine Beretta. Auch die Akten auf dem Schreibtisch hatte man mitgenommen.

Es klingelte an der Tür.

Nick stand im Eingang, einen großen Koffer im Schlepptau.

Sie umarmten sich.

Nick sagte: »Du siehst fix und fertig aus.«

»Alles in Ordnung«, erwiderte George. »Was war mit der Bombendrohung in London?«

»Lief alles ganz ruhig und britisch ab. Am Ende war nichts: Fehlalarm.«

Dann schaute Nick über die Schulter seines Vaters ins Arbeitszimmer. »Verdammt, Papa, was ist denn hier passiert?«

»Gerade eben wurde bei mir eingebrochen.« George fühlte sich plötzlich ganz schwach auf den Beinen. »Ich muss die Polizei anrufen und eine Liste der gestohlenen Gegenstände erstellen …«

»Die Liste kann bis morgen warten. Du solltest dich einen Augenblick ausruhen.«

»Du hast recht«, stimmte George zu. »Jetzt brauch ich erst mal einen Whisky.«

Bei einem Glas Talisker unterhielten sich Vater und Sohn. Nick erzählte von seinem Lehrgang, seinen Freunden und seiner Beziehung, auch von den Strömen von Bier, die durch die studentischen Kehlen flossen. Er wunderte sich, wie man mit solchen Mengen Alkohol im Blut überhaupt studieren und Prüfungen bestehen konnte. »Und was ist ihr Geheimnis? Abends betrinken sie sich, am nächsten Morgen stehen sie auf, Frühstück um acht, Vorlesungen um neun. Sie haben einen Kater, fühlen sich hundeelend, aber innen drin laufen sie wie ein Uhrwerk. Das ist ihr System, es funktioniert reibungslos.«

»Während der Grieche nur Kaffee trinkt und sich Tag für Tag seinen Weg durchs Chaos bahnt.«

»Und welch eine Überraschung: Wir stecken in der Krise.«

»Vielleicht macht ja das Frühstück den entscheidenden Unterschied«, vermutete George.

»Frühstück, ein kühleres Klima und Gemeinschaftsgeist.«

»Dessen Ursprünge schließlich bei uns in Griechenland liegen, Himmelherrgott noch mal – aber der ist uns mittlerweile völlig abhandengekommen!«

»Geht der Gemeinschaftsgeist wirklich auf uns zurück?«, fragte Nick. »Hat man ihn nicht in allen Gesellschaften gefunden?«

»Gefunden und manchmal wieder verloren«, antwortete George nachdenklich und starrte in sein Glas.

»Dann woll'n wir mal hoffen, dass er wieder auftaucht!«, rief Nick und prostete seinem Vater zu.

Sie tranken auf ihre Hoffnungen. »Dabei wird es ganz besonders auf deine Generation ankommen«, bemerkte George. »Du siehst ja, wie es in England funktioniert. Bring das zurück hierher. Geh keine Kompromisse ein.«

»Das Gleiche könnte ich zu dir sagen«, entgegnete Nick. »Du hast auch im Ausland studiert und so einiges mitbekommen. Was ist daraus geworden?«

»Das ist eine verdammt gute Frage«, räumte George ein. »Die Antwort besteht aus einem einzigen Wort: PASOK*.«

»Ach wirklich? Wie wär's mit zwei Worten: Nea Dimokratia**?«

»Na schön, beide Parteien sind schuld. Die eine hielt selbstgefällig an der alten Ordnung fest, die andere hat sie einfach aufgelöst und die Lage dadurch noch weiter verschlimmert. Ich

* Panellinio Sosialistiko Kinima = Panhellenische Sozialistische Bewegung, gegründet 1974 von Andreas Papandreou

** ND (Neue Demokratie) = liberal-konservative Partei, gegründet 1974 von Konstantinos Karamanlis

persönlich halte allerdings die PASOK für unser Verhängnis. Andreas Papandreou war ein kluger Mann. Er hat in Harvard Wirtschaft studiert und auch gelehrt, wie du weißt, und wollte in Griechenland eine gerechtere Gesellschaft aufbauen. Alles fing vielversprechend an, er half den Armen, finanzierte Krankenhäuser und sagte immer das Richtige. Dann ist ihm die Macht zu Kopf gestiegen. Er hat sich mit europäischem Geld Stimmen gekauft, hat die aufgeblähteste, ineffektivste Bürokratie der Welt erschaffen, hat die besten Industrieunternehmen des Landes verstaatlicht und sie dadurch von einer Quelle für Einkommen und Arbeitsplätze in ein Abflussrohr verwandelt, das jede Menge staatliche Gelder verschlingt. Er hat dieses Land vergiftet! Hat die Wirtschaft ruiniert und innerhalb von zehn Jahren sämtliche Hoffnungen für die Zukunft zerstört!«

»Und das sollen wir wieder in Ordnung bringen?«

»Nein. Natürlich nicht. Das schafft ihr nicht. Aber macht es nicht noch schlimmer.«

»Ein verdammt mieses Vermächtnis«, bemerkte Nick. »Ich bin nicht sicher, ob ich es annehmen möchte.«

»Es ist deins, ob du willst oder nicht«, entgegnete George. »Mach das Beste draus.«

Er schenkte noch einen Drink ein und verdünnte den Whisky mit einem Schuss Wasser.

George wollte wissen, was man in London zur griechischen Schuldenkrise sagte.

»Ach, das Übliche«, antwortete sein Sohn. »Dass die Griechen faul und korrupt sind. Dass sie den ganzen Tag im Café oder am Strand sitzen und keine Steuern zahlen. So was hört man die ganze Zeit. Es ist schon ziemlich beleidigend, wie man pauschal über uns Griechen urteilt.«

»Was sagt man über die Wirtschaft?«

»Dass wir die Eurozone verlassen sollen. Dass wir die Währung abwerten, Exporte billiger machen und das Defizit ausgleichen müssen.«

»Hier sagt das kein Mensch«, erwiderte George. »Auch wenn es offensichtlich die Lösung ist.«

Nach einer langen Nacht versuchte George am nächsten Morgen bei einer Tasse starkem Kaffee seine Gedanken zu ordnen. Sein gesamtes Arbeitsmaterial fehlte. Ebenso ein Teil seines Archivs: drei Kartons mit Zeitungsausschnitten, einer mit Fotos. Sämtliche elektronischen Speichergeräte einschließlich der Sicherungskopien, die er von seinen wichtigsten Akten gemacht hatte. Außerdem sein Telefon, sein Kalender, seine Waffen. Er würde die nächsten Tage damit verbringen müssen, diese Verluste zu ersetzen.

Wo sollte er anfangen?

Ihm fiel Varzalis' Liste der Freiwilligen ein. Er nahm sich vor, Abbas anzurufen, und hoffte, dass der die Liste kopiert hatte.

Das Telefon klingelte.

»Herr Zafiris?«

Eine Stimme, die er nicht erkannte.

»Wer spricht bitte?«

»Wie geht es Ihnen?«

»Wer spricht bitte?«

»Lassen Sie die Finger von den Geschäften anderer Leute.«

»Sagen Sie mir, wer Sie sind, damit ...«

Die Stimme fiel ihm ins Wort. »Eine zweite Warnung wird es nicht geben.«

Dann war die Leitung tot.

George fluchte. Drohanrufe waren nichts Neues für ihn. Aber diese dämlichen Mistkerle waren auch noch zu blöd, um über den eigenen Tellerrand zu schauen. Von wessen Geschäften sollte er denn nun die Finger lassen?

Er griff sich das Telefonbuch, suchte die Nummern von Kakridis, Petrakis und Pezas heraus und schrieb sie auf. Als Ersten rief er Kakridis an und hinterließ eine Nachricht auf dem Anrufbeantworter. Danach versuchte er es bei Petrakis.

»Ja?« Die unverwechselbare misstrauische Stimme.

»Hier spricht Zafiris. Ich habe eine Frage und möchte eine klare Antwort.«

»Schießen Sie los.«

»Haben Sie gestern Abend jemanden geschickt, um meine Wohnung zu durchsuchen?«

»Warum sollte ich das tun?«

»Vielleicht können Sie mir das sagen.«

»Das war ich nicht.«

»Außerdem habe ich einen Drohanruf erhalten.«

»Und was soll ich dagegen unternehmen?«

»Falls Sie der Auftraggeber sind ...«

»So etwas mache ich nicht.«

»Vielleicht einer Ihrer Vertreter?«

»Ganz bestimmt nicht!«

George überlegte, was er noch fragen könnte. Sein Kopf schmerzte, sein Gehirn arbeitete langsam.

»Ist das alles?«, wollte Petrakis wissen.

»Da wir gerade miteinander sprechen: Haben Sie meine Nachricht erhalten?«

»Ja, und ich habe sie bereits beantwortet.«

»Mein Computer ist weg, deshalb konnte ich Ihre E-Mail nicht öffnen.«

Die Stimme zögerte. »Warten Sie einen Augenblick. Ich lese es Ihnen vor ... *Vielen Dank für Ihren Bericht. Ich muss gründlich über die Angelegenheit nachdenken, bevor ich mich zu weiteren Ausgaben verpflichte. Bitte betrachten Sie die Untersuchung als abgeschlossen und senden Sie alle relevanten Unterlagen an mein Büro.*«

»Abgeschlossen?« George konnte seine Enttäuschung nicht verbergen. »Sie möchten wirklich, dass ich die Nachforschungen einstelle?«

»So ist dieses Wort normalerweise zu verstehen.«

»Welche Schriftstücke möchten Sie haben?«

»Alle. Ich will das gesammelte Beweismaterial begutachten und mir selbst eine Meinung bilden.«

»Mein Büro wurde auf den Kopf gestellt. Ich weiß nicht, was ich noch finde.«

»Schicken Sie mir einfach alles, was Sie haben.«

»Da der Auftrag abgeschlossen ist, kann ich Ihnen auch gleich meine Abrechnung beilegen.«

»Wie Sie wollen. Mein Büro wird sich um die Begleichung kümmern.«

George saß vor seinem ungewohnt ordentlichen Schreibtisch und blickte auf die Liste der gestohlenen Gegenstände.

Nach längerem Starren kam er zu dem Schluss, dass er etwas unternehmen sollte. Er rief beim zuständigen Polizeirevier an. Der diensthabende Beamte hatte wohl gerade einen guten Tag, denn statt der üblichen Abfuhr bekam er die Zusage, dass eine Streife vorbeikommen würde.

Als Nick zum Frühstück auftauchte, bat George ihn um Rat bei der Beschaffung eines neuen Mobiltelefons und eines Computers. Nick sagte bereitwillig zu, sich darum zu kümmern. Damit hatte er zwei Dinge erledigt oder zumindest auf den Weg gebracht. Das war immerhin ein Fortschritt.

Das Telefon klingelte.

»Guten Morgen«, begrüßte ihn eine energiegeladene Stimme. »Hier spricht Kriminaldirektor Sotiriou.«

George berichtete ihm von dem nächtlichen Einbruch, vom Diebstahl der Akten und seiner Ausrüstung.

»Ich wünschte, die würden auch meinem Büro mal einen Besuch abstatten«, antwortete Sotiriou.

»Ich sag ihnen Bescheid, wenn ich sie sehe.«

»Okay, hören Sie, Zafiris, ich muss Sie um einen Gefallen bitten.«

»Schießen Sie los.«

»Sie wissen, dass letzte Woche ein Parlamentsmitglied tot aufgefunden wurde?«

»Boiatzis.«

»Genau. Kannten Sie ihn?«

»Nicht persönlich.«

»Soweit ich weiß, gab es eine Art *Viereckbeziehung* mit seiner Frau und einem anderen Politiker, dessen Namen ich nicht nennen werde.«

»Wo haben Sie das denn gehört?«

»Das spielt keine Rolle. In dem Zusammenhang tauchte auch Ihr Name auf. Was können Sie mir darüber sagen?«

»Mir scheint, Sie sind auf dem gleichen Informationsstand wie ich. Wer ist Ihre Quelle?«

»Das werde ich Ihnen nicht verraten. Also fragen Sie nicht.«

»War es Pezas?«

»Sie haben mir nicht zugehört.«

»Was genau möchten Sie wissen, Herr Kriminaldirektor?«

»Alles, was Sie wissen. Wie lange diese Affären schon dauerten. Wie ernsthaft sie waren. Ob sie in irgendeinem Zusammenhang mit dem Tod von Boiatzis stehen oder ob es dafür andere Gründe gab, finanzielle, politische oder persönliche, die dazu führten, dass er sich erschoss oder dass …« Sotiriou verstummte abrupt.

»Oder was?«

»Oder nichts.«

»Bestehen irgendwelche Zweifel?«

»Es bestehen keinerlei Zweifel daran, dass er tot ist.«

»Bestehen irgendwelche Zweifel daran, dass er Selbstmord begangen hat?«

»Hören Sie auf, mich auszuhorchen. Ich stelle hier die Fragen! Übrigens sind Sie verpflichtet, darauf zu antworten. Sonst kann ich Sie wegen Unterschlagung von Beweismaterial belangen.«

George beschrieb ihm, welchen Auftrag ihm der ›andere Politiker‹ erteilt hatte, ohne dessen Namen zu erwähnen. Er bemühte sich, sachlich zu bleiben. Schließlich handelte es sich um eine heikle Angelegenheit.

Sotiriou bemerkte unvermittelt: »Das muss ja der reinste Unmensch sein.«

George enthielt sich jeglichen Kommentars. Stattdessen fragte er: »Was haben Sie vor?«

»Das werde ich Ihnen nicht verraten.«

»Nein, selbstverständlich nicht. Wie dumm von mir, überhaupt zu fragen.«

Sotiriou dankte ihm barsch für seine Hilfe und legte auf.

Als Nächstes hätte George, wie ihm im Nachhinein klarwurde, Kontakt zu Kakridis aufnehmen müssen. Allerdings war das etwas, was er freiwillig niemals tun würde. Stattdessen machte er sich an die Abrechnung für Petrakis.

Die war denkbar einfach. Sieben Tage à 320 Euro: 2240 Euro. Sechs Hin- und Rückfahrten nach Ägina: 120 Euro. Taxi- und U-Bahn-Kosten: 30 Euro. Sämtliche Belege waren verschwunden, so dass er auf Schätzungen zurückgreifen musste. Telefonate und Überstunden würde er nicht in Rechnung stellen.

Er schrieb die Aufstellung ordentlich ab, steckte sie gefaltet in einen Briefumschlag und wollte Petrakis gerade telefonisch nach seiner Büroadresse fragen, als sein Apparat erneut klingelte. Jetzt erst dämmerte ihm, dass er Kakridis hätte anrufen müssen. Der

Minister brüllte schon, bevor George den Hörer überhaupt am Ohr hatte.

»Zuerst kriege ich irgendeine Scheißnachricht durch Männer mit Motorradhelmen, als wäre ich ein verdammter Gangster! Dann fragt mich die Polizei nach meinem Liebesleben! Das alles kann doch wohl nur von einer Person kommen: von Ihnen! Wenn das Ihre Art ist, ein Honorar von mir zu erpressen, auf das Sie jetzt übrigens keinerlei Anspruch mehr haben, dann sage ich dazu nur eins: Sie können mich mal!«

»Ich erpresse Sie nicht, Herr Kakridis.«

»Ach nein? Das ist komisch, denn genau so fühlt es sich an. Und eines sollten Sie wissen, Herr Detektiv: Ich sorge dafür, dass ein Erpresser den Tag bereut, an dem er mich kennengelernt hat.«

»Ich erpresse Sie nicht, mein Herr. Es besteht keinerlei Zusammenhang zwischen diesen Ereignissen und Ihrem Versäumnis, mir mein Honorar zukommen zu lassen.«

»Blödsinn.«

»Blödsinn für Sie!«

»Sie haben den Job vermasselt und wollen mich jetzt zwingen zu bezahlen.«

»Ich habe Ihnen die Informationen beschafft, um die Sie mich gebeten hatten.«

»Und dann haben Sie alles der verdammten Polizei erzählt!«

»Das habe ich nicht.«

»Wie sollten die das denn sonst rausfinden?«

»Keine Ahnung.«

»Das müssen Sie gewesen sein!«

»Ich war es nicht.«

»Wer dann?«

»Ich sage Ihnen, ich weiß es nicht. Das könnte jeder gewesen sein. Ein Journalist? Vielleicht sogar Ihre Frau? Ehefrauen wissen wesentlich mehr als ...«

»Halten Sie mir keinen Vortrag darüber, was Ehefrauen wissen! Irgendjemand hat mit der Polizei gesprochen. Ich habe Ihnen die eindeutige Anweisung gegeben, die Angelegenheit stillschweigend ...«

George spürte, dass er allmählich kochte vor Wut. Er versuchte, sich zu beherrschen.

Kakridis tobte immer weiter. »Heute die Polizei, morgen die Presse!«

»Ich bin nicht Ihr Pressesprecher, Herr Kakridis.«

»Das können Sie laut sagen! Sie sind ein verdammter Erpresser!«

George hätte am liebsten den Hörer aufgeknallt, doch genau darauf wartete Kakridis sicherlich.

»Ich habe Ihnen meine Rechnung zugeschickt«, erklärte er ruhig. »Sie haben dreißig Tage Zeit, sie zu begleichen, danach wird mein Anwalt sich damit befassen.«

»Da brauchen Sie aber einen verdammt guten!«

»Ich bezahle meine Rechnungen, Herr Kakridis. Das erspart mir eine Menge Ärger. Ich schlage vor, Sie folgen meinem Beispiel.«

»Sie können mich mal.«

»Einen schönen Tag noch«, erwiderte George und legte auf.

So unangenehm das letzte Telefonat auch gewesen war, er musste den Hörer erneut zur Hand nehmen und mit Pezas reden. Falls sein Freund Informationen an die Polizei durchsickern ließ, könnte er sie auch, direkt oder indirekt, an die Presse weitergeben.

»Hektor? Hör zu, ich möchte, dass du mir ehrlich antwortest: Hast du mit der Polizei über Boiatzis und Kakridis gesprochen?«

»Nein. Warum?«

»Sie wissen davon.«

»Welche Abteilung?«

»Gewaltkriminalität.«

»Wegen eines Selbstmords?«

»Es gibt Andeutungen, dass es doch kein Selbstmord war.«

»Wer hat dich angerufen?«

»Sotiriou.«

»Oh!«

»Kennst du ihn?«

»Er ist ein alter Freund von mir.«

»Er wusste von den Seitensprüngen. Ich dachte, du hättest ihm vielleicht davon erzählt.«

»Auf keinen Fall.«

»Kannst du das beschwören, Hektor?«

»Bei meinem Leben.«

»Okay. Ich glaube dir. Neue Frage: Hast du den Namen für mich herausgefunden?«

»Welchen denn?«

»Den Namen des Mannes, der mit der Schwester von Simeon Yerakas verheiratet ist.«

»Mist, das hab ich vergessen.«

»Zu beschäftigt mit deiner Freundin?«

»Gewissermaßen.«

»Sitzt denn dein Hirn jetzt nur noch zwischen den Beinen?«

»Tut mir leid, George. Ich kümmere mich sofort darum.«

»Tu das, denn ich habe noch einen Job für dich.«

»Nämlich?«

»Ich möchte, dass du ein paar Tage aufpasst, ob jemand hinter mir her ist.«

»Das wird dich 'ne Stange Geld kosten.«

»Ich weiß. Hast du noch was anderes am Start?«

»Nichts Dringendes. Was ist denn los?«

»Machst du mir einen guten Preis?«

»Den besten.«

»Wie viel?«

»Frag nicht.«

»Ich muss es wissen. Kakridis zahlt nicht, und Petrakis hat den Auftrag in Ägina für abgeschlossen erklärt und den Geldhahn zugedreht. Deshalb ist es momentan ganz schön eng.«

»Gib mir einfach, wie viel du willst.«

»Okay.«

»George, warum engagierst du mich als Aufpasser?«

»Jemand hat mich bedroht.«

»Ernsthaft?«

»Zumindest fasse ich es so auf. Ich erklär's dir, wenn wir uns sehen. Ich möchte diese Kerle erwischen, aber das schaffe ich nicht allein. Noch eins: Ich brauche eine gute Pistole. Kompakt und zuverlässig. Hast du eine übrig?«

»Welche benutzt du normalerweise?«

»Beretta 950.«

»Hab ich. Wann soll ich zu dir kommen? Heute? Morgen?«

»Wann du willst. Ich gehe nicht aus dem Haus.«

Nachmittags rief Zoe an, um zu fragen, wie er sich fühlte. Er erklärte, es ginge ihm gut.

»Nick macht sich Sorgen«, sagte sie.

»Ich weiß. Ist aber unnötig.«

»Ich möchte, dass du nach Andros kommst.«

»Vielleicht am Wochenende.«

»Ich möchte wissen, dass du in Sicherheit bist.«

»Mach dir keine Gedanken.«

»Wie soll das denn gehen?«

»Hektor wird die Wohnung beobachten.«

»Das reicht nicht.«

»Hör zu, Zoe, sie haben mitgenommen, was sie wollten. Die kommen nicht wieder.«

»Aber du lässt die Wohnung bewachen.«

»Das ist nur eine Vorsichtsmaßnahme.«

»Ich verstehe nicht, wie du so ruhig sein kannst.«

»Mir bleibt nichts anderes übrig, so ist das nun mal.«

Zoe sagte nichts mehr. Sie wirkte frustriert und verletzt.

»Da ist noch etwas«, fuhr sie fort. »Ich habe mit Anastasias Familie gesprochen.«

»Worüber?«

»Über den Brandanschlag in der Bank.«

»Oh ...«

»Sie sind bereit, für private Nachforschungen zu zahlen.«

»Weshalb warten sie nicht die polizeilichen Ermittlungen ab?«

»Du weißt, weshalb.«

»Ich übernehme das nicht.«

»Warum nicht, George? Sie haben das Geld!«

»Ich soll es bestimmt so billig wie möglich machen.«

»Sag Ihnen einfach, wie viel du verlangst.«

»Sie werden trotzdem einen Preisnachlass erwarten. Das gibt nur Komplikationen, glaub mir.«

»Sie werden beleidigt sein.«

»Damit fangen die Schwierigkeiten schon an. Sag Ihnen einfach, ich sei zu beschäftigt.«

»Das ist keine Antwort, George! Sie sind verzweifelt!«

»Ich werde Hektor fragen.«

»Sie werden sich trotzdem wundern, dass du nicht ermittelst.«

»Bitte, Zoe, respektiere meine Einschätzung. Ich sage dir, so was regelt man am besten außerhalb der Familie!«

Wütend legte sie den Hörer auf.

20

Pezas kam am nächsten Morgen um 9:00 Uhr. Er ließ seinen Aktenkoffer aufschnappen, holte eine Beretta 950 und eine Schachtel Munition heraus und legte beides auf den Schreibtisch.

»Das gleiche Modell wie meine«, bemerkte George. »Nur in besserem Zustand.«

»Ich brauche sie momentan nicht.«

»Kann ich sie dir abkaufen?«

»Nein. Ich möchte sie zurückhaben.«

George schob die Pistole zur Seite.

»Was gibt es sonst noch, Hektor?«

»Ich habe den Namen für dich.«

»Welchen Namen?«

»Yerakas' Schwester hat einen gewissen Tasakos geheiratet.«

Tasakos. Der Name kam ihm bekannt vor, auch wenn er ihn nicht sofort einordnen konnte.

»Ist der Fall denn nicht abgeschlossen?«, wunderte sich Pezas.

»Ich habe das Gefühl, man wird ihn wieder aufrollen.«

Pezas sah ihn prüfend an. »Bezahlt dich jemand dafür?«

»Im Augenblick nicht. Ich hoffe, Petrakis wird es sich noch mal überlegen.«

»Und wenn nicht?«

»Dann muss ich mir das noch mal überlegen.«

»Was ist mit Kakridis?«

George warf die Hände in die Luft. »Der ist jetzt völlig durchgedreht. Aber irgendwann wird er blechen müssen.«

»Ich meinte, was ist mit ihm und Boiatzis?«

»Sotiriou glaubt, da könnte irgendwas im Gange sein.«

»Dann hat er wahrscheinlich recht. Und wer bezahlt dich für diesen Fall?«, fragte Pezas.

»Niemand.«

»Dann tu dir selbst einen Gefallen, George, und halt dich da raus!«

»Ich werd's versuchen.«

Pezas war unruhig und wollte aufbrechen. George fragte ihn, ob er Interesse an dem Bank-Auftrag hätte. Das hatte er, falls sie sein Honorar aufbringen konnten. Schließlich sagte er: »Ich mach mich an die Arbeit. Was soll ich tun?«

»Darauf achten, ob mir jemand folgt oder ob mir von irgendwo Gefahr droht.«

»Wer ist hinter dir her?«

»Vielleicht findest du das raus.«

Pezas warf einen Blick aus dem Fenster auf den Kirchgarten gegenüber und auf die Straße, die den Hügel hinaufführte.

»Ich seh mich ein bisschen draußen um. Was hast du heute vor?«

»Anrufe, kurz einkaufen, meinen Alltag wieder organisieren.«

»Gut. Sag mir Bescheid, wenn du rausgehst. Du findest mich in der nächsten halben Stunde unten im Café, falls dir noch irgendwas einfällt.«

Es war heiß geworden, und George wollte ein wenig ruhen. Er legte sich im Schlafzimmer hin, starrte auf die Lichtbalken, die durch die Fensterläden drangen, lauschte dem Gesang des Kanarienvogels von nebenan und den weiter entfernten Verkehrsgeräuschen und ließ sich einlullen.

Das Nächste, was er wahrnahm, war das Klingeln des Telefons.

»Hallo, George! Hier spricht Abbas.«

Er murmelte eine verschlafene Begrüßung.

»Hoffentlich habe ich Sie nicht geweckt. Es gibt schlechte Nachrichten in Bezug auf meinen Freund, Oberst Varzalis.«

»Was ist mit ihm?«

»Er wurde verhaftet. Wegen Mordes an John Petrakis.«

»Aufgrund welcher Beweise?«

»Das weiß ich nicht. Kyra Sophia ist gerade vorbeigekommen, um mir Bescheid zu sagen. Die Sache hat sie schrecklich mitgenommen.«

»Sie wissen, dass ich nicht mehr an dem Fall arbeite?«

Zunächst herrschte Schweigen. »Was ist passiert?«

»Constantine hat den Geldhahn zugedreht.«

»Haben Sie ihm einen Bericht zugeschickt?«

»Selbstverständlich.«

»Darf ich fragen, was darin über den Oberst steht?«

»Darin steht, dass ich ihn für unschuldig halte.«

»Können Sie herkommen und mit der Polizei sprechen?«

»Wozu soll das gut sein?«

»Vielleicht lassen sie ihn frei.«

»Aufgrund meiner Einschätzung? Niemals.«

»Er ist nicht gerade bei bester Gesundheit, verstehen Sie. Griechische Gefängniszellen können ausgesprochen unangenehm sein.«

»Hören Sie, Abbas, ich befinde mich in einer heiklen Position. Es gibt keinen Auftraggeber. Und ehrenamtlich arbeite ich nicht.«

»Ich verstehe. Wären Sie bereit, wenigstens bei der Polizei anzurufen?«

George überlegte. Diese Bitte konnte er schlecht ablehnen. »Das mache ich«, antwortete er.

»Ich gehe den Oberst jetzt besuchen«, sagte Abbas. »Ich halte Sie auf dem Laufenden.«

Er legte auf.

George bereitete sich einen Kaffee zu und wappnete sich für den Anruf bei der Polizei in Ägina. Das würde sicher kein Vergnügen werden. Man stellte ihn zu Inspektor Bagatzounis durch.

»Treten Sie jetzt als Anwalt von Oberst Varzalis auf?«, fragte der.

»Nein, ich trete als …«

»Ich darf nur mit seinem gesetzlichen Vertreter sprechen.«

»Ich spreche mit Ihnen als besorgter Staatsbürger.«

»Ich darf nur mit seinem gesetzlichen Vertreter sprechen.«

»Sie haben den falschen Mann verhaftet.«

»Ich wiederhole: Ich darf nur mit seinem gesetzlichen Vertreter sprechen.«

»Okay. Wenn Sie nicht sprechen dürfen, können Sie wenigstens zuhören. Es ist ausgeschlossen, dass Oberst Varzalis dieses Verbrechen begangen hat. Leute, die ihm schaden wollen, haben Ihnen falsche Beweise zugespielt.«

»Vor mir liegt sein Geständnis.«

»Sein was?!«

»Sein Geständnis, von ihm selbst unterschrieben.«

George versuchte das zu verdauen.

»Sind Sie jetzt zufrieden, Herr Zafiris?«

»Ich rufe Sie wieder an.«

Er wählte Abbas' Nummer und erzählte ihm die Neuigkeiten.

»Das ist ja vollkommen lächerlich«, antwortete der. »Der Oberst würde so etwas niemals schreiben.«

»Fragen Sie ihn, wenn Sie ihn sehen. Falls das Geständnis echt ist, können wir gleich jegliche Hoffnung aufgeben.«

»Natürlich ist es nicht echt!«

»Dann müssen wir denjenigen finden, der es gefälscht hat.«

»Der alte Herr wird nicht wissen, ob er es geschrieben hat oder nicht.«

»Fragen Sie ihn auf alle Fälle. Und machen Sie seinen Anwalt ausfindig, damit Sie ihn gegen Kaution freibekommen.«

»Mach ich. Lassen Sie uns in Kontakt bleiben.«

Varzalis' Verhaftung und sein angebliches Geständnis lösten bei George Besorgnis aus. Umso dringender brauchte er jetzt die fehlenden Informationen aus dem Schusswaffenregister und dem forensischen Bericht. Niemand konnte John Petrakis wieder lebendig machen, doch jeder einzelne Tag, den der Oberst im Gefängnis verbrachte oder auf seine Festnahme und einen Prozess wartete, würde seiner Gesundheit schaden und früheren Ungerechtigkeiten neue hinzufügen.

George rief das Polizeipräsidium in Kalamata an.

»Die Kriminalpolizei bitte. Takis Mitropoulos.«

Unverzüglich hatte er Takis in der Leitung. »Womit kann ich helfen?«

»Bitte beschaff dir irgendwie den forensischen Bericht über den Petrakis-Mord und lass mich wissen, was drinsteht.«

»Er sollte in Athen liegen.«

»Nein. Er befindet sich irgendwo bei euch, in deiner Abteilung. Sotiriou hat ihn rübergeschickt.«

»Merkwürdige Idee, ihn ausgerechnet hierherzuschicken.«

»Wieso?«

»Wir ziehen gerade in neue Büroräume um. Sämtliche Unterlagen wurden in Kisten verpackt.«

»Das glaub ich jetzt nicht! Wie lange kann so ein Umzug dauern?«

»Offensichtlich wochenlang. Das neue Gebäude ist noch nicht fertig, die Baufirmen haben bisher kein Geld gesehen und arbeiten deshalb entsprechend langsam. Unser altes Quartier wurde inzwischen verkauft, und die zukünftigen Besitzer, die hier ein Bauprojekt realisieren möchten, drängen auf Einhaltung der vereinbarten Termine, bevor die Steuererhöhungen für Immobilienkäufe im kommenden Monat in Kraft treten. Deshalb liegt die Hälfte der Akten in Umzugskartons und die andere Hälfte irgendwo in einem Lagerhaus.«

»Wie könnt ihr dann eure Arbeit erledigen?«

»Unter erschwerten Bedingungen.«

»Könntest du den Bericht suchen?«

»Ich werd's probieren, aber ich kann nichts versprechen.«

George legte auf. Ihm brummte der Schädel. Überall tauchten Hindernisse auf. Und Fragen. Warum hatte Sotiriou die Akte an eine Dienststelle geschickt, die gerade im Umzug begriffen war? Hatte er das gewusst, oder handelte es sich um einen unglücklichen Zufall? Und warum hatte Varzalis den Mord »gestanden«? Hatte ihn jemand unter Vortäuschung falscher Tatsachen zu dieser Unterschrift genötigt? War sie gefälscht? Oder doch echt? Und warum zum Teufel dachte er überhaupt über das alles nach? Ihn bezahlte doch keiner dafür.

Inzwischen wurde es Zeit für seinen Kaffee im Agamemnon. Der war zwar auch kein Heilmittel gegen sämtliche Übel, linderte aber zumindest den Schmerz. Er setzte sich auf seinen Stammplatz und nickte Dimitri zu. Dann griff er nach der Zeitung.

Die Schlagzeile erschütterte ihn: »MORD!«

Darunter ein Foto von Boiatzis.

Eine Zwischenüberschrift ergänzte: »Boiatzis nahm sich nicht selbst das Leben.« Unter der Aufnahme stand: »Mordopfer oder Selbstmord? Der Tod des Abgeordneten Angelos Boiatzis gibt Anlass zu wilden Spekulationen. Vollständiger Bericht auf Seite 3.«

Interessant, überlegte George, wie die überraschende Behauptung, es handele sich um Mord, ganz schnell wieder zu einer »Spekulation« heruntergespielt wurde. Die Schlagzeile diente dazu, die Zeitung zu verkaufen, die Zeilen unter dem Foto sollten den Leser auf die weniger sensationelle Wahrheit vorbereiten, die darin bestand, dass ... was? Er schlug den Artikel auf Seite 3 auf.

Ein Rundfunkreporter, Sophokles Ghiotis, hatte angedeutet, Boiatzis sei einem Mord zum Opfer gefallen. Er erklärte, er verfüge über vertrauliche Informationen und sei bereit, die Polizei unter gewissen Bedingungen daran teilhaben zu lassen. Als Motiv für den Mord nannte er Enthüllungen seitens Boiatzis über »schmutzige Dollars im Baugewerbe – über Bestechungen, Schmier- und Schweigegelder, die an Politiker, Staatsbeamte, Stadtplaner, Bauinspektoren und Wirtschaftsprüfer gezahlt worden seien«. Boiatzis habe ein Dossier zu diesem Thema vorbereitet, das er dem Premierminister persönlich überreichen wollte. In dem Artikel stand nichts über den Verbleib dieses Dossiers; Ghiotis kündigte jedoch für die kommenden Tage weitere Einzelheiten an.

George betrachtete die nächste Seite. Sie zeigte ein Foto des bärtigen Rundfunkreporters, mit Kopfhörern auf dem kahl werdenden Schädel und einem intelligenten, blassen und humorlosen Gesicht. Ghiotis betrieb einen Rundfunksender, Paranoia FM, der eine eingeschworene Zuhörerschaft bediente. Er hatte sich auf respektlose, knallharte Enthüllungsberichte spezialisiert und deckte Skandale in Politik, Sport, Geschäftswelt und Medien auf. Das Gesicht des Mannes gefiel George nicht, doch für sein Projekt konnte er sich augenblicklich erwärmen.

Dimitri brachte den Kaffee.

»Haben Sie schon mal von Paranoia FM gehört, Dimitri?«

»Nein. Was ist das? Eine Comedyshow?«

»Ein Rundfunksender.«

»Noch nie. Fragen Sie Ihren Sohn. Der kennt ihn bestimmt.«

George wandte sich wieder der Zeitung zu. Ihr zweiter großer Aufmacher betraf einen Streik der Hafenarbeiter, die die Passagiere mehrerer Kreuzfahrtschiffe daran gehindert hatten, in Piräus an Land zu gehen. Die Reiseveranstalter drohten nun damit, Griechenland nicht mehr anzulaufen. Ein Leitartikel tadelte die Unbesonnenheit solcher Aktionen, die den Tourismus gefährdeten, das »Lebenselixier unseres Landes«.

Aus dem Augenwinkel nahm er eine Bewegung wahr. Pezas war aufgetaucht.

»Wie sieht's aus?«, fragte George.

»Alles sauber bis jetzt.«

»Hast du die Zeitung gelesen?«

»Nur die Schlagzeile. Was steckt dahinter?«

»Ein Rundfunkreporter behauptet, Boiatzis sei ermordet worden.«

»Aufgrund welcher Beweise?«

»Das hat er noch nicht verraten. Ich würde gern mit ihm sprechen.«

»Und wer bezahlt dich dafür?«

»Niemand«, erwiderte George.

»Vergiss es.«

Pezas bestellte Kaffee. »Übrigens«, sagte er, »warum warst du so scharf darauf, den Namen von Yerakas' Schwager in Erfahrung zu bringen?«

»Nur der Vollständigkeit halber.«

»Kam er dir irgendwie bekannt vor?«

»Nein. Ich habe den Namen zwar schon mal gehört, aber jetzt, wo meine Akten verschwunden sind, kann ich mich nicht erinnern, wo zum Teufel ich dem Mann oder dem Namen früher mal begegnet bin.«

»Vor kurzem?«

»Durchaus möglich.«

»In Ägina oder Athen?«

»Wenn ich das wüsste, wäre ich längst einen Schritt weiter.«

»Arbeitest du wieder an dem Fall?«

»In Gedanken ja. Finanziell nein. Oberst Varzalis wurde verhaftet, wahrscheinlich aufgrund eines falschen Geständnisses. Es ist zwar möglich, dass er den Professor erschossen hat, aber mein Instinkt sagt mir, dass er nicht der Mörder ist.«

Pezas wirkte nachdenklich, seine blauen Augen erwiderten prüfend Georges Blick. »Möchtest du Varzalis helfen?«

»Schon.«

»Dann soll er dich bezahlen.«

»Während er im Gefängnis sitzt?«

»Das ist der beste Zeitpunkt! Er wird alles daransetzen, da rauszukommen.«

»Vergiss nicht«, erwiderte George, »dass er und Petrakis verfeindet sind. Ich kann mir nicht vorstellen, dass er gutes Geld dafür ausgibt, den Mord am Bruder seines Widersachers aufzuklären.«

»Er muss seinen guten Ruf wiederherstellen.«

»Warum zum Teufel sollen Unschuldige dafür zahlen, ihre Namen reinzuwaschen?«

»Einverstanden«, räumte Pezas ein. »Es ist ein Verbrechen. Aber was bleibt ihm anderes übrig?«

»Das kann ich ihm nicht vorschlagen.«

»Warum nicht?«

»Komm schon, Hektor! Dann stünde ich doch da wie ein verdammter Aasgeier.«

»Und wenn dein Freund Abbas ihm den Vorschlag unterbreitet?«

»Das ist keine schlechte Idee.«

»Varzalis hat Geld, oder?«

»Sieht so aus.«

»Na bitte. Du tust ihm einen Gefallen damit. Nichts wie ran, und mach dir nicht so viele Gedanken.«

Dimitri brachte Pezas den Kaffee; der lehnte sich in seinem Stuhl zurück und beobachtete betont wachsam die Straße.

»Was wirst du jetzt tun?«, fragte George.

»Ins Büro gehen«, antwortete Pezas, »und Papierkram erledigen. Hier ist alles ruhig. Dimitri wird die Augen offen halten. Ich habe ihm Instruktionen gegeben – und meine Telefonnummer.«

»Kannst du später noch mal vorbeikommen? Nach Einbruch der Dunkelheit?«

»Wenn du willst.«

»Deine Herzdame stellt keine Ansprüche?«

»Nein. Sie ist heute Abend in Mailand.«

»Zum Arbeiten?«

»Zum Shoppen.«

»Hört sich nach einer kostspieligen Lady an.«

»Die Preise sind dort zwanzig Prozent günstiger. Sie behauptet, hier würde man uns bis aufs letzte Hemd ausziehen. Für alles. Essen, Kleidung, Haushaltsartikel. So viel zu den Vorteilen einer europäischen Währung!«

»Trotzdem musst du die Flugkosten und das Hotel dazurechnen ...«

»Sie wohnt bei Freunden, und der Flug ist fast geschenkt.«

George hob beide Hände. »Offensichtlich ist deine Freundin geradezu ein Musterbeispiel für Sparsamkeit und Globalisierung.«

»Genau das mag ich an ihr«, erwiderte Pezas und leerte seine Kaffeetasse. »Abgesehen von der Tatsache, dass sie abgeht wie eine Lokomotive ...«

Er erhob sich. »Ich komme heute Abend gegen 22:00 Uhr.«

»Prima. Übrigens, hat die Cousine meiner Frau dich angerufen?«

»Hat sie. Darum kümmere ich mich jetzt gleich. Man soll das Eisen schmieden, solange es heiß ist.«

Er winkte und verschwand hügelabwärts.

21

Am Nachmittag, als George die Tagespost durchsah, erreichte ihn ein Anruf von Kriminaldirektor Sotiriou.

»Ich hörte soeben von Ihrem Freund, Herrn Kakridis«, begann er.

»Eine große Ehre«, antwortete George ausdruckslos.

»Eine Ehre vielleicht«, fuhr Sotiriou fort, »aber keineswegs ein Vergnügen.«

»Wohl kaum. Worum ging es denn bei Ihrer Unterhaltung?«

Sotiriou wählte seine Worte mit Bedacht: »Kakridis hat mir vorgeworfen, aus politischen Motiven zu handeln ... und Schmiergelder von seinen Feinden anzunehmen.«

»Entspricht irgendetwas davon der Wahrheit?«

»Natürlich nicht!«

»Dann vergessen Sie das Ganze.«

»Das ist nicht ganz so einfach.«

»Kakridis ist Spezialist für ungerechtfertigte Anschuldigungen, die meist hart an der Schmerzgrenze sind. Dadurch gerät man in die Defensive und verliert sein Ziel aus den Augen.«

»Das stimmt sicherlich ...«

Sotiriou schwieg erneut. Unbehaglich. George fragte sich, was ihn beschäftigte.

»Gibt's sonst noch was?«, hakte er nach.

»Nein«, erwiderte Sotiriou. »Ich wollte nur wissen, wie Sie darüber denken.«

»Haben Sie schon mal von Paranoia FM gehört?«

»Nur das, was heute früh in der Zeitung stand.«

»Hatten Sie Kontakt zu diesem Sophokles Ghiotis?«

»Noch nie.«

»Haben Sie Akten über ihn?«

»Wieso sollte ich?«

»Er ist ein Linker.«

»Das ist kein Verbrechen.«

»Ich dachte, die Polizei hat ein wachsames Auge auf Menschen mit abweichenden politischen Auffassungen.«

»Ich ganz bestimmt nicht.«

George fragte sich, ob er ihm glauben sollte.

»Ich habe Neuigkeiten aus Ägina«, fuhr Sotiriou fort. »Oberst Varzalis wurde verhaftet.«

»Davon hörte ich bereits«, entgegnete George.

»Wir haben ein Geständnis. Das ist ein großer Fortschritt.«

»Ich halte das Geständnis für eine Fälschung.«

»Woher wollen Sie das wissen?«

»Keine Ahnung. Ich sagte, ich halte es für eine Fälschung. Der Grund dafür liegt auf der Hand: Es gibt nicht das geringste Motiv.«

»Soweit ich weiß, hatten er und die Petrakis-Familie in der Vergangenheit Meinungsverschiedenheiten.«

»Der Oberst und Constantine Petrakis. Nicht John.«

»Das ist trotzdem ein Motiv.«

»Meiner Meinung nach nicht. Varzalis hasst Petrakis nicht. Er pfeift auf ihn.«

»Woher wollen Sie das wissen?«

»Er hat es mir selbst erzählt.«

»Außerdem ist Oberst Varzalis psychisch labil.«

»Er hat Alzheimer. Deshalb ist er noch lange nicht psychisch labil.«

»Sein Gehirn ist krank.«

»Das ist eine äußerst grobe Bemerkung, Herr Kriminaldirektor. Das Hauptsymptom bei Alzheimer ist ein Nachlassen des Gedächtnisses und nicht psychische Labilität.«

»Manche Patienten zeigen dennoch beides. Ich habe meine Hausaufgaben gemacht, Zafiris!«

»Manche Patienten, ja. Nicht alle. Oberst Varzalis ist absolut stabil. Er ist weder gewalttätig noch leidet er unter Stimmungsschwankungen.«

»Psychiatrische Tests werden die Wahrheit ans Licht bringen.«

»Das hoffe ich. Ich hoffe außerdem, dass die Psychiater mit seiner Haushälterin sprechen, die bei ihm wohnt und die Situation tagtäglich miterlebt.«

»Das werden sie zweifellos tun.«

»Was bleibt, ist die unumstößliche Tatsache, dass sein Gedächtnis nachlässt«, bemerkte George.

»Einverstanden.«

»Er kann sich nicht erinnern, was vor fünf Minuten passiert ist! Wie zum Teufel soll er sich daran erinnern, was er am 25. März gemacht hat? Haben Sie eine Erklärung dafür?«

Sotiriou ließ sich Zeit mit der Antwort. »Ich verstehe Ihre Frustration«, sagte er schließlich, »aber die gebotenen Abläufe müssen nun mal eingehalten werden.«

»Der forensische Bericht und das Schusswaffenregister sind bei einem Büroumzug in Kalamata abhandengekommen! Gehört das auch zu den gebotenen Abläufen?«

»Das ist bedauerlich.«

»Und warum wurde Oberst Varzalis verhaftet? Es besteht keinerlei Fluchtgefahr! Warum hat Bagatzounis die Echtheit seines Geständnisses nicht angezweifelt und nicht einmal die naheliegendsten Fragen diesbezüglich gestellt? Wieso wiegt die Bequemlichkeit der Polizei mehr als die Rechte eines Menschen? Eines kranken Menschen, wohlgemerkt! Wo bleiben denn da die gebotenen Abläufe?«

»Ich bin sicher, Oberst Varzalis hat einen Anwalt.«

»Na und?«

»Der wird ihn gegen Kaution herausholen.«

»Das hoffe ich, um Ihres Gewissens willen!«

»Gedulden Sie sich, Herr Zafiris. Regen Sie sich nicht auf.«

»Dieser Satz ist mir ganz besonders zuwider. Er ist das Motto aller elenden Nichtsnutze Griechenlands, die man nicht damit behelligen darf, dass sie ihre Arbeit ordentlich zu erledigen oder die Rechte anderer Menschen zu berücksichtigen haben. Sich bloß nicht aufregen – genau daran krankt dieses Land!«

»Ich teile Ihre Meinung voll und ganz. Doch in Ihrem Fall könnte ein wenig Entspannung nicht schaden. Ich habe am eigenen Leib erfahren, was mit Menschen passiert, die nicht loslassen können. Herzprobleme sind erst der Anfang!«

»Gewiss, Herr Kriminaldirektor. In diesem Punkt gebe ich Ihnen recht. Aber Sie müssen doch einsehen, dass die Polizei Varzalis Unrecht tut. Schreckliches Unrecht. Damit werden Sie nicht davonkommen.«

»Wir werden sehen, wer womit davonkommt«, entgegnete Sotiriou in drohendem Tonfall und beendete das Gespräch.

22

Die Aristotelesstraße verlief genau entlang einer Grenze, die man als eine der Scheidelinien der Athener Gesellschaft bezeichnen konnte; George überquerte diese Grenze mehrmals pro Woche. Im Westen befand sich der Universitätsbezirk Exarchia; seine einstmals vornehmen Gebäude waren heute heruntergekommen und vollgesprüht mit schwarzen Graffiti-Sprüchen, die den Tod von Bankern und Politikern forderten. Man sah Männer mit Pferdeschwanz und Vollbart und junge Frauen in fabrikmäßig zerrissenen Jeans und indischen Blusen; überall Cannabis und alternative Cafés, in denen die Köpfe von Marx, Lenin und Che Guevara – mittels Schablonen aufgesprüht – die Wände und Einfahrten zierten. Im Osten, jenseits einer unsichtbaren Demarkationslinie, einer materiell nicht greifbaren Trennwand, lag Kolonaki mit seinen Luxuswohnungen und -geschäften; für die Menschen dort war die Schuldenkrise nur eine Zeitungsmeldung, die sie zu ihrem 5-Euro-Cappuccino lasen. Hier lebten die alteingesessenen, wohlhabenden Athener Familien: Rechtsanwälte, Akademiker und Technokraten sowie viele der Banker und Politiker, die in den Straßen von Exarchia angeprangert wurden. Tief im Untergrund waren die beiden Bezirke jedoch aufs Engste miteinander verbunden: Hier floss Geld und nicht selten das gleiche Blut in den Adern. An der Oberfläche allerdings hätten sie unterschiedlicher nicht sein können. George, der ständig zwischen ihnen hin und her wechselte, fragte sich manchmal, wie sie überhaupt nebeneinander existieren konnten.

Er und Zoe hatten beide im Ausland studiert und fürchteten um die Zukunft ihres Sohnes, sobald er sich dem realitätsfernen Treiben in Exarchia anschlösse; folglich schickten sie ihn zum Studium nach England. Er würde einen Schock erleiden, falls er jemals zum Arbeiten nach Griechenland zurückkehrte, doch das war in der momentanen Situation, bei einer Jugendarbeitslosigkeit von fast fünfzig Prozent, eher unwahrscheinlich. Zumindest würde er bis dahin einige der staatsbürgerlichen Ideale Nordeuropas verinnerlicht haben: Gerechtigkeit, Transparenz, Chancengleichheit, die Übereinstimmung von Worten und Taten, unparteiische Anwendung der Gesetze – all das wären für Nick Realitäten und keine Märchen zur Verdummung des Volkes, die man während des Wahlkampfs auf seine Fahnen schrieb und anschließend wieder schnöde unter den Tisch fallenließ.

George machte sich Sorgen um die Zukunft des Landes. In Anbetracht seiner korrupten Institutionen und konfusen Denkgewohnheiten, seines Zynismus und seiner Verzweiflung bedurfte es eines wahrhaft großen Staatsmannes, um Griechenland aus der Krise zu führen. Eines Lincoln, Churchill oder Mandela. Falls das nicht möglich war, brauchte man einen Venizelos oder wenigstens einen Trikoupis***. Eine solche Persönlichkeit war jedoch nirgendwo in Sicht. Nur Anzugträger und Wortverdreher.

Am meisten sorgte er sich um die nächste Generation. Sie diente doch hauptsächlich als Futter für die Werbebranche, für Agitatoren und Ausbeuter. Und keine Arbeitsplätze für die Jugendlichen! Keine Hoffnung! Noch immer verfolgte ihn dieses Internetcafé in Ägina: Dort schien die Gegenwart bereits genauso dunkel wie die Zukunft.

*** Griechische Ministerpräsidenten im 19. Jahrhundert

Als er die Wohnung betrat, klingelte das Telefon. Es war Takis aus Kalamata. Er hatte den forensischen Bericht aufgetrieben.

»Welche Waffe wurde verwendet, welche Munition?«, fragte George.

»Ein Heckler & Koch G3. Israelisches Geschoss, zwölf Millimeter.«

»Israelisch? Was hat das zu bedeuten?«

»Eigentlich nichts. Israel ist ein wichtiger Waffenproduzent, das ist alles.«

»Wie viele Schüsse?«

»Nur einer, und zwar durchs Fenster. Mit der Treffsicherheit eines Scharfschützen. Der seitliche Eintrittswinkel beträgt fünfundzwanzig Grad links von der Mitte und fünfzehn Grad vertikal.«

»Was bedeutet ›links von der Mitte‹? Die Mitte wovon?«

»Das steht da nicht. Normalerweise von der gedachten Körpermitte.«

»Okay, ich notiere mir alles.«

»Finde das Gewehr, und du bist wieder im Geschäft.«

»Ohne das Schusswaffenregister wird das nicht leicht sein.«

»Ich suche noch danach.«

»Kannst du mir die Information schriftlich geben?«

»Warum?«

»Ich habe hier mit merkwürdigen Leuten zu tun und hätte gern was Offizielles, das ich ihnen vorlegen kann.«

»Willst du, dass ich meinen Job verliere?«

»Wie bitte?«

»Das ist alles inoffiziell. Ich darf diese Berichte gar nicht einsehen. Geschweige denn, ihren Inhalt einem Außenstehenden preisgeben.«

»Ich verstehe. Ausgesprochen liebenswürdig von dir.«

»Erwähn das bloß nicht. Und das meine ich wörtlich.«

»Natürlich nicht. Pass auf dich auf, Takis. Bis bald.«

Unverzüglich rief er Abbas an.

»Fragen Sie den Oberst, ob er jemals ein Heckler & Koch G3 besessen hat.«

»Warum?«

»Das kann ich Ihnen nicht sagen. Bitte fragen Sie ihn einfach.«

»Sie können selbst mit ihm sprechen.«

»Sind Sie gerade bei ihm?«

»Im Gefängnis. Was für ein Dreckloch! Er wartet darauf, dass sein Anwalt endlich kommt.«

»Okay. Ich rede mit ihm.«

George stellte dem Oberst die gleiche Frage.

»Nein«, antwortete der. »Eine wirksame Waffe, das bezweifle ich nicht, aber überhaupt nicht mein Ding.«

»Warum würde jemand in Griechenland israelische Munition verwenden?«

»Warum nicht? Sie muss schließlich irgendwo hergestellt werden.«

»Könnte es sich um ein ehemaliges Armee-Gewehr handeln?«

»Natürlich.«

»Ich meine, um ein ehemaliges Gewehr der israelischen Armee?«

»Warum nicht?«

»Kennen Sie jemanden in Ägina mit einem G3?«

»Ich glaube, es gab mal einen. Aber wen?«

»Vielleicht jemanden aus Ihrer Freiwilligentruppe?«

»Schon möglich. Ich erinnere mich nicht.«

»Es könnte Ihrer Entlassung aus dem Gefängnis durchaus förderlich sein, wenn Sie sich erinnern.«

»Meine Vergesslichkeit ist das schlimmste Gefängnis, das es gibt.«

»Verzeihen Sie, Oberst. Vielen Dank.«

»Ist schon in Ordnung. Ich weiß zwar nicht, wer Sie sind, aber seien Sie willkommen.«

Dann war Abbas wieder in der Leitung.

»Hilfreich?«, fragte er.

»Möglicherweise. Aber doch nur das Wort eines Mannes mit nachlassendem Erinnerungsvermögen.«

»Ich habe ihn gefragt, ob er Sie engagieren würde. Er möchte wissen, wie hoch die Kosten pro Tag wären.«

»Dreihundert.«

»Warten Sie.«

Kurz darauf war er wieder da.

»Er bietet zwei.«

»Sagen Sie ihm: nein.«

»Wie hoch ist Ihr Minimum?«

»Drei. Eine Woche im Voraus. Das ist nicht verhandelbar.«

»Harte Geschäftsbedingungen!«

»Das hat seine Gründe.«

»Offensichtlich. Geben Sie mir einen Augenblick Zeit.«

George hörte, wie Sie die Angelegenheit mit gedämpfter Stimme besprachen.

»George? Der Oberst findet Ihr Honorar zu hoch und zieht es vor, die Sache selbst in die Hand zu nehmen.«

»Na schön. Wünschen Sie ihm Glück. Sein Anwalt wird ihn sicher zehnmal so viel kosten.«

»Auf jeden Fall.«

Mit einem Gefühl des Bedauerns legte George auf. Gerade hatten sie erste Fortschritte erzielt, doch solange ihn niemand bezahlte, war jede Minute, die er damit verbrachte, verschwendete Zeit.

23

Pezas beobachtete Georges Wohnung seit 22:00 Uhr. Um 22:45 Uhr rief er an.

»Gerade ist ein Motorrad vorgefahren«, sagte er. »Zwei Männer mit Lederkleidung und Helmen betreten dein Haus. Könnten das Nachbarn sein?«

»Nein.«

»Das hab ich mir gedacht.«

»Was soll ich tun?«

»Ist die Beretta geladen?«

»Ja.«

»Lass sie rein, aber plane vorher jeden Schritt. Geh keine Risiken ein. Zeig ihnen, wer der Boss ist. Wir müssen mit ihnen reden.«

»Kommst du rauf?«

»Bin schon unterwegs.«

George holte die Pistole aus der Schublade. Er wollte die Kerle nur ungern in seine Wohnung lassen und fragte sich, ob Pezas damit recht hatte, dass sie reden mussten. Nach allem, was er bisher wusste, wirkten die beiden nicht sonderlich redselig.

Er stand neben dem Eingang und überlegte fieberhaft, wie das Ganze vonstattengehen sollte. Er musste sie überrumpeln und vom ersten Augenblick an die Oberhand gewinnen. Außerdem wollte er sich hinter ihnen positionieren und eine Schießerei nach Möglichkeit vermeiden. Noch bevor er zu einem Ergebnis kam, klingelte es an der Tür. Er legte sein Auge an den Spion, als ein Handschuh nach oben zuckte und das Guckloch verdeckte.

Es klingelte erneut. George wartete. Er wünschte, Hektor wäre schon da. Selbst mit einer Beretta in der Hand waren sie immer noch zwei gegen einen.

Jetzt hörte er Stimmen auf dem Treppenabsatz. Hektor war aufgetaucht und provozierte die Männer. Einer der beiden antwortete wutentbrannt. Pezas blieb beharrlich. Wieder die wütende Replik, dann ein Hilferuf.

George öffnete die Tür. Einer der Kerle hatte Hektor an die gegenüberliegende Wand gedrückt und ging mit einem Knüppel auf ihn los. Pezas drängte ihn von sich weg und ließ ihm wenig Spielraum, bekam jedoch mehrere kräftige Hiebe auf Arme und Schultern ab. Der andere hörte das Öffnen der Tür und wirbelte herum.

»Lass den Stock fallen!«, rief George.

Der Angreifer rührte sich nicht.

»Lass den Stock fallen, hab ich gesagt! Oder ich schieße!«

Eine plötzliche Bewegung zu seiner Linken lenkte George ab. Er sah eine Messerklinge auf sich zuschnellen und drehte sich zur Seite, doch sein Hemd wurde aufgeschlitzt; er blutete. Die Hand mit dem Messer schoss aufblitzend an ihm vorbei, hielt kurz inne und schwang unverzüglich zurück, um erneut zuzustoßen. George drückte ab. In dem engen Treppenhaus klang der Schuss wie eine Explosion. Der Mann sackte stöhnend zusammen.

»Keine Bewegung, oder ich schieße noch mal!«

Der Verletzte umklammerte sein Bein, das blutverschmierte Messer lag auf dem Boden.

Georges Augen zuckten zwischen den beiden Motorradfahrern hin und her. »Lass den Knüppel fallen, oder ich schieße dich genauso nieder.«

Der zweite Angreifer rührte sich nicht.

George trat einen Schritt vor und feuerte auf die rechte Schulter des Mannes, so dass er nach vorn stürzte, auf Pezas zu, der sich ihm angewidert entwand und ihn zu Boden sinken ließ. George packte seinen linken Arm und stellte ihm einen Fuß auf den Rücken.

In den anderen Stockwerken öffneten sich Wohnungstüren.

»Was ist hier los?«

»Einbrecher«, antwortete George. »Wir haben sie unter Kontrolle. Ich rufe die Polizei.«

Aus seinem Bauch sickerte Blut.

Dimitris Tür ging auf. Sein müdes, besorgtes Gesicht spähte ins Treppenhaus und registrierte ungläubig die Situation.

»Sind Sie okay, George?«

»Alles in Ordnung.«

»Sie bluten.«

»Nur eine oberflächliche Verletzung.«

»Wer sind diese Leute?«

»Keine Ahnung.«

»Brauchen Sie Unterstützung?«

»Ich hätte nichts dagegen.«

George packte den rechten Arm des Mannes neben sich und drehte ihn nach hinten, so dass dessen Kopf fast den Boden berührte.

»Nehmen Sie ihm den Helm ab«, bat George.

Dimitri zerrte am Helm, während George den Arm weiter fest umklammert hielt. Der Schädel, der jetzt sichtbar wurde, glänzte und schwitzte: ein angehender Kahlkopf Mitte dreißig mit einem schwarzen Ziegenbart, einer gewaltigen Hakennase und wütenden grünen Augen.

»Dem anderen bitte auch«, sagte George.

»Okay.«

Als Dimitri Hand an den Helm legte, begann der Mann darunter sich zu winden wie eine Schlange auf glühenden Kohlen. Pezas versetzte ihm einen Tritt in die Seite, so dass er still lag. Dimitri zog ihm den Helm vom Kopf. Zum Vorschein kam ein rundes, aufgedunsenes Gesicht mit kurzgeschnittenem roten Haar, das vor Schweiß dunkel glänzte.

»Wer bist du?«, fragte Hektor.

Keine Antwort.

Er wiederholte die Frage, diesmal lauter.

»Glauben Sie, die verstehen das?«, warf Dimitri ein.

»Das finden wir heraus«, erwiderte Pezas. Er stellte einen Fuß auf die verletzte Schulter des Rothaarigen und drückte sie zu Boden. Der Mann schrie vor Schmerz auf.

»Wer hat euch geschickt?«

Der Mann sagte kein Wort.

Pezas stieß erneut zu.

»Wer hat euch geschickt?«

Der Verletzte antwortete etwas eindeutig Unschönes, in einer Sprache, die sie nicht kannten. Er schluchzte vor Schmerzen und sabberte auf den Fußboden.

»Die sprechen kein Griechisch«, folgerte George.

Er leerte ihre Taschen. In einer fand er eine Pistole – eine Marke, die er noch nie zuvor gesehen hatte; auf den Griff war ein Emblem gestanzt, ein Stern in einem Kreis. Zehn Ladungen Munition, ein paar Euros, Zigaretten, ein Feuerzeug, Kaugummi, ein Mobiltelefon. Keinerlei Ausweispapiere. Bei dem zweiten Mann förderte er eine andere Zigarettenmarke zutage, ein Feuerzeug, ein Schnappmesser und die Motorradschlüssel.

»Wir bringen sie zu mir rein«, sagte er.

»Sie brauchen einen Arzt«, bemerkte Dimitri.

»Das hat Zeit.«

»Tasia kann einen Blick daraufwerfen. Am besten auch gleich auf Sie.«

»Okay, aber zuerst schaffen wir sie rein und finden raus, wer zum Teufel sie sind.«

George hielt weiter seine Beretta auf die Männer gerichtet, während Pezas und Dimitri sie in die Wohnung bugsierten.

»In die Küche«, sagte er.

Sie setzten jeden der beiden auf einen Stuhl. George reichte dem Schwarzhaarigen sein Telefon und befahl auf Englisch: »Ruf deinen Boss an.«

Der Angesprochene deutete auf den sich ausbreitenden Blutfleck auf seinem Oberschenkel.

»Später. Zuerst reden wir mit deinem Boss.«

Mit empörtem Blick suchte der Mann eine Nummer heraus und drückte die Anruftaste. Er begann zu sprechen. Seine Stimme klang müde. George nahm ihm das Telefon aus der Hand.

»Hör zu«, erklärte er. »Ich habe hier deine zwei Motorradfahrer, und ich lasse sie nicht gehen, bevor ich nicht weiß, wer zum Teufel du bist und was du von mir willst.«

»Du kannst mich mal«, sagte eine Stimme. Dann war die Leitung tot.

»Du mich auch«, erwiderte George leise und steckte das Telefon in die Tasche.

»Es ist Zeit, die Polizei zu rufen«, bemerkte Pezas. »Die haben Dolmetscher und werden wissen, was mit den beiden zu tun ist.«

»Ich hole Tasia«, bot Dimitri an.

Pezas hielt sie mit der Waffe in Schach, während George die Polizei anrief. Er meldete das Vorkommnis als bewaffneten Überfall. Schon jetzt sah er Probleme auf sich zukommen – Schusswaffengebrauch in Notwehr würde den Gegnern Gelegenheit bieten, ihn mit schwerwiegenden Vorwürfen zu belasten. Er fügte hinzu, dass er verletzt sei, Angst habe und unverzüglich Hilfe benötige. Er nannte seine Adresse und erkundigte sich, wie lange es dauern werde.

»Handelt es sich um einen Notfall?«, fragte der Polizeibeamte.

»Natürlich handelt es sich um einen Notfall!«

»Befinden sich die bewaffneten Männer noch in Ihren Räumlichkeiten?«

»Ja. Es ist uns gelungen, sie zu entwaffnen. Sie sind verletzt und brauchen medizinische Versorgung.«

»Also schweben Sie nicht in unmittelbarer Gefahr?«

»Ich weiß nicht, in welcher Gefahr ich schwebe. Ich habe einen Stich in den Bauch abbekommen. Und die beiden Mistkerle könnten draußen Verstärkung haben. Schicken Sie jemanden hierher, jetzt sofort!«

»Okay, fünfzehn Minuten.«

Als George in die Küche zurückkehrte, war Tasia schon dabei, die Wunden der Männer zu säubern und zu verbinden. »Sie müssen ins Krankenhaus«, sagte sie. »Der da hat eine Menge Blut verloren.«

Sie deutete auf den Dunklen; sein Gesicht war bleich, und er wirkte vollkommen erschöpft.

»Ich habe die Polizei angerufen und um ärztliche Hilfe gebeten«, erwiderte George.

»Wer hat auf sie geschossen?«, fragte sie.

»Ich.«

Sie fragte nicht nach dem Grund.

»Wissen Sie, wer die beiden sind?«

»Nein. Sie sprechen kein Griechisch. Vielleicht ein paar Worte Englisch.«

»Ich mag diese Kerle nicht.«

»Ich hab sie nicht eingeladen, das kann ich Ihnen versichern.«

»Zeigen Sie mal Ihre Verletzung.«

George schob sein Hemd nach oben. Sie untersuchte die

Stichwunde mit geübten Fingern, reinigte sie mit einem in Alkohol getränkten Wattebausch und bedeckte sie mit einem Stück Verbandsmull.

»Halten Sie mal«, bat sie und schnitt vier Streifen Heftpflaster ab.

»Sie haben Glück, dass die nicht tiefer ist«, erklärte sie.

»Ich weiß.«

»Wechseln Sie den Verband alle vierundzwanzig Stunden.«

Sie verstaute ihr Alkoholfläschchen, die Watte und die restlichen Mullbinden in einem Stoffbeutel.

»Vielen Dank, Tasia. Und verzeihen Sie die vielen Störungen.«

»Kein Problem, George. Immerhin bin ich noch zu irgendwas zu gebrauchen.« Sie lächelte traurig. »Ich gehe jetzt. Bleib, solange du möchtest, Dimitri. Solange sie dich hier benötigen.«

Wenige Minuten später trafen die Polizisten ein: ein junger Beamter, der sich als Polizeileutnant Kassavitis vorstellte, mit einem Untergebenen. Keiner von beiden wirkte älter als einundzwanzig.

George erklärte die Situation. Kassavitis hörte aufmerksam zu, wirkte jedoch besorgt, als er auf die Schüsse zu sprechen kam.

»War das wirklich nötig?«, fragte er.

»Herr Pezas kann bezeugen, dass er angegriffen wurde. Und zwar brutal. Ich warnte den Rothaarigen, er solle aufhören. Mehrmals. Als er nicht darauf reagierte, schoss ich.«

»Haben die beiden Ihre Warnung verstanden?«

»Keine Ahnung. Es ging alles viel zu schnell. Ich musste das Leben meines Freundes retten.«

»Besitzen Sie einen Waffenschein?«

»Einen Waffenschein und eine Ausbildung an der Waffe.«

Kassavitis befahl seinem Helfer, die Habseligkeiten der Verletzten einzusammeln. George erinnerte sich an das Telefon in seiner Tasche und beschloss ohne langes Nachdenken, es zu behalten.

Der Polizeileutnant fragte den Mann etwas auf Russisch. Jetzt erkannten sie die Sprache wieder. Es folgte eine kurze Unterhaltung.

Kassavitis wandte sich an George: »Sie sagen, sie wollten Ihnen eine Nachricht bringen.«

»Mit Sturzhelmen und Waffen? Eine schöne Nachricht!«

»Sie wissen nicht, warum Sie geschossen haben.«

»Das wissen sie verdammt genau!«

»Sie behaupten das Gegenteil.«

»Fragen Sie doch mal, warum sie meinen Freund angegriffen haben. Und warum der da mit dem Messer auf mich losgegangen ist.«

Kassavitis fragte und übersetzte Ihnen die Antwort. »Ihr Freund hat als Erster angegriffen.«

»Sie lügen«, erwiderte George.

Der Beamte wechselte erneut ein paar Sätze mit dem Russen.

»Okay«, sagte er schließlich. »Ich verstehe, worum es hier geht.«

»Ich muss wissen, wer diese Männer geschickt hat«, erklärte George. »Und was sie von mir wollen.«

»Ich werde versuchen, das herauszufinden«, versprach der Polizist.

Dann traf der Krankenwagen ein, und sie wurden abtransportiert.

24

Am nächsten Morgen um 8:00 Uhr erhielt George einen Anruf; der junge Polizeileutnant bat ihn, wegen der Ereignisse der vergangenen Nacht bis zum Mittag persönlich in der Dienststelle in Exarchia zu erscheinen.

George beendete sein unterbrochenes Frühstück, steckte Reisepass und Telefon in die Tasche und ging die vierhundert Meter zur Kallidromioustraße zu Fuß. Als er sich dem Polizeirevier näherte, erinnerte er sich, dass hier vor anderthalb Jahren das Zentrum der Proteste gewesen war, die aufflammten, nachdem ein Jugendlicher während einer Demonstration von der Polizei erschossen wurde. Der Vorfall entfachte eine Kettenreaktion: Krawalle, Plünderungen, Vandalismus und Brandanschläge. Die Straßen waren seitdem ruhiger geworden, doch der Zorn schwelte unterschwellig weiter.

Kassavitis saß hinter seinem vorschriftsmäßigen Puppenstubenschreibtisch, auf dem sich das vorschriftsmäßige Aktenchaos stapelte. Er wirkte müde und missmutig.

»Was gibt's?«, fragte George.

»Ich muss Sie festnehmen.«

»Weshalb?«

»Körperverletzung.«

»Wegen der Motorradfahrer?«

»Ihr Anwalt hat Anzeige erstattet.«

»Ihr Anwalt?«

»Sie haben darauf bestanden, ihn anzurufen. Das Verhör dauerte die halbe Nacht.«

»Haben Sie die Ausführungen meines Kollegen Pezas gehört? Die hätten ihn umgebracht!«

»Hier steht Aussage gegen Aussage.«

»Wie wär's mit ein bisschen gesundem Menschenverstand?«

»Wie meinen Sie das?«

»Denken wir doch mal darüber nach. Zwei bewaffnete Russen besuchen Sie um 23:00 Uhr ...«

»Und Sie schießen sie nieder.«

»Sie sind gerade dabei, Ihrem Freund den Schädel einzuschlagen. Sie haben einen Knüppel bei sich, so massiv wie ein Baseballschläger, sowie eine Pistole und zwei Messer, und die benutzen sie auch.«

»Das ist Ihre Version.«

»Und die meines Kollegen!«

»Zwei gegen zwei. Ich muss beide Seiten gleichermaßen berücksichtigen.«

»Zwei Kriminelle gegen zwei unbescholtene Staatsbürger?«

»Bisher liegen uns keinerlei Erkenntnisse darüber vor, dass es sich um Kriminelle handelt.«

»Um was denn sonst? Um Zeugen Jehovas?«

»Ich muss mich an die Vorschriften halten. Ich habe keine Wahl.«

»Sie sprechen nicht mal Griechisch! Woher kommen sie überhaupt? Sind es Russen?«

»Georgier.«

»Noch schlimmer!«

»Ich muss Sie bitten, eine Erklärung abzugeben.«

»Das tue ich mit Freuden.«

»Sie haben das Recht, einen Anwalt anzurufen.«

»Nicht nötig. Ich habe nichts zu verbergen.«

»Na schön, dann gehen wir ins Vernehmungszimmer und fangen an.«

In dem verschlossenen, fensterlosen Raum mit kahlen Wänden machte George seine Aussage. Der Polizeileutnant saß ihm an einem Holztisch gegenüber und nahm sie Wort für Wort zu Protokoll, während gleichzeitig ein Kassettenrekorder lief. Er fragte auch, ob George das Telefon eines der beiden Männer an sich genommen habe. George verneinte. Dann wurde ihm der Text noch einmal vorgelesen, und er unterschrieb. Er verpflichtete sich, das Land nicht zu verlassen, und hinterlegte seinen Reisepass als Pfand. Der Polizist konnte ihm nicht sagen, wann er ihn zurückerhalten würde.

George erkundigte sich nach den beiden Motorradfahrern.

»Ich bin nicht befugt, Ihnen entsprechende Auskunft zu erteilen«, antwortete Kassavitis. Dann schaltete er das Aufnahmegerät aus. »Wir haben sie wegen unerlaubten Besitzes von Schusswaffen inhaftiert.«

»Schusswaffen?«, fragte George überrascht. »Im Plural?«

»Der Rothaarige hatte eine Pistole im Stiefel versteckt.«

»Verdammt, die habe ich übersehen. Er hätte sie benutzen können.«

»Mit der Kugel in seiner Schulter – eher unwahrscheinlich«, erwiderte der junge Polizist.

George nickte. »Wie lange werden Sie sie festhalten?«

»Kommt drauf an, was wir in ihren Akten finden.«

»Kann ich Anzeige gegen die beiden erstatten?«

»Ich wüsste nicht, was dagegenspräche. Aber vielleicht wäre es effektiver, wenn Herr Pezas das macht.«

»Gute Idee«, entgegnete George, »ich werd's ihm vorschlagen.«

Der Polizeileutnant drückte auf »Eject« und steckte die Kassette zusammen mit der unterschriebenen Aussage in einen Briefumschlag.

»Muss ich hierbleiben?«, fragte George.

»Nein«, antwortete Kassavitis. »Sie können gehen. Allerdings behalte ich Ihren Reisepass vorübergehend ein. Und falls Sie zufällig das Telefon finden, geben Sie es hier ab.«

Dann schloss er die Tür des Vernehmungszimmers wieder auf.

Um 10:00 Uhr kehrte George nach Hause zurück und rief unverzüglich Pezas an. Er brachte ihn auf den neuesten Stand und fragte, ob er zum Polizeirevier in Exarchia gehen und eine Aussage machen könne.

»Mit dem größten Vergnügen«, antwortete der. »Allerdings bin ich gerade in Kefalari. Muss hier mit einigen Leuten reden, wegen der Toten in der Bank. Bis Mittag sollte ich damit fertig sein.«

»Warte nicht zu lange. Ich möchte nicht, dass die Motorradtypen wieder frei herumlaufen. Der junge Polizeileutnant war ganz in Ordnung, aber er könnte beschließen, sie auf freien Fuß zu setzen, falls er in den Akten nichts findet. Für meinen Geschmack hält er sich ein bisschen zu unterwürfig an die Vorschriften.«

»Möchtest du, dass ich jetzt gleich rüberkomme?«

»Was ist mit deinen anderen Verabredungen?«

»Die kann ich verschieben. Erledige das Dringendste immer zuerst.«

»Das wäre eine große Hilfe.«

»Okay, du kannst dich auf mich verlassen.«

25

George ließ den Blick über seinen Schreibtisch schweifen. Aus irgendeinem Grund deprimierte ihn, was er sah. Das ganze Zimmer deprimierte ihn. Plötzlich fühlte er sich wie gelähmt. Er steckte mitten in einem Fall fest, erhielt kein Honorar dafür und machte keinerlei Fortschritte. Die Polizei verhaftete die falschen Leute, ihre Ermittlungen waren zum Stillstand gekommen, ihre Mitarbeiter chronisch überlastet, das ganze System litt unter Korruption und Missständen, die Aufbewahrung von Beweismaterial war mehr als nachlässig, und die einzige konsequent angewandte Regel lautete: Lass den Unschuldigen leiden und dem Schuldigen jegliche Unterstützung zukommen.

In solchen Momenten pflegte er sich normalerweise in irgendwelche Aktivitäten zu stürzen – was er tat, spielte kaum eine Rolle. Die Motivation würde schon folgen. Jetzt fiel ihm allerdings nichts Besseres ein, als seine Frau anzurufen und zu hören, wie sie und Nick zurechtkamen. Er grift zum Hörer, doch bevor er ihre Nummer wählen konnte, klingelte das Telefon.

»Guten Morgen, George! Hier spricht Abbas! Ich habe Nachrichten vom Oberst.«

»Gute Nachrichten hoffentlich?«

»Er ist bereit, Ihnen zweihundertfünfzig Euro pro Tag zu zahlen.«

»Ich habe ihm meinen Preis genannt.«

»Er möchte darauf hinweisen, dass momentan ein ökonomischer Engpass besteht. Seine Pension wurde um dreißig Prozent gekürzt. Er schlägt vor, dass Sie sich an unserem nationalen Opfer beteiligen und eine Senkung Ihres Honorars hinnehmen – um gerade mal achtzehn Prozent.«

»Hat er das alles gesagt?«

»Im Prinzip schon. Auch wenn ich ihm die Zahlen ausgerechnet habe.«

»Dann ist heute wohl einer seiner besseren Tage.«

»Ich vermute, die Haft trägt zur Konzentration seiner Gedanken bei.«

»In Ordnung, sagen Sie ihm, ich nehme sein Angebot an. Aber ich brauche einen Vorschuss.«

»Wie viel?«

»Eintausend.«

»Ich bin sicher, das geht in Ordnung.«

Abbas wollte schon auflegen, doch George hatte noch eine Frage: »Sind Sie wegen des Gewehrs weitergekommen?«

»Nichts Neues. Ich hatte keinen Moment Zeit. Aber ich habe nachgedacht.«

»Ist irgendwas dabei herausgekommen?«

»Herausgekommen ist nicht das richtige Wort.«

»Was wäre denn das richtige Wort?«

Abbas lachte. »Meinetwegen muss ein derart komplexer Vorgang nicht in einem einzigen Wort zusammengefasst werden.«

»Also gut, worüber haben Sie nachgedacht?«

»Ich glaube, wir sollten aufhören, einzelne Fäden zu verfolgen, und stattdessen versuchen, das Muster im Teppich zu erkennen.«

»Verzeihung, von welchem Teppich reden Sie?«

»Ich habe das eher bildlich gemeint. Es handelt sich um eine Metapher von Henry James.«

»Von Henry James, dem Jazztrompeter?«

»Nein, von Henry James, dem Autor und Kritiker.«

»Hören Sie, Abbas, ich habe heute einen anstrengenden Tag. Könnten wir uns anders als in Rätseln unterhalten?«

»Ich denke über das Muster der Geschichte nach. Über das dahinterstehende Schema.«

»Ich kann Ihnen noch immer nicht folgen. Ich habe Wirtschaft studiert. Nicht Literatur.«

»Volkswirtschaftler sprechen doch von Konjunkturzyklen, richtig?«

»Richtig.«

»Das ist ein Beispiel für ein Muster, das man nur aus einem gewissen Abstand und mit entsprechendem Fachwissen erkennen kann.«

»Und nur im Verlauf der Zeit.«

»Ganz genau.«

»Und worauf wollen Sie hinaus?«

»Ich versuche, das verborgene Muster hinter den aktuellen Ereignissen zu erkennen.«

»Haben Sie in Betracht gezogen, dass da einfach nur Chaos herrschen könnte?«

»Oberflächlich sieht es aus wie Chaos«, antwortete Abbas.

»Vielleicht ist es aber auch durch und durch chaotisch, auf allen Ebenen«, konterte George. »Der Oberst wurde verhaftet, Beweise wurden manipuliert, die Polizei verliert sich im Dschungel ihrer eigenen Bürokratie, und kein Mensch sieht einen Ausweg.«

»Man muss den Sinn darin erkennen. Das Muster entschlüsseln! Wissen Sie, was ich an Ihrer Stelle tun würde? Ich würde über die ganze Angelegenheit meditieren. Ein Diagramm zeichnen. Darüber nachdenken. Ich würde Bilder in meiner Vorstellung auftauchen lassen. Aus dem Unbewussten. Ich würde Hirnregionen nutzen, die eine umfassendere Realität wahrnehmen.«

»Jetzt verwirren Sie mich wieder, Abbas. Soll ich logisch an die Sache rangehen oder intuitiv?«

»Beides.«

»Beides gleichzeitig?«

»Wenn Sie können!«

»Und wie zum Teufel stelle ich das an?«

»Zuerst das eine, dann das andere. Jonglieren Sie damit hin und her. Logik, Intuition. Hin und her. Vielleicht versuche ich das auch. Dann können wir unsere Ergebnisse vergleichen.«

George legte den Hörer auf und fragte sich, ob Abbas den Verstand verloren hatte.

Nichtsdestotrotz beschloss er nach kurzem Nachdenken, es auszuprobieren. Er zog ein leeres Blatt Papier aus seiner Schreibtischschublade. Ohne lange zu überlegen zeichnete er vier kleine Kreise, einen in jede Himmelsrichtung. In drei davon schrieb er die Namen von Menschen, die gestorben waren: John Petrakis, Angelos Boiatzis und Anastasia, die Großcousine seiner Frau. In den vierten schrieb er nach kurzem abergläubischen Zögern seinen eigenen Namen. Nicht dass er gern zu den Toten gehört hätte, doch er rief sich in Erinnerung, dass es hier nur um eine bildliche Darstellung ging, um ein gedankliches Experiment. Jeder Kreis symbolisierte ein Opfer bzw. jemanden, der dazu auserkoren war.

Zu jedem Kreis fügte er ein oder mehrere Dreiecke hinzu, die die Angreifer verkörperten. »Unbekannter Anarchist« neben Anastasia, »HK G3« neben John Petrakis, »russische Motorradfahrer« neben seinem eigenen Kreis. Dann betrachtete er das Ergebnis. Wesentliche Teile der Geschichte fehlten. Er zeichnete einen weiteren Kreis zu seinem, für Pezas, sowie einen sechsten Kreis neben Petrakis, für Oberst Varzalis. Neben dem Oberst skizzierte er zwei spitze Dreiecke, die er mit »Constantine

Petrakis« und »Simeon Yerakas« beschriftete. Das wiederum brachte ihn auf einen weiteren Angreifer, den er bei seinem Kreis ergänzte: »Byron Kakridis«.

Nachdem er die Seite eine Minute lang angestarrt hatte, fiel ihm eine dritte Gruppe von Akteuren ein: die Polizei. Für sie benötigte er eine neue Form. Er zeichnete ein Viereck neben John Petrakis. Inspektor Bagatzounis. Neben sich platzierte er Polizeileutnant Kassavitis. Oberhalb seines Kreises, ins Zentrum des Diagramms, zeichnete er ein Quadrat, in das er in Großbuchstaben »SOTIRIOU« hineinschrieb.

Er hatte diese letzte Gestalt rein zufällig in die Mitte gesetzt, doch merkwürdigerweise war das durchaus von Bedeutung. Wo sonst sollte er ihn einzeichnen? Sämtliche Gewaltverbrechen wurden Sotirious Dezernat gemeldet, dort wurden die Ermittlungen eingeleitet und koordiniert. Vielleicht kam dort auch alles zum Stillstand? Vor seinem inneren Auge sah er ein grauenvolles Büro mit einem Labyrinth aus Säulen von übereinandergestapelten, vergilbten Akten – ein Ort des Erstickens und der Auflösung, an dem alles Staub ansetzte. Unaufhörlich kam neues Material hinzu. Doch wie gelangte es jemals wieder dort raus?

Sotiriou beteuerte allzu gern seine Rechtschaffenheit. Schon das allein bereitete George Unbehagen. Die meisten Menschen, die sich so verhalten, überlegte er, sind Haie. Der Anständige muss sich nicht pausenlos anpreisen. War es möglich, dass Sotiriou ihn absichtlich behinderte? Dass er genauso korrupt war wie die schlimmsten seiner Kollegen, noch schlimmer sogar durch zusätzliche Laster wie Scheinheiligkeit, Heuchelei und, was am gefährlichsten war, Selbstbetrug?

George trat ans Fenster. Der Himmel zwischen den Gebäuden war blau und klar. Von Dimitris Balkon drang das Trällern des Kanarienvogels zu ihm, von tief unten das Brummen und Hupen des Verkehrs. Er versuchte, seinen Gedanken freien Lauf zu lassen, sie über das Gitterwerk aus Beton, Glas und Stahl hinausfliegen zu lassen in die unendliche Weite über ihm. Bewusst blendete er jegliches Denken aus – konzentrierte sich nur noch auf dieses ferne, unermessliche Blau. Eine Reihe von Bildern tauchte auf, losgelöst von allen Worten oder Verstrickungen in Kausalitäten. Sie erschienen, blieben ein Weilchen und verschwanden wieder, wie Diaprojektionen auf einer Leinwand. Der Handgriff an der Pistole des Motorradfahrers. Der Kopf, der sich als Silhouette im Fensterrahmen abzeichnete. Oberst Varzalis, der sein Hämmerli auf den hochsteigenden Ballon abfeuerte. Das verlassene Hotel am Meer.

Gab es einen Zusammenhang zwischen den Bildern? Erschienen sie ihm aus einem bestimmten Grund? War es das, was Abbas mit Meditation meinte?

Das Telefon begann zu klingeln. Er nahm ab und hörte Pezas' Stimme.

»Hast du von dem Brand bei Paranoia FM gehört?«

»Nein, wann?«

»Gestern Nacht. Ich hab's gerade in den Radio-Nachrichten erfahren.«

»Wurde jemand verletzt?«

»Nein. Alle konnten sich retten, aber die Räumlichkeiten sind vollkommen zerstört.«

»Ich werde der Sache nachgehen.«

George suchte im Internet nach Paranoia FM. Er fand die Webseite des Radiosenders mit einer knappen Bekanntgabe der Neuigkeit und dem Versprechen, innerhalb von achtundvierzig Stunden wieder auf Sendung zu sein. Die Adresse, fiel ihm auf, lag in der Leoforos-Alexandras-Straße – fünfzehn Minuten Fußweg von seiner Wohnung. Er beschloss, sich ein wenig dort umzusehen.

26

Ein hochgewachsener Mann mit Vollbart und Glatze stand vor einem niedrigen neoklassizistischen Gebäude, dessen Mauern oberhalb der klaffenden Fenster- und Türöffnungen rußgeschwärzt waren. Er redete sehr schnell und erbost auf einen elegant gekleideten höheren Beamten im frisch gebügelten weißen Hemd ein, der sich auf seinem Klemmbrett in aller Ruhe Notizen machte. Vom Dach war nur noch ein Skelett aus verkohlten Balken übrig. Der beißende Geruch von Verbranntem hing über der ganzen Straße – ein widerlicher Gestank nach Gummi und Chemie.

George wartete, bis die beiden ihr Gespräch beendet hatten. Der gepflegte Herr bahnte sich vorsichtig seinen Weg ins Haus hinein und duckte sich unter einem Absperrband hindurch. Der Bärtige hämmerte etwas in die Tasten seines Telefons.

George trat zu ihm. »Herr Ghiotis?«

»Wer sind Sie?«

»Mein Name ist George Zafiris. Ich bin Privatdetektiv.«

»Nein danke.«

»Ich bin nicht auf Arbeitssuche.«

»Was wollen Sie dann?«

»Ich war mit Nachforschungen über den Tod des Parlamentsabgeordneten Angelos Boiatzis beauftragt. Soviel ich weiß, waren Sie auch mit diesem Fall beschäftigt.«

»Und?«

»Vielleicht sollten wir uns unterhalten.«

»Nein.«

»Sie wissen nicht, was ich anzubieten habe.«

»Ich habe jetzt keine Zeit.«

»Wegen des Feuers?«

»Ja, wegen des Feuers!«

»Ich habe davon gehört. Es tut mir leid.«

Ghiotis ging nicht darauf ein.

»Wann darf ich wiederkommen?«, fragte George.

»Wenn der Albtraum vorbei ist.«

Ghiotis beschäftigte sich erneut mit seinem Telefon.

»Es wird noch Schlimmeres passieren«, sagte George. »Jetzt ist der richtige Zeitpunkt zum Handeln – bevor jemand getötet wird.«

Ghiotis warf ihm einen zynischen Blick zu.

»Getötet wird?«

»Das hätte letzte Nacht leicht passieren können. War denn niemand im Gebäude?«

»Das geht Sie nichts an.«

»Denken Sie, es war ein Unglücksfall?«

»Ganz bestimmt nicht. Das war Brandstiftung.«

»Genau. Und wer steckt dahinter?«

»Woher soll ich das wissen?«

Wieder fing Ghiotis an, eine SMS zu schreiben.

George beobachtete ihn ein Weilchen.

»Haben Sie Nachforschungen über sein Liebesleben angestellt?«, fragte George.

»Was?« Ghiotis blickte abwesend auf.

»Boiatzis hatte eine Geliebte. Seine Frau hatte ebenfalls eine Affäre.«

»Höchst interessant.«

»Hatten Sie kürzlich Besuch von russischen Auftragskillern?«

»Nein.«

»Warten Sie's ab.«

»Die sollen ruhig kommen.«

»Tatsächlich? Haben Sie einen Leibwächter? Tragen Sie eine Waffe? Auf mich wirken Sie äußerst verwundbar.«

Ghiotis starrte ihn erstaunt an.

George zog eine Visitenkarte aus der Tasche. »Rufen Sie mich an, wenn Sie reden möchten«, sagte er.

Ghiotis warf einen Blick auf die Visitenkarte, steckte sie ein und folgte dem anderen Mann in das ausgebrannte Gebäude.

27

Im Besuchsraum des Gefängnisses mit seinen harten Holzstühlen und -tischen war es düster und heiß. Durch die hoch oben angebrachten Fenster fiel schräg das Sonnenlicht herein. Von draußen hörte man Verkehrsgeräusche. Ein Wärter beobachtete misstrauisch, wie Abbas einen abgegriffenen alten Aktenordner aus seiner Mappe hervorholte, ihn vor sich auf den Tisch legte und ihn öffnete.

»Das ist alles, was ich auftreiben konnte«, erklärte er.

»Das ist er«, erwiderte der Oberst. »Darin sollten Sie eine Liste der Freiwilligen finden.«

»Die habe ich bereits«, entgegnete George. »Was ich wirklich suche, ist eine Liste der Waffen, die sich in ihrem Besitz befanden.«

»Die müsste auch dabei sein.«

»Tatsächlich?« George warf Abbas einen Blick zu. »Kann ich sie sehen?«

»Natürlich. Ich hab sie hier irgendwo abgeheftet.«

Der Oberst machte sich daran, die Unterlagen zu durchforsten. Einige überblätterte er sofort. Andere weckten sein Interesse. Er begann sie sorgfältig zu lesen, wobei er dem Text mit seinem Zeigefinger folgte. Abbas und George beobachteten ihn mit wachsendem Unbehagen.

»Warum sehe ich den Ordner nicht einfach für Sie durch?«, warf Abbas ein. »Vielleicht geht das schneller.«

»Das geht auf jeden Fall schneller!«, erwiderte Varzalis.

Er schob ihm den Ordner über den Tisch zu. »Dieser ganze

Papierkram! Und wozu? Am Ende wird doch alles dem Feuer übergeben.«

»Ich bin froh, dass Sie die Akten bisher noch nicht verbrannt haben«, bemerkte George.

»Lange wird es nicht mehr dauern«, entgegnete der Oberst.

Abbas reichte ihm ein hauchdünnes Blatt Durchschlagpapier.

»Ist das die Liste?«

Varzalis nahm es und las.

»Das«, sagte er, »ist die Liste der Freiwilligen sowie der Waffen in ihrem Besitz.«

»Offensichtlich konnten Sie die fähigsten Griechen der Antike rekrutieren«, bemerkte Abbas. »Da haben wir Alkibiades, Leonidas, Themistokles, Xenophon ...«

»Keine schlechte Truppe! Natürlich sind das alles Decknamen.«

»Was wollten Sie damit bezwecken?«, fragte George.

Varzalis sah ihn verblüfft an. »Wer weiß?«

»Haben Sie einen Schlüssel, um sie zu dekodieren?«, erkundigte sich Abbas.

»Keine Ahnung.«

»Ich suche ihn.«

»Hier werden Sie ihn nicht finden«, entgegnete der Oberst. »Man soll den Schlüssel nie zusammen mit den Decknamen aufbewahren.«

»Lassen Sie mich trotzdem kurz nachsehen«, bat Abbas.

Schnell und fachmännisch ging er die Unterlagen durch. Ein Blatt legte er beiseite; bald hatte er alles überprüft. Er drehte den Aktenordner um, vergewisserte sich, dass er wirklich leer war, und tastete mit der Hand die Innenseiten ab.

»Kein Schlüssel drin«, sagte er. »Sie stellen uns vor ein Rätsel.«

Der Oberst wirkte höchst zufrieden.

»Wozu diese Geheimhaltung?«, wollte Abbas wissen.

»Geheimhaltung macht stark!« Der Oberst lächelte.

»Ihr Militärs könnt die Dinge wohl nie bei ihrem rechten Namen nennen. Entweder gebt ihr ihnen irgendeine dämliche Kennnummer wie ›P22‹, oder ihr umschreibt sie mit absurden technischen Begriffen; ein Spaten heißt dann beispielsweise ›manuell anwendbares Ausgrabungsgerät‹.«

»Dafür gibt es gute Gründe«, antwortete Varzalis.

»Tatsächlich? Die würde ich gern erfahren. Denn jeder, der Ihre Unterlagen in die Hand bekäme, könnte sofort herausfinden, wer Ihre Freiwilligen sind ...«

»Nein!«

»O doch! Hier ist ein Verzeichnis ihrer Namen und Adressen.«

»Das sollte nicht da drin sein.«

Abbas zeigte ihm das Blatt, das er beiseitegelegt hatte. »Hier stehen sie alle drauf.«

»Die Liste muss vernichtet werden!«

»Nein! Sie ist äußerst wertvoll. Dennoch merkwürdig, dass die eine Liste verschlüsselt ist und die andere nicht.«

»Die mit den Decknamen ist die richtige«, sagte der Oberst.

»Aber wir können den Code nicht knacken!«

»Sie könnten die beiden Listen vergleichen.«

»Es gibt aber keine Querverweise. Sehen Sie, hier ist das gesuchte Gewehr, das Heckler & Koch G3. Es gehörte ›Xenophon‹. Aber wer zum Teufel ist ›Xenophon‹?«

»Zeigen Sie mal her«, bat Varzalis.

Abbas reichte ihm die beiden Seiten. Er betrachtete sie eine Weile, zuerst konzentriert, dann zunehmend verwirrt. Sein Blick wurde verschwommen.

»Ich verstehe kein Wort davon«, sagte er schließlich.

»Erinnern Sie sich an irgendjemanden in diesem Verzeichnis?«

»Ich glaube, ich bin Sokrates.«

»Und Sie haben keine Ahnung, wer Xenophon sein könnte?«

Der Oberst wirkte verzweifelt. Er presste die Lippen aufeinander, sein Blick war ausweichend.

»Ist ja gut«, sagte Abbas. »Wir belassen es dabei.«

George hatte eine Idee. »Warum fragen wir nicht die drei Männer, die wir bereits kennen? Sie könnten uns ihre Decknamen verraten.«

»Falls sie die wissen«, entgegnete Abbas.

»Warum sagen Sie das?«

»Nach dieser Liste müsste ich Aischylos sein, denn Aischylos besitzt einen Revolver und ein Remington-Gewehr. Das sind meine Waffen. Aber ich wusste meinen Decknamen nicht. Ich wusste nicht mal, dass ich einen hatte!«

»Ach ...«

»Wir können einige Querverweise eintragen«, schlug Abbas vor. »Den Personenkreis eingrenzen.« Er warf einen Blick zu dem Wärter hinüber, der sich für ihre Unterhaltung zu interessieren schien. »Ich denke, wir sollten den Oberst jetzt allein lassen.«

In einem nahe gelegenen Café überprüften Abbas und George die Verzeichnisse.

Das erste hatte George noch nie gesehen. Es enthielt Decknamen und teilweise Angaben über Waffen, aber weder Namen noch Adressen.

Aischylos	* Remington
	+ Revolver
Ajax	* Sako
Alkibiades	+ Heckler & Koch P30

Hektor	x Beretta 687
Dädalus	* Winchester 70
Leonidas	* Mauser 98K
Perikles	* Fabarm
Nestor	* Mauser 98K
	+ CZ 75B
Odysseus	* Mauser 98K
Xenophon	* Heckler & Koch G3
Phidias	* Weihrauch
Philoktet	* Daystate
Miltiades	* Miroku
Themistokles	x Sarasqueta
Sokrates	* Lee Enfield, Hämmerli
	+ Browning Hi-Power, Glock 19
	x Purdey, Fabbri, AYA

Das zweite enthielt Namen und Adressen sowie einen allgemeinen Waffencode:

*	Pangalos, Harilaos	Dimokratias 23, Marathon
*	Maginas, Andonis	Venizelou 10, Souvala
*	Tsaousoglou, Aris	Lazarides
*	Paraskevás, Ioannis	Irioti 5, Ägina
*	Kotsis, Leonardos	Vyzantiou 1, Ägina
*+	Kalamaras, Andreas	Aristoteles 6, Ägina
x	Philippidis, Iason	Aghias Irinis 7, Ägina
*+	Tsoublekas, Manolis	Aghiou Nikolaou 33, Ägina
*+	Abbas, Jalal	Mitropoleos 6, Ägina
*	Tasakos, Manos	Psaron 4, Ägina
*	Laskaridis, Stephanos	Apheas 123, Ägina
x	Hitiris, Spyridon	Perdika
*+x	Varzalis, Solon	Telamonos 18, Ägina

x	Doukakis, Theodoros	Aghia Marina
+	Gounaris, Mihalis	Trikoupi 15, Souvala

»Drei von diesen fünfzehn können wir auf Anhieb zuordnen«, stellte George fest. »Aischylos sind Sie, Sokrates ist der Oberst und Leonidas der Polizist …«

»Dädalus ist der Pilot.«

»Woher wissen wir das?«

»Er besitzt ein Winchester.«

»Dädalus war auch der erste Mensch, der zu fliegen versuchte«, erklärte George. »Ich frage mich, ob es eine Verbindung zwischen Decknamen und Beruf gibt?«

»Schon möglich. Ich bin Schriftsteller, wenn auch nicht ganz so bedeutend wie Aischylos.«

»Der Leonidas der Antike war kein Polizist.«

»Nein, aber er kam aus Sparta, genau wie Kotsis.«

»Okay, also warum ist der Oberst dann Sokrates?«, fragte George. »Welche Verbindung gibt es zwischen den beiden?«

»Ich sehe keine«, entgegnete Abbas. »Die Namen wurden rein zufällig gewählt.«

»Wen erkennen Sie hier außerdem noch?«

Abbas las die Liste noch einmal genau.

»Wir sollten sechs weitere Namen eliminieren. Einige wohnen außerhalb der Stadt, andere besitzen Pistolen oder Flinten, kein Gewehr.«

»Das hat nicht zwangsläufig etwas zu bedeuten. Sie könnten sich eine neue Waffe gekauft haben oder extra in die Stadt gekommen sein.«

»In die Stadt fahren, den Wagen parken, ein Gewehr herausnehmen, irgendwo hinter den Häusern herumlungern und darauf warten, dass Professor Petrakis unter die Dusche geht? Die ganze Zeit hoffen, dass man nicht gesehen wird?«

»Stimmt, das klingt total unlogisch. Also streichen wir die Auswärtigen.«

Abbas ging die Liste durch. »Pangalos, Maginas, Tsaousoglou, Hitiris, Doukakis, Gounaris.«

»Bleiben noch vier Namen: Kalamaras, Tsoublekas, Tasakos, Laskaridis. Was wissen wir über sie?«

»Kalamaras hat ein Elektrogeschäft. Tsoublekas ist Anwalt. Tasakos haben wir kennengelernt. Das Gewehr befindet sich nicht mehr in seinem Besitz, und er war am fraglichen Tag in Athen. Laskaridis ist Architekt.«

»Gehört einer von ihnen einer extremen patriotischen Vereinigung an?«

»Woher soll ich das wissen? Laskaridis auf keinen Fall. Der ist ein Liberaler.«

»Ein Liberaler, der ein Gewehr besitzt?«

»So was soll vorkommen.«

»Tatsächlich?«

»Sehen Sie mich an. Schießen macht süchtig. Ein- oder zweimal schießt man einfach so, zum Spaß, und ehe man sich's versieht, ist man Mitglied im Schützenverein.«

»Meiner Ansicht nach«, entgegnete George, »hat der Gebrauch einer Waffe von Natur aus etwas Autoritäres.«

»Wenn man auf Lebewesen schießt, ja. Auf eine Zielscheibe zu feuern ist etwas ganz anderes. Da sind nicht mehr Sie die Autorität, sondern die Göttin der Treffsicherheit.«

»Betrachten Sie Laskaridis als Verdächtigen?«

»Ich würde ihn aufgrund seines Charakters streichen, doch das ist möglicherweise unwissenschaftlich.«

»Was ist mit den drei anderen?«

»Da ist Ihre Einschätzung genauso zutreffend wie meine.«

»Also müssen wir Kalamaras und Tsoublekas aufsuchen und herausfinden, ob sie etwas gegen den Professor hatten.«

»Korrekt. Darf ich einen Vorschlag machen?«

»Und der wäre?«

»Sie sollten verdeckter an die Sache rangehen. Ich habe Sie bei Ihren Nachforschungen beobachtet. Sie sind viel zu direkt! Der Befragte weiß sofort, worauf Sie hinauswollen. Das gibt ihm Zeit, sich eine Lüge zu überlegen.«

»Wie würden Sie denn vorgehen?«

»Warum nicht so tun, als wolle man ein Gewehr kaufen?«

»Denken Sie, die fallen darauf herein?«

»Könnte sein.«

»Aber ich habe schon mit verschiedenen Leuten über den Mord gesprochen. Da kann ich ihnen doch jetzt nicht einfach eine andere Geschichte auftischen.«

»Das merkt doch keiner.«

»Ich spiele nicht gern mit falschen Karten.«

»Wäre ich im Besitz der Mordwaffe und Sie kämen zu mir und würden mir Fragen über den Professor stellen, würde ich keinen Augenblick zögern, Sie an der Nase herumzuführen. Auf keinen Fall würde ich etwas Brauchbares preisgeben.«

»Nicht bewusst, aber Ihre unbewussten Signale könnten etwas verraten. Wer schuldig ist, versucht in der Regel, die Befragung schnell hinter sich zu bringen, und verhält sich häufig merkwürdig. Ein Unschuldiger dagegen hat nichts zu verbergen.«

Abbas ließ sich diesen Gedanken durch den Kopf gehen.

»Wissen Sie was?«, sagte er. »Ich habe eine andere Idee. Warum rede ich nicht selbst mit diesen Leuten? Schließlich kenne ich sie ja. Ich könnte behaupten, dass ich die Geschichte des Freiwilligenverbandes dokumentiere und versuche, etwas über die Decknamen herauszufinden.«

»Das gefällt mir schon besser.«

»Ich könnte sogar die Auswärtigen aufsuchen für den unwahrscheinlichen Fall, dass einer von ihnen weiß, wem das G3 gehört.«

»Ausgezeichnet.«

»Vielleicht erweist sich der Code ja noch als unser Freund.«

Während George an Deck der Fähre nach Athen zurückfuhr, dachte er erneut über die Schüsse auf den Professor nach. Im forensischen Bericht wurde der Eintrittswinkel mit 25 Grad links der Mittellinie und 15 Grad von unten angegeben. Varzalis' Garten passte perfekt zu diesen Werten. Der Besitzer des Internetcafés wohnte rechts der Mittellinie, der Polizeibeamte ebenfalls. Nur das Haus des Piloten, Dädalus, war als Standort für den Schützen genauso günstig wie das des Obersts. Dennoch konnte man keinen von beiden ernsthaft des Mordes verdächtigen. Der Täter konnte ebenso gut von irgendwo hinter den Häusern oder sogar aus dem Garten des Obersts geschossen haben ...

Doch man musste noch etwas anderes berücksichtigen. Die vertikalen und lateralen Eintrittswinkel sind natürlich auch abhängig von der Drehung des Kopfes im Augenblick des Aufpralls. Wenn der Professor geradeaus aus dem Fenster schaute, hätte ein Geschoss aus Varzalis' Haus die linke Seite des Schädels getroffen. Schaute er dagegen vom Fenster weg nach links, würde die gleiche Kugel auf der rechten Seite einschlagen. Mit anderen Worten: Die Kugel konnte von links oder rechts gekommen sein. Eine ähnliche Ungewissheit bestand auch hinsichtlich des vertikalen Winkels. Hielt er den Kopf gerade, würde ein Schuss aus einem der oberen Stockwerke waagrecht auftreffen. Hatte er den Kopf jedoch zurückgeworfen – weil er sich beispielsweise die Haare ausspülte –, würde das gleiche Geschoss von unten eintreten oder zumindest den Anschein erwecken. Folglich mochten die Eintrittswinkel durchaus in die Irre führen. Der Schuss konnte sowohl von beiden Seiten als auch von oben oder unten abgefeuert worden sein; aus einem Fenster der oberen Etage, vom Dach, von einem Balkon und sogar von der Straße.

Frustriert versuchte George, an etwas anderes zu denken und sich nicht mehr wie ein Besessener mit der minutiösen Rekonstruktion dieses einen zerstörerischen Augenblicks zu beschäftigen. Er zwang sich, seine Aufmerksamkeit stattdessen dem Hier und Jetzt zuzuwenden – der fließenden, unsteten Gegenwart, die pausenlos in Bewegung und niemals wirklich zu erfassen war, und der überwältigenden Szenerie aus Meer und Himmel, durch die die *Agios Nektarios* hindurchglitt wie ein Gespenst. Die Landschaft war ihm vertraut, begann sich jedoch vor seinen Augen zu verändern und wie im Blitzlicht in ein Negativ ihrer selbst zu kippen, in dem Schwarz eigentlich Weiß bedeutete und Weiß Schwarz. Die Berge lösten sich in Luft auf, das Meer in Rauch, der Himmel glich einem erstarrten Metallblech. Die extreme Hitze wandelte alles um, ließ Stein verdampfen und Licht und Luft zu harter, solider Materie komprimieren. Trotz der Meeresbrise, die ihn umwehte, stieß die Sonne schneidend wie das Messer eines Chirurgen auf George herab. Er fühlte sich benommen und durchscheinend, als wäre jedes Atom seines Körpers zu reinem Sauerstoff geworden.

Das Ganze dauerte fünfzehn Sekunden, nicht länger. Dann sickerte die Hitze in ihn ein, sein Gehirn begann zu kochen. Höchste Zeit, sich zu bewegen.

Er schlenderte übers Deck zu der schweren Stahltür hinüber, die in die Bar führte. Als er sie öffnete, schlug ihm eine Welle kalter Luft entgegen. Er bestellte einen geeisten Kaffee, während er sich noch immer in diesem fast halluzinatorischen Zustand befand, in dem sich seine Stimme anhörte, als käme sie von jemand anderem. Er setzte sich an einen kleinen Tisch, nippte an seinem Getränk und versuchte sich zu sammeln.

In einer Ecke des Lokals lief ein Fernseher. Eine Frau hatte ihre geschwollenen Beine auf einen Stuhl gelegt, aß ein Stück Kuchen und starrte ihren hageren, besorgten Ehemann mit hasserfüllter Miene an. Eine Mutter saß stillvergnügt zwischen ihren zwei Kindern, die sich an sie kuschelten und schliefen.

Während sein Kopf allmählich abkühlte, ging George einem Gedanken nach, der ihm in der Hitze dort draußen gekommen war. Er hatte etwas mit Negativen und Silhouetten zu tun, mit Scherenschnitten und den Gebilden, die dabei übrig bleiben.

Er zog sein Telefon aus der Tasche und wählte die Nummer von Takis Mitropoulos.

»Takis, kannst du mir einen Gefallen tun? Ich brauche eine Fotokopie des Schusswaffenregisters von Ägina. Seite für Seite. Kannst du das organisieren?«

»Das weiß ich nicht genau, George.«

»Was ist das Problem?«

»Die Akten werden unter Verschluss aufbewahrt, für den Sonderermittler. Schon meine Einsicht in den forensischen Bericht war ein Verstoß gegen die Vorschriften. Ich musste mich vor einem Vorgesetzten dafür verantworten.«

»Wieso denn das?«

»Ich bat darum, die Unterlagen einsehen zu dürfen, und irgendjemand hat das gemeldet. Die Papiere sind offenbar heiß. Ich arbeite nicht an dem Fall und musste mein Interesse daran begründen. Das war ganz schön heikel.«

»Warum?«

»Selbst die simpelste Erklärung weckt ihr Misstrauen. ›Einem Freund helfen‹ heißt für sie ›ich bin Mitglied einer kriminellen Vereinigung‹. Wenn man einfach ehrlich die Wahrheit sagt, drehen sie durch, weil sie den Trick nicht durchschauen.«

»Ich versuche doch nur, einen Unschuldigen vor dem Gefängnis zu bewahren! Und stattdessen den Schuldigen zu fassen.

Genau das Gleiche sollte auch die Polizei tun, anstatt sich sklavisch an ihre verdammten Vorschriften zu halten!«

»Das weiß ich, George.«

»Kannst du denn gar nichts unternehmen?«

Takis schwieg ein Weilchen.

»Das muss ich mir gut überlegen«, antwortete er schließlich. »Dafür brauche ich eine wasserdichte Story.«

»Die obendrein noch mit der ersten übereinstimmt.«

»Na schön. Also, warum gehe ich ein zweites Mal dorthin?«

»Es betrifft ein ganz anderes Dokument.«

»Ich kann es nicht kopieren, George. Die bringen mich um.«

»Fotografieren?«

»Nein. Bestenfalls kann ich es einsehen. In Anwesenheit eines Beamten.«

»Könntest du es mit einer Liste von Namen vergleichen?«

»Wie viele Namen?«

»Fünfzehn.«

»Fünfzehn? Das sind ganz schön viele ... Und einer von denen ist der Mörder?«

»Sehr wahrscheinlich.«

»Allerdings wird er nicht in dem Verzeichnis drinstehen, weil die Seite daraus entfernt wurde?«

»Ganz genau. Der Fehlende ist der Hauptverdächtige.«

»Und wenn mehr als ein Name fehlt?«

»Immer noch besser als fünfzehn.«

Takis ließ sich Zeit zum Überlegen.

»In Ordnung«, sagte er schließlich. »Ich werd's versuchen. Wo ist diese Liste?«

»Ich schicke sie dir per E-Mail, sobald ich nach Hause komme. In ein paar Stunden.«

»Ich kann dir nichts versprechen, George.«

»Das versteht sich doch von selbst.«

Während der nächsten Etappe seiner Heimreise – während das Schiff in den Hafen einlief und festmachte, während er von Bord ging und sich auf dem Weg zum Bahnhof durch das Gewühl der Straßenhändler auf den verdreckten Bürgersteigen drängte – trug George einen inneren Kampf mit sich aus: Er schwankte zwischen Wut und Abgeklärtheit. Wut war berechtigt, aber sinnlos. Abgeklärtheit war notwendig, aber unerreichbar. Beide Impulse versuchten die Oberhand zu gewinnen. Da sie etwa gleich stark waren, kam kein schnelles Ergebnis zustande. Nachdem er den Zug bestiegen hatte, der nach Omonia, einem der vornehmeren Stadtviertel, ratterte, ließ das innere Ringen allmählich nach. Er griff zu Notizblock und Stift und machte eine Liste all der Dinge, die die Polizei tun sollte und wahrscheinlich nicht tat. Sofort nach seiner Heimkehr würde er Takis die E-Mail schicken und dann mit Sotiriou telefonieren. Noch besser wäre es, ihn persönlich aufzusuchen. Ihm Auge in Auge gegenüberzustehen und ihn seinen gerechten Zorn spüren zu lassen.

28

»Ich gebe Ihnen fünf Minuten«, sagte Sotiriou.

»Länger brauche ich nicht. Können wir raufgehen in Ihr Büro?«

»Jetzt nicht.«

Sie standen im Foyer des Gebäudes, in dem das Dezernat für Gewaltverbrechen untergebracht war – eine schmucklose, düstere Halle ohne jegliche Sitzgelegenheit. Die einzigen Möbelstücke waren ein Schreibtisch und ein Stuhl, auf dem ein gelangweilter junger Polizeibeamter hockte.

Na schön, dachte George, du hast es nicht anders gewollt.

In bewusst neutralem Tonfall begann er: »Ich muss Ihnen ein paar Fragen stellen.«

Sotiriou schwieg. Mit ruhigem Blick musterte er George. Er wartete.

»Frage eins: Haben Sie mit Sophokles Ghiotis über den Brand bei Paranoia FM gesprochen?«

Sotiriou schwieg weiter.

»Frage zwei: Haben Sie die Pistolen überprüft, die die russischen Motorradfahrer bei sich hatten, als sie meinen Freund neulich nachts angriffen? Frage drei: Haben Sie Nachforschungen wegen der Manipulation des Schusswaffenregisters von Ägina angestellt?«

Sotiriou beobachtete ihn, während er sprach; seine Augen waren zu Schlitzen zusammengekniffen, in denen sich das trübe Licht der Eingangshalle spiegelte.

»Also?«

»In allen diesen Angelegenheiten werden Ermittlungen durchgeführt.«

»In der Zwischenzeit werden zwei Unschuldige festgehalten.«

»Zwei?«

»Oberst Varzalis und ich.«

»Ich habe soeben die Anordnung unterschrieben, Oberst Varzalis aufgrund seines schlechten Gesundheitszustandes aus der Haft zu entlassen. Aus der Untersuchungshaft, um genau zu sein. Es wird Monate, wenn nicht sogar Jahre dauern, bis sein Fall vor Gericht verhandelt wird. Oder Ihrer. In der Zwischenzeit sind Sie frei, Sie können schalten und walten, wie Sie wollen, reisen, arbeiten …«

»Ich kann eben nicht reisen! Ich musste meinen Reisepass hinterlegen.«

»Ich meinte: innerhalb Griechenlands.«

»Und wenn ich ins Ausland fahren möchte?«

Sotiriou zuckte mit den Achseln. »Das lässt sich sicherlich regeln.«

George hätte ihn am liebsten am Kragen gepackt und gegen die Wand geschmettert. »Als wir uns kennenlernten«, sagte er, »haben Sie mir erklärt, wie entschieden Sie die Korruption bekämpfen. Sie haben mir einen großspurigen Vortrag über Disziplin und Ordnung gehalten. Ich habe Ihnen geglaubt. Doch jetzt denke ich, Sie lügen genau wie alle anderen. Und was noch schlimmer ist: Sie belügen sich selbst. Das System ist durch und durch verdorben! Selbst wenn Sie einen kleinen Bereich schaffen, in dem Disziplin und Ordnung herrschen, sorgen Sie damit bestenfalls dafür, dass sich der Zusammenbruch verzögert!«

»Na schön, ich habe mir angehört, was Sie zu sagen haben. Und jetzt …«

»Bald gibt es noch mehr Tote, Sie werden sehen.«

»Wovon reden Sie?«

»Ghiotis, Varzalis, vielleicht ich.«

»Haben Sie etwas Geduld. Das wird schon alles werden.«

»Wenn Sie schon sonst nichts tun«, sagte George, »dann vergleichen Sie wenigstens die Waffen der russischen Motorradfahrer mit den forensischen und ballistischen Berichten. Ich gehe jede Wette ein, dass sie darin verwickelt ...«

»Das wird erledigt.«

»Und wann? Das ist hier die Frage!«

»Ich muss jetzt gehen.«

Sotiriou drehte sich zum Fahrstuhl um und betätigte die Ruftaste. Die Türen glitten beiseite. Er wollte gerade eintreten, hielt jedoch abrupt inne. In der Kabine stand Kakridis, der vor Zorn fast explodierte. Seine beiden Leibwächter, die die Anspannung spürten, griffen in ihre Jacketts.

»Herr Minister ...«, begann Sotiriou.

Kakridis fiel ihm ungeduldig ins Wort. »Vergessen Sie's«, blaffte er und eilte nach draußen.

Sotiriou wirkte verwirrt. Einen Augenblick blieb er wie angewurzelt stehen, unentschlossen, ob er Kakridis folgen oder ihn gehen lassen sollte. Dann trat er in die Aufzugskabine und war verschwunden.

Auf dem Heimweg ging George die Situation im Geiste noch einmal durch. Er war sicher, dass Kakridis den Kriminaldirektor in seinem Büro aufgesucht hatte. Das Zusammentreffen schien keinen günstigen Verlauf genommen zu haben. Aber warum kam der Minister zum Polizeibeamten und nicht umgekehrt? Äußerst merkwürdig.

Seine Gedanken wurden durch einen Anruf von Pezas unterbrochen.

»Ich bin gerade bei Frau Kakridis«, sagte er. »Sie möchte mit uns beiden sprechen. Dringend. An einem diskreten Ort.«

»Wo seid ihr?«

»In Kolonaki.«

»Könnt ihr zu mir in die Wohnung fahren? Ich bin in zwanzig Minuten dort.«

Er lief eilig weiter. Wieder klingelte das Telefon. Takis.

»Ich habe versucht, einen Blick ins Schusswaffenregister zu werfen, aber es ist nicht mehr hier.«

»Du machst wohl Witze!«

»Es ist verschwunden.«

»Irgendein Beamter muss es an sich genommen haben.«

»Dafür gibt es keinerlei Beweise. Der Sonderermittler steht vor einem Rätsel. Ich kann mir nur vorstellen, dass es im falschen Umzugskarton gelandet ist.«

»Was für ein verfluchtes Chaos!«

»Übrigens, ich kenne einen der Namen auf der Liste.«

»Welchen denn?«

»Leonardos Kotsis. Ein pensionierter Polizeibeamter.«

»Und?«

»An dem gibt es nichts auszusetzen. Ein guter Mann.«

»Den Eindruck hatte ich auch.«

»Das freut mich. Wir bleiben in Kontakt.«

Frau Kakridis saß im Sessel neben der Verandatür, eine elegante Erscheinung in einem cremefarbenen Leinenkleid. Die nackten gebräunten Beine hatte sie übereinandergeschlagen. Ihr hübsch geschnittenes dunkles Haar umrahmte ein sorgenvolles Gesicht. Anfangs fiel es George schwer, nicht an die Fotos zu denken, die er im Auftrag ihres Ehemannes von ihr gemacht hatte, am Fenster eines Hotelzimmers. Dann fing sie an zu reden; ihre Worte ließen ihn das Vergangene vergessen.

»Mein Mann ist kein schlechter Mensch«, begann sie. »Er glaubt an seine Partei und an Griechenland. Er war immer gut zu mir und den Kindern.«

»Das klingt wie eine Vorrede für schlechte Nachrichten«, bemerkte George.

Sie warf ihm einen finsteren Blick zu. »Es gab da eine Veränderung.«

»Was für eine Veränderung?«

»In seinem Verhalten ... Seiner Einstellung mir gegenüber.«

»Meinen Sie damit seine Affäre mit Frau Boiatzis?«

»Nein. Etwas anderes. Etwas Grundsätzlicheres. Charakterliches. Er hat so eine Härte entwickelt und seine frühere Liebenswürdigkeit verloren.«

»Was erwarten Sie in dieser Hinsicht von uns?«, entgegnete Pezas. »Wir sind Privatdetektive und keine Eheberater.«

»Außerdem ist er in schlechte Gesellschaft geraten.«

»Was meinen Sie damit?«

»Männer, die in Geländewagen mit getönten Scheiben rumkutschieren. Brutale Gesichter. Ihre Chauffeure wirken wie Soldaten. Muskelpakete. Sie haben den paranoiden Blick aller professionellen Sicherheitsleute. Mit dem Unterschied, dass diese Kerle auf der falschen Seite stehen. Sie sind diejenigen, deretwegen wir Sicherheitspersonal einstellen, um uns zu schützen.«

»Woher wissen Sie so genau, dass sie ›auf der falschen Seite stehen‹, wie Sie es ausdrücken?«

»Sie verbreiten eine ganz bestimmte Atmosphäre. Gute Menschen jagen mir nicht so viel Angst ein.«

»Sonst noch etwas?«

»Sie tauchen zu den ungewöhnlichsten Zeiten bei uns auf.«

»Haben Sie mit ihnen gesprochen?«

»Niemals. Mein Mann hat geschäftlich mit ihnen zu tun. Sie unterhalten sich außerhalb des Hauses.«

»Führen sie längere Gespräche?«

»Fünf bis zehn Minuten.«

»Wechselt dabei auch Geld den Besitzer?«

»Keine Ahnung.«

»Haben Sie Fotos von diesen Leuten gemacht oder sich die Kennzeichen ihrer Fahrzeuge notiert?«

»Nein.«

»Es wäre hilfreich, wenn Sie das tun könnten.«

Sie warf George einen herausfordernden Blick zu.

»Ist das nicht Ihr Spezialgebiet?«

George fragte sich, ob ihr Mann ihr die Fotos gezeigt hatte, die ihre Untreue dokumentierten.

»Unser Spezialgebiet umfasst sämtliche Formen der Überwachung«, erklärte er. »Wenn wir das übernehmen, kostet es allerdings Geld. Nicht nur die Bilder selbst, sondern auch die Wartezeiten. Wenn Sie es dagegen selber machen …«

»Geld spielt keine Rolle.«

»Außerdem gibt es gewisse logistische Schwierigkeiten. Wir müssten Videokameras installieren, ohne dass Ihr Gatte davon erfährt.«

»Und wenn Sie einfach vor dem Haus warten? Sobald sie kommen, alarmiere ich Sie.«

»Vierundzwanzig Stunden Live-Überwachung? Das ist überaus kostspielig.«

»Ich sagte Ihnen bereits, dass die Kosten unwichtig sind.«

»Parken denn in Ihrer Straße üblicherweise viele Fahrzeuge?«, fragte Pezas.

»Ein paar. Warum?«

»Wir möchten unbemerkt bleiben. Wie steht es mit Sicherheitsfirmen, die regelmäßig durch das Wohngebiet patrouillieren?«

»Da gibt es mehrere.«

»Dann ist die Straße zu riskant. Die kommen uns im Handumdrehen auf die Spur.«

»Ich habe eine andere Idee«, unterbrach George. »Können Sie sich das Telefon Ihres Mannes für eine Stunde ausleihen?«

»Möglicherweise nachts, wenn er schläft. Wozu?«

»Ich benötige eine Liste der Nummern, die er in den letzten zwei Wochen angerufen hat.«

»Er ist überaus empfindlich, was sein Telefon betrifft.«

»Selbstverständlich ...«

»Eigentlich ist er in vielen Dingen äußerst empfindlich.«

»Was ist mit seinem Computer?«

»Zutritt verboten!«

»Warum denn das?«

»Er behauptet, Frauen verstünden nichts von Technik.«

»Das überrascht mich nicht. Sein Schreibtisch?«

»Den sollte ich am besten gar nicht anfassen.«

»Könnten Sie dort mal diskret nachsehen?«

»Das würde er merken.«

»Wenn er nicht zu Hause ist?«

»Er schließt alles ab. Er ist unglaublich gewissenhaft und geht absolut methodisch vor. Ich müsste seine Schlüssel nachmachen lassen, mich heimlich hineinschleichen, wenn das Personal nicht aufpasst, und alles genau so hinterlassen, wie ich es vorgefunden habe. Alles muss auf den Millimeter stimmen.«

»Wenn Sie vorsichtig vorgehen, schaffen Sie das.«

»Das traue ich mir nicht zu.«

»Hat er Überwachungskameras oder Alarmanlagen installiert?«

»Das Komplettpaket.«

»Was, glauben Sie, führt Ihr Gatte im Schilde?«

»Ich wünschte, ich wüsste es!«

»Das ist alles sehr vage ...«

»Das stimmt. Aber eine Frau spürt nun mal, wenn ihr Mann sich verändert.«

»Was hoffen Sie eigentlich zu erreichen, indem Sie uns engagieren?«

»Falls er in etwas Illegales verstrickt ist, möchte ich ihn davon abbringen.«

»Und wie wollen Sie das anstellen?«

»Ich werde ihn damit konfrontieren.«

»Wird das denn ausreichen?«

»In der Vergangenheit hat es immer gereicht. Ich denke nicht, dass er das Risiko eingehen wird, mich zu verlieren.«

»Gibt es einen besonderen Grund dafür?«, fragte Pezas.

»Das tut nichts zur Sache. Glauben Sie mir einfach.«

»Okay«, erwiderte George. »Meinetwegen können wir loslegen. Finden Sie einen passenden Zeitpunkt, um sich sein Telefon auszuleihen. Selbst wenn es Sie eine schlaflose Nacht kostet.«

»Das ist schon in Ordnung.«

Sie einigten sich über die Bedingungen, dann verabschiedete sich Frau Kakridis.

»Eine unglückliche Ehefrau«, bemerkte Pezas.

»Ginge es dir nicht genauso, wenn du mit diesem Mann verheiratet wärst?«

»Was, glaubst du, hat er vor?«

»Keine Ahnung. Ich bin ihm heute zufällig begegnet, beim Dezernat für Gewaltverbrechen. Ich vermute, er versucht Sotiriou einzuschüchtern.«

»War Sotiriou hilfreich?«

»Für Kakridis oder für mich?«

»Für dich?«

»Nein. Ich weiß wirklich nicht, auf wessen Seite er steht. Möglicherweise weiß er das selbst nicht so genau.«

Pezas schwieg nachdenklich.

»Irgendwo muss dieses Verwirrspiel mal ein Ende finden«, bemerkte er schließlich.

George verspürte plötzlich Durst und fragte: »Bier?«

»Klingt gut.«

Er holte zwei eiskalte Dosen Amstel aus dem Kühlschrank und zog die Verschlussringe nach oben.

»Ich sehe momentan zwei Strategien für unser weiteres Vorgehen«, erklärte Pezas. »Erstens über Frau Kakridis. Zweitens über diesen Rundfunkreporter, Ghiotis.«

»Der ist keine große Hilfe.«

»Stimmt, aber er stiftet Unruhe. Vielleicht könnten wir ihm ein paar Tipps geben?«

»Das habe ich ja versucht. Er ist aus dem gleichen Holz geschnitzt wie Sotiriou. Weiß alles. Hört nicht zu.«

»Lass uns nachschauen, was auf seiner Webseite steht. Vielleicht finden wir dort einen Ansatzpunkt.«

George öffnete seinen Laptop und die Homepage von Paranoia FM. Sie erwies sich als uninteressant: eine ganz normale Firmenseite mit Studioaufnahmen der Moderatoren und viel zu vielen Werbe-Links.

»Das bringt doch nichts«, nörgelte George.

»Ghiotis hat ganz sicher einen Blog«, überlegte Pezas. »Versuch's mal damit.«

George fand ihn: eine eilig entworfene, mit heißer Nadel gestrickte Seite ohne die geringste Spur von Werbung. Sie überflogen die Überschriften der jüngeren Einträge.

Griechenlands Versklavung durch den IWF geht weiter ... Neue Demütigungen ... Wo bleiben unsere Rechte? Rentner betrogen ... Der schleichende Tod eines Eisenbahnnetzes ... Wessen Umwelt? Ausverkauf der Demokratie ... Ist Ihr Arbeitsplatz eine Todesfalle?

»Warte«, sagte George. »Sehen wir uns den mal genauer an.«

Sie klickten den dazugehörigen Link an und stießen auf einen kurzen Artikel über den Brand in der Bank im vergangenen Mai. »Menschen, die Molotowcocktails in Banken werfen, sind Dummköpfe – darüber sind sich alle im Klaren. Was sie jedoch zu Mördern machte, war die Gleichgültigkeit der Banker gegenüber der Sicherheit ihrer Mitarbeiter. Weil die Bank die Notausgänge verschlossen hatte, wurde aus einer politischen Aktion ein Tötungsdelikt. Die Polizei sollte das Management der Bank belangen. Dort sitzen die wahren Mörder.«

»Stimmt das?«, fragte George. »Das mit den Notausgängen?«

»Das habe ich nicht überprüft.«

»Dann könnte die Bank zu Schadenersatz verpflichtet sein.«

»Selbst wenn er recht hat – sein Ton gefällt mir nicht.«

»Warum nicht?«

»Er ist niederträchtig, abfällig und anklagend.«

»Verständlicherweise!«

Jetzt kam Pezas erst richtig in Fahrt. »Er ist Kommunist. Der übliche Blödsinn. Die Banken, der Kapitalismus, die Regierung. Jede Menge Kritik. Kein konstruktives Programm.«

»Benutzbare Notausgänge sind meiner Meinung nach durchaus ein konstruktives Programm.«

»Schau dir mal den ganzen Rest an. Er unterstützt die ständigen Streiks, er attackiert die EU und den IWF, er ist total verantwortungslos!«

»Mal sehen, was er zu den Verträgen des Verteidigungsministers zu sagen hat ...«

Er klickte auf *Festbankett der Todeshändler.*

»Typisch, diese billige Nummer«, kommentierte Hektor. »Solche Mistkerle überlegen doch keine Sekunde, was mit unserem Land geschähe, wenn wir nicht über entsprechend ausgerüstete Streitkräfte verfügten! Und was dann aus ihrer kostbaren Meinungsfreiheit würde!«

»Mir scheint, er hat gar nichts gegen eine entsprechende Ausrüstung, sondern gegen die Tatsache, dass Beamte Bestechungsgelder kassieren. Lies mal! ›Im Zusammenhang mit dem Ankauf deutscher U-Boote für die griechische Marine zu deutlich überhöhten Preisen liegt ein Geheimbericht über Korruption und Bestechung vor, der eine Liste mit Namen von früheren und heutigen Mitgliedern der Regierung enthält. Die Ermittlungen erstrecken sich auch auf weitere Vereinbarungen zum Erwerb von kostspieligen Handelsgütern: Panzer, Hubschrauber, gepanzerte Fahrzeuge, Kampfflieger und Radarsysteme. Während wir die Gürtel enger schnallen, füllen die Staatsmänner unserer Regierung ihre Bankkonten im Ausland mit Schwarzgeld.‹ Das findest du wohl ganz in Ordnung, oder?«

»Nein, natürlich nicht! Aber wer sind diese Leute? Er nennt keinen einzigen Namen.«

»Okay, hier kommt's. ›Wer sind die Verantwortlichen? Im Lauf der nächsten Wochen wird Paranoia FM in allen Einzelheiten berichten. Schalten Sie Sonntagabend Ihr Radio ein und hören Sie die Sendung von Sophokles Ghiotis.‹«

»Da hast du's! Er urteilt selbstgerecht darüber, dass andere Geld verdienen wollen, hat aber nicht das Geringste dagegen, selbst welches einzunehmen.«

»Er muss schließlich auch von irgendwas leben.«

»Pfui! Der Kerl widert mich an. Wir werden niemals eine reife Demokratie entwickeln, solange unsere politischen Debatten auf diesem infantilen Niveau stattfinden.«

»Als Nächstes willst du wahrscheinlich die Wiedereinsetzung der Militärregierung fordern.«

»Genau das fordere ich! Zumindest hat sie die Aufgaben erfüllt, für die eine Regierung letztendlich da ist. Sie hat Gesetz und Ordnung sichergestellt. Straßen gebaut. Uns im In- und Ausland gegen unsere Feinde verteidigt.«

George gähnte. Er hätte Pezas niemals für derart rechtsextrem gehalten.

29

Am nächsten Tag flaute der leichte Wind ab; eine Hitzewelle überrollte Athen. Die Blätter hingen schlaff von den Bäumen, so trocken, dass sie an Pergament erinnerten. Die Luft wurde knapp. Privatwagen und Autobusse eierten mit aufgeweichten Reifen durch die Straßen und hinterließen schwarze Abgaswolken. Als die Temperatur die 40-Grad-Marke überschritt, begannen die Einwohner von *káfsonas* zu sprechen – von einem Stadium der Verbrennung.

George hasste diese Hitze. Alles schien blockiert und jeglicher Energie beraubt – draußen in der Stadt ebenso wie drinnen, in seinem Kopf. Seine Ermittlungen kamen nicht von der Stelle. Das Ende der Woche nahte und damit auch das Ende seiner Geduld.

Er griff zum Telefon und rief Zoe an.

»Wie geht's denn so?«, wollte sie wissen.

»Absolut mies, wirklich verdammt bescheiden«, antwortete er. »Ich muss mal hier raus.«

»Komm nach Andros!«

»Was hast du vor?«, fragte er.

»Zweimal am Tag schwimmen gehen, mit Nick auf der Terrasse sitzen und essen. Die Pfirsiche sind reif.«

»Ich komme.«

Er packte seine Tasche und suchte die Abfahrtzeiten der Fähre heraus. Dann räumte er den Schreibtisch auf und schaute auf die Uhr. Kurz vor zwölf. Eine Stunde Autofahrt nach Rafina, also wäre er um 13:30 Uhr an Bord. Und könnte alles andere hinter sich lassen.

Als er nach den Autoschlüsseln griff, klingelte das Telefon.

»Herr Zafiris? Hier spricht Kriminaldirektor Sotiriou.«

»Was kann ich für Sie tun?«

»Wir sind Ihrer Anregung hinsichtlich der Schusswaffen, die Ihre Besucher bei sich trugen, nachgegangen.«

»Und?«

»Makarow-Pistolen der Sowjetarmee, neun Millimeter.«

»Illegal eingeführt?«

»Korrekt.«

George fragte sich, worauf das hinauslaufen sollte.

»Mein Anruf«, sagte Sotiriou, »ist absolut inoffiziell. Dieses Gespräch hat niemals stattgefunden.«

»Ich verstehe.«

»Aus einer der Pistolen wurde der Schuss abgefeuert, der Beiatzis getötet hat.«

George spürte, wie sich seine Brust zusammenschnürte.

»Sind Sie da ganz sicher?«

»Ganz sicher.«

»Das lässt einen Selbstmord als eher unwahrscheinlich erscheinen.«

»Das haben Sie, gelinde gesagt, sehr vorsichtig ausgedrückt.«

»Also sind die beiden jetzt verhaftet?«

»Selbstverständlich. Sie werden verhört, und mit etwas Glück finden wir heraus, wer sie geschickt hat.«

»Vielen Dank, dass Sie mich auf dem Laufenden halten. Ich wagte schon kaum noch zu hoffen.«

»Ich muss mich bei Ihnen bedanken, Herr Zafiris. Es war schließlich Ihr Vorschlag. Etwas aggressiv vorgetragen, möchte ich sagen, aber als ich darüber nachdachte, kam ich zu dem Schluss, dass Sie recht hatten.«

»Heißt das, die Anschuldigungen gegen mich werden fallengelassen?«

»Welche denn?«

»Wegen angeblicher Tätlichkeiten gegen die Motorradfahrer.«

»Die Frage kann ich Ihnen nicht beantworten. Aber zumindest werden die beiden Sie nicht mehr belästigen.«

George war schon an der Tür, als sein Telefon erneut klingelte. Er fluchte.

»Hallo, Herr Zafiris. Hier spricht Margarita Kakridis. Ich habe getan, worum Sie mich gebeten hatten.«

»Was genau haben Sie getan?«

»Ich habe eine Liste der Anrufe zusammengestellt, die bei meinem Mann eingingen oder von ihm getätigt wurden, und außerdem habe ich das Kennzeichen eines Wagens.«

»Das ging ja wirklich sehr schnell.«

»Er hatte letzte Nacht Besuch. Nur kurz, aber das genügte. Die Telefonnummern konnte ich notieren, während er schlief. Was soll ich damit machen?«

George zögerte. Er wollte endlich weg.

»Ich bin auf dem Weg nach außerhalb«, sagte er schließlich. »Kann ich zu Ihnen kommen?«

»Gut. Rufen Sie an, wenn Sie hier sind. Klingeln Sie nicht.«

Er fuhr nach Norden, die Leoforos-Kifissias-Straße entlang, und überquerte die Halandri-, Psychiko- und Maroussistraße, während die Sonne von den Windschutzscheiben der Autos brutal reflektiert wurde, genau wie von den Schaufenstern der leeren Verkaufsräume am Straßenrand – Hallen aus Beton und Glas, an deren Fensterscheiben »Zu Vermieten«-Schilder klebten. Hinter dem Syngrou-Park bog er ab und schlängelte sich durch ein Labyrinth von engen Gassen zum Friedhof in Kefalari. Dort folgte er der steinernen Einfriedung dieser düsteren, von Zypressen bestandenen Ruhestätte; in einer Stadt wie Athen, die einem manischen Ameisenhaufen glich, wirkte sie wie ein stummes Mahnmal des Todes. Dann bog er in die Trikoupistraße ein und mehrere hundert Meter weiter erneut rechts ab. Kakridis' stattliche Villa stand ein gutes Stück von der Straße zurückgesetzt hinter hohen Mauern, die mit Überwachungskameras bestückt waren. Ein riesiges graues Stahltor versperrte die Einfahrt und wurde von einem Mann in einem winzigen Glashäuschen bewacht. George rief Frau Kakridis aus seinem Wagen an.

Nach einer Minute glitt das Tor beiseite. Mit einem Nicken in Richtung Wachmann schlüpfte er hinein. Am Ende der Auffahrt, zwischen Oliven- und Feigenbäumen, erhob sich ein gewaltiger Palast aus Beton und Spiegelglas.

Margarita Kakridis erwartete ihn am Haupteingang. Sie trug cremefarbene Leinenhosen, eine blassgrüne Bluse mit halb aufgerollten Ärmeln und eine Goldkette um den Hals.

»Danke fürs Herkommen«, sagte sie. Die feinen Spannungsfalten um ihren Mund zeichneten sich noch deutlicher ab als am Vortag.

Sie führte ihn durch eine schattige Halle; der Fußboden war mit Schieferplatten ausgelegt, die Kunstwerke an den Wänden wirkten kostspielig.

Auf der Rückseite des Hauses traten sie hinaus in die Hitze und das grelle Sonnenlicht. Sie gingen an einem 25-Meter-Swimmingpool mit Grill und Umkleideräumen vorbei zu einer runden Terrasse unter einem Olivenbaum. Hier standen ein Tisch und vier graue Metallstühle, und von hier aus bot sich ein großartiger Ausblick auf Athen, das sich zu ihren Füßen ausbreitete. George nahm Platz und registrierte erst jetzt, dass ein Diener, ein Filipino in der Uniform eines Butlers, ihnen in den Garten gefolgt war.

»Was möchten Sie trinken?«, fragte Frau Kakridis.

»Etwas Kaltes, bitte.«

»Erdbeersaft? Um diese Tageszeit trinke ich das öfter.«

»Klingt gut.«

»Zwei Erdbeersaft, Simon«, sagte sie.

»Ja, Madame.«

Nachdem Simon im Haus verschwunden war, zog sie ein Bündel gefalteter Blätter aus der Hosentasche und reichte es eilig an George weiter. Er wollte die Seiten aufklappen, doch sie stoppte ihn.

»Später«, raunte sie.

Er steckte die Papiere ein.

»Simon?«, fragte er.

Sie nickte.

»Wie wollen Sie meinen Besuch erklären?«

»Sie sind ein Kunde meiner Galerie.«

»Sie leiten eine Galerie? Das wusste ich nicht.«

»Woher auch? Wenn Simon zurückkommt, unterhalten wir uns über Kunst.«

»In dem Fall übernehmen Sie am besten das Reden.«

»Ich mach's schon nicht zu kompliziert.«

»Wie viele Nummern haben Sie mir gegeben?«, fragte George.

»Ich hab sie nicht gezählt.«

»Und der Wagen?«

»Ein schwarzer Mercedes. Das Kennzeichen steht auch dabei.«

»Fotos?«

»Nein. Es war dunkel. Da kommen die Getränke ... Von Impressionisten kann ich Ihnen nur abraten. Sie sind zurzeit ziemlich überteuert, sogar die weniger berühmten. Am besten entscheiden Sie sich für frühes zwanzigstes Jahrhundert einschließlich einiger Künstler, die den Ersten Weltkrieg thematisieren. Interessieren Sie sich besonders für Landschaften?«

George war unsicher, was er antworten sollte. Simon stand zwischen ihnen und goss den hellroten Saft aus einem hohen Krug in ihre Gläser.

»Mich interessieren auch Porträts«, entgegnete George. »Gesichter, die Physiognomie eines Menschen.«

»Ausgezeichnet. Ein schöner Kontrast. In solchen Fällen sehe ich mir normalerweise persönlich das Haus an, das Sie einrichten möchten, und stelle dann für jeden Raum eine Liste geeigneter Werke zusammen.«

»Das klingt gut.«

»Haben Sie noch einen Wunsch, Madame?«, fragte Simon.

»Nein danke. Ich rufe, wenn wir etwas brauchen.«

Simon verbeugte sich leicht und kehrte gemessenen Schrittes ins Haus zurück.

Frau Kakridis redete weiter über Kunst, bis er außer Hörweite war. Dann wechselte sie abrupt das Thema und sagte: »Ich bin schrecklich nervös.«

»Warum denn?«

»Ich fühle mich, als würde ich meinen Mann betrügen.«

»Sie betrügen ihn nicht. Im Gegenteil, Sie versuchen ihn zu schützen.«

»Aber um welchen Preis?«

»Bisher noch völlig kostenlos, zumindest aus meiner Sicht.«

»Ich meinte den emotionalen Preis.«

»Das ist etwas völlig anderes«, erwiderte George. »Dabei kann ich Ihnen nicht helfen. Aber vergessen Sie eins nicht: Er hat Sie in diese Situation gebracht.«

Sie nickte und wirkte wieder angespannt. »Ich wurde in dem Glauben erzogen, dass eine Frau ihrem Mann zu dienen hat.«

»Sie meinen, der Mann hat immer recht?«

Sie zuckte mit den Achseln. »So was in der Art.«

»Das ist dummes Zeug«, entgegnete George. »Antiquierter griechischer Macho-Schwachsinn. Ein Rezept für Kummer und Elend. Vergessen Sie's. Sie tun das in seinem Interesse. Und für die Familie.«

»Das versuche ich mir auch die ganze Zeit einzureden.«

Sie nippte an ihrem Getränk. George beobachtete ihr maskenhaftes Gesicht und die langsamen, verkrampften Bewegungen ihrer Halsmuskeln beim Schlucken.

»Sie machen den Eindruck, als hätten Sie Angst vor Ihrem Mann«, sagte er schließlich.

»Warum sagen Sie das?«

»Das ist nur so ein Gefühl.«

»Wahrscheinlich haben Sie recht.«

»Ist das Telefon verwanzt?«

»Vermutlich.«

»Videoüberwachung in den Zimmern?«

Sie nickte.

»Hier draußen auch?«

»Überall sind Kameras angebracht. Mein Mann ist äußerst sicherheitsbewusst.«

»Er wird mich erkennen, nicht wahr?«

»Er sieht sich nicht das gesamte Filmmaterial an. Nur bei besonderen Vorfällen.«

»Wurde er schon mal gewalttätig?«

»Nein!«

Die Antwort kam zu schnell.

»Ich bin mir nicht sicher, ob ich Ihnen das abnehme.«

Sie funkelte ihn an: »Kümmern Sie sich um Ihre Angelegenheiten, Herr Zafiris!«

»Verzeihen Sie. Ich möchte nur helfen, das ist alles.«

»Dafür gibt es bessere Methoden!«

»In Ordnung.«

Er leerte sein Glas. »Der Saft ist lecker«, bemerkte er. »Schmeckt schön frisch.«

»Er ist frisch«, entgegnete sie kalt.

George erhob sich. »Ich werde jetzt gehen. Ich muss meine Fähre erwischen. Die Papiere sichte ich übers Wochenende. Bitte rufen Sie mich oder Herrn Pezas an, falls Sie glauben, in Gefahr zu sein. Jederzeit.«

»Vielen Dank.«

Während der Fahrt nach Rafina dachte George über Kakridis' Gattin nach und hörte nur mit halbem Ohr auf die Meldungen im Radio. Eine Frau in einer verzweifelten Lage, die versuchte, den Schein zu wahren und ihre Familie zu schützen, während ihr Mann sich wie ein Idiot verhielt. Genau wie Tausende andere Ehemänner. Überall im Land. Überall auf der Welt.

Der Nachrichtensprecher schwafelte etwas von einem Streik der Mitarbeiter im öffentlichen Dienst, die gegen Gehalts- und Personalkürzungen protestierten. Sie hatten vor, so ein Wortführer, das ganze Land lahmzulegen. George brachte dafür keinerlei Verständnis auf. Auch wenn viele Beamte ganz grundlegende Dienstleistungen bereitstellten und obendrein noch schlecht bezahlt wurden, gab es unter ihnen auch eine beträchtliche Anzahl von Parasiten und Bürokraten, die absolut nichts für ihre Mitbürger taten, sondern sie durch sinnlose Prozeduren behinderten und Schmiergelder verlangten, wenn man sie zu umgehen wünschte. Sie hatten das Land jahrzehntelang lahmgelegt. Er wollte das Radio gerade abschalten, als eine Eilmeldung verlesen wurde.

Plötzlich war George ganz Ohr und lauschte aufmerksam. Jemand hatte Sophokles Ghiotis niedergeschossen. Am frühen Morgen klingelten zwei Männer, die wie Sicherheitsleute uniformiert waren, an seiner Haustür und behaupteten, jemand versuche gerade, seinen Wagen zu stehlen; so lockten sie ihn auf die Straße. Ein Nachbar, der seinen Hund ausführte, fand ihn dort, schwerverletzt und bewusstlos. Jetzt lag er auf der Intensivstation, sein Zustand war kritisch. Die Polizei hoffte, er würde das Bewusstsein wiedererlangen und die Angreifer identifizieren.

George überlegte, ob er nach Athen zurückfahren sollte. Aber konnte er dort irgendetwas Nützliches tun? Ghiotis hatte sich geweigert, mit ihm zusammenzuarbeiten. Selbst wenn er sich erholte, würde es Tage dauern, bevor er eine Aussage machen konnte. Vielleicht käme es gar nicht mehr dazu. Ghiotis könnte auch sterben und seine Enthüllungen mit ins Grab nehmen. So oder so, es würde nichts bringen, wenn er jetzt umkehrte. Also fuhr er weiter.

Beim Anblick des Meeres spürte George, wie der Druck in seinem Herzen nachließ. Er parkte den Wagen und ging hinüber zu den Fahrkartenschaltern, wo junge Frauen in T-Shirts und Miniröcken versuchten, Kundschaft anzulocken, indem sie immer wieder mechanisch wiederholten: *Ya Androtinomykono! Androtinomykono!* »Fahrscheine nach Andros, Tinos, Mykonos!«

Er ging auf das am wenigsten aufgetakelte Mädchen zu, das ihn mit einem glücklichen Lächeln begrüßte und zum Schalter führte; ihr grimmig dreinblickender Vorgesetzter, ein Mann über fünfzig, der sich seit Tagen weder rasiert noch das Hemd gewechselt hatte, stellte George eine Fahrkarte aus, rauchte dabei und würdigte ihn keines einzigen Blickes.

An Bord der Fähre kaufte er sich einen geeisten Kaffee und machte sich daran, die Telefonliste durchzusehen; daneben lag sein aufgeschlagener Kalender, in den er am 22. Juni eine Nummer eingetragen hatte: vom Boss der beiden Georgier. Er hatte dreihundert Telefonnummern zu überprüfen. Das würde einige

Zeit in Anspruch nehmen. Am Computer dauerte so was nur wenige Sekunden, doch er musste es von Hand erledigen.

George versuchte, seine Umgebung auszublenden – das Gequake des Fernsehers vor einer Reihe leerer Stühle, das Zischen der Kaffeemaschinen an der Bar, den Piepton der Kasse, die Sicherheitshinweise, die Banalitäten, die die Mitreisenden weitschweifig in ihre Mobiltelefone hineinsprachen. Er konzentrierte sich auf die letzten vier Ziffern: 4605. Bald war er eingeschlafen.

Er wachte erst wieder auf, als die Lautsprecher die Einfahrt in den Hafen von Gavrio verkündeten. Hastig schüttete er seinen Kaffee hinunter, der durch die geschmolzenen Eiswürfel wässrig geworden war, und sammelte seine Sachen ein, während die Ankerketten rasselten und das Schiff vibrierend anlegte.

George folgte der Küstenstraße nach Süden. Bei Batsi bog er in die Hügel ab und fuhr durch ein üppiges Tal auf die Kalksteinberge zu, wo sich die Straße einen kahlen Hang hinaufschlängelte, geradezu in den Himmel. Schließlich erreichte er das Dorf Arni, eine Ansammlung verstreuter Häuser und Bäume zwischen den Felsen. Die Luft war kühl und klar, die Stille majestätisch.

Zoes Haus stand neben einer Quelle am anderen Ende des Ortes, ein weißer Würfel, von grünem Laub umwuchert. Schon allein der Anblick munterte ihn auf.

Beim Geräusch seines Wagens kam Zoe, in Shorts und einem alten Hemd voller Obstflecken, aus dem Haus gelaufen und begrüßte ihn.

»Endlich«, sagte sie und küsste ihn auf die Wange.

»Ich kann dir gar nicht sagen, wie froh ich bin, hier zu sein«, antwortete er.

Vierundzwanzig Stunden lang verschwendete er keinen einzigen Gedanken an seine Arbeit. Er half seiner Frau, die ersten Pfirsiche zu schälen, zu schneiden, sie mit Zucker und Wasser zu kochen und sie anschließend zusammen mit dem heißen Sirup in Gläser zu füllen. Um 20:00 Uhr machten sie einen Spaziergang hoch hinauf in die von Kräuterduft umwehten Klippen. Die Hitze ließ allmählich nach, das grelle weiße Sonnenlicht verfärbte sich gelb, golden, dann kupferrot, während der Tag zur Neige ging. Um 21:00 Uhr kehrten sie zum Haus zurück und trafen Nick, der mit einer eisgekühlten Dose Bier entspannt auf der Veranda saß.

Er begrüßte seinen Vater und fragte sofort, wann es Abendessen gäbe. »In einer halben Stunde«, erklärte Zoe.

»Prima«, antwortete Nick. »Ich bin ganz ausgehungert.«

Er folgte seiner Mutter in die Küche, kam kurz darauf mit einem Bier und einem Glas wieder heraus und stellte beides vor George auf den Tisch. Dann fragte er nach den Entwicklungen in Athen.

George verzog das Gesicht.

»Noch mehr Probleme?«

»Ein paar. Aber jetzt ist alles geregelt.«

Nick wirkte erleichtert.

»Ich bin hier, um den Kopf freizubekommen«, erklärte sein Vater.

»Da bist du ja am richtigen Ort.«

George nahm einen Schluck Bier.

»Bleib so lange wie möglich«, sagte Nick. »Du fehlst uns.«

An diesem Abend saßen Zoe und George nach dem Essen oben auf dem Dach und tranken Wein; ein blasser Halbmond schwebte weiter südlich am Himmel, die Stille der Berge hüllte sie ein. Sie erinnerten sich an glückliche Zeiten – ihre erste Begegnung in London, Ferienreisen in ihrer Studentenzeit, ihre Hochzeit, die ersten Jahre mit Nick.

»Es macht mich traurig, wenn ich daran denke, dass all das

vorbei ist«, sagte George. »Ich würde alles geben, um es zurückzubekommen.«

»Es muss nicht vorbei sein«, erwiderte Zoe.

»Nein, aber so ist es.«

»Nein, aber es muss nicht so sein.«

»Was willst du damit sagen?«

»Du weißt, was ich sagen will ... Wir müssen keine Fremden füreinander sein, George.«

»Wirklich nicht?«

Sie hielt ihm ihre Hand hin. George ergriff sie.

30

Das Wochenende ging viel zu schnell vorbei. Montag früh um 8:00 Uhr war er wieder unten in Gavrio und wartete auf die Ankunft der Fähre. Nach und nach gelang es ihm, seine Gedanken zu ordnen – vom Abendessen auf der Terrasse und dem Kerzenschein im Schlafzimmer bis hin zu dem undurchdringlichen Wirrwarr aus Halbwahrheiten, Hindernissen und Hypothesen, das nebelhaft über seinem Horizont hing wie der Smog über Athen: eine giftige Wolke aus Ungewissheiten, in die er eindringen und die er durchqueren musste. Konnte irgendetwas in diesem unüberschaubaren Chaos »gelöst« werden? Konnten Fragen zufriedenstellend beantwortet werden? Würde er jemals in der Lage sein zu sagen: Okay, das ist erledigt? Das alles erforderte einen Aufwand, den er sich einfach nicht vorstellen konnte.

Im Schiffsrestaurant bestellte er einen Kaffee und setzte sich hin, um die Telefonliste von Frau Kakridis durchzugehen. Bald wurde er wieder müde; die Zahlenkolonnen und das rhythmische Klopfen der Maschinen schläferten ihn ein. Er schüttelte sich, um wach zu werden, umrundete einmal zügig das Deck und kehrte zu seiner Aufgabe zurück.

Plötzlich sah er sie: 4605. Er verglich sie mit seinem Kalendereintrag. Alle zehn Ziffern stimmten überein. Auf der Liste stand neben der Nummer »Thanasis, Zahnarzt«, doch das war eher unerheblich. Es schien nicht sehr wahrscheinlich, dass Kakridis und der georgische Motorradfahrer den gleichen Zahnarzt konsultierten. Sie hatten geschäftlich miteinander zu tun. Hier hielt er den Beweis in Händen.

Einen Augenblick fühlte George sich schuldig. Er hätte das schon vor zwei Tagen erledigen sollen. Dann besann er sich. Vor zwei Tagen war er ein Wrack gewesen und hätte nichts Sinnvolles mit der Information anfangen können. Jetzt war er bereit zum Handeln.

Gegen Mittag, als er wieder am Schreibtisch saß, rief er Sotiriou an.

»Das ist unter Umständen eine äußerst schwerwiegende Anschuldigung«, wandte der Kriminaldirektor ein. »Wie viele Gespräche fanden denn statt?«

»Die Nummer erscheint insgesamt sechs Mal.«

»Selbstverständlich ist das kein Beweis.«

»Nein. Überprüfen Sie einfach den Telefonanschluss sowie einen schwarzen Mercedes, Kennzeichen TMY 7582. So finden Sie heraus, mit welcher Art von Leuten Kakridis verkehrt.«

»Es könnte sich als völlig harmlos erweisen.«

»Das kann ich mir nicht vorstellen.«

»Vielleicht wollte er nur den Wagen dieses Mannes kaufen.«

»Mitten in der Nacht? Das glaube ich nicht.«

»Ist Ihnen klar, dass wir über einen Minister unserer Regierung sprechen? Mit parlamentarischer Immunität und der Macht, uns erhebliche Unannehmlichkeiten zu bereiten?«

»Durchaus. Aber bisher ahnt er nichts davon. Wir sind im Vorteil.«

»Da bin ich mir nicht so sicher«, bemerkte Sotiriou.

»Sie meinen, er weiß, dass er beobachtet wird?«

Statt einer Antwort fragte Sotiriou: »Wer ist Ihr Informant, was das Autokennzeichen und die Telefonnummern betrifft?«

»Ich.«

»Wer hat sie Ihnen beschafft?«

»Das werde ich Ihnen nicht sagen.«

»Der Name würde mir außerordentlich weiterhelfen.«

»Ich habe Vertraulichkeit zugesichert.«

»Woher weiß ich, dass die Informationen verlässlich sind?«

»Ich verbürge mich für meine Quelle.«

»Mit anderen Worten – es ist seine Frau.«

George sagte nichts. Er war froh, dass Sotiriou seinen Gesichtsausdruck jetzt nicht sehen konnte.

»Falls es sich um Frau Kakridis handelt«, gab der Kriminaldirektor zu bedenken, »könnte sie durchaus in den Verdacht geraten, sich an ihrem Mann rächen zu wollen – wegen seiner Affäre mit Frau Boiatzis.«

George antwortete nicht.

»Ich zweifle nicht daran, dass seine Gattin dahintersteckt«, fuhr Sotiriou fort. »Wer sonst hätte Zugang zu seinem Telefon, wer sonst würde Privatbesuche spät in der Nacht mitbekommen? Wer sonst im Haus würde ein solches Risiko auf sich nehmen?«

George wollte verdammt sein, wenn er Sotiriou die ersehnte Gewissheit verschaffte. Ohnehin gefiel ihm diese ganze Fragerei nicht. Warum interessierte sich Sotiriou für seinen Informanten? Wollte er tatsächlich nur dessen Verlässlichkeit überprüfen? Oder stand auch er auf Kakridis' Gehaltsliste?

»Falls ich herausfinde, dass Sie Beweismaterial zurückhalten, Zafiris, bekommen Sie eine Menge Ärger.«

»Ich habe Ihnen sämtliche Beweise vorgelegt.«

»Aber nicht die Quelle!«

»Die verrate ich Ihnen nicht, und Sie wissen warum.«

»Wenn diese Sache schiefgeht, verliere ich meinen Job, meine Altersversorgung, alles.«

»Dann haben Sie es nicht besser verdient.«

»Was zum Teufel meinen Sie damit?«

»Jeder in Ihrer Position, der dieses Beweismaterial nicht nutzt, verdient es, gefeuert zu werden. Sie stehen völlig frei vorm Tor. Schießen Sie den verdammten Ball endlich ins Netz!«

»So einfach ist das nicht.«

»Falls Sie weitere Beweise brauchen, hören Sie Kakridis' Telefon ab.«

»Tolle Idee. Zum Anzapfen eines Telefons benötige ich eine Genehmigung des Staatsanwalts, und für ein Parlamentsmitglied werde ich die ohne Sondererlaubnis des zuständigen Ministers nicht bekommen. Und jetzt raten Sie mal, wer das ist.«

»Kakridis?«

»Genau!«

Das hörte sich gar nicht gut an. »Was werden Sie jetzt tun?«

Sotiriou schwieg eine Weile, bevor er antwortete. Seine Stimme klang erschöpft und entmutigt, als er schließlich sagte: »Ich werde der Sache nachgehen.«

Unten im Café Agamemnon bereitete Dimitri ihm an Stelle des üblichen Kaffees einen frisch gepressten Orangensaft zu. George wünschte sich Veränderung, in jeder Hinsicht. Die alten Gewohnheiten gaben ihm das Gefühl, bereits tot zu sein. Während des Wartens blätterte er die Zeitung durch. Ein Artikel über »Die neuen Obdachlosen« berichtete, die Zahl der Menschen in Athen, die im Freien übernachteten, sei um zwanzig Prozent gestiegen; darunter seien zahlreiche Fachkräfte und Akademiker, die durch die Krise ihre Arbeit verloren hatten. Eine andere Seite zeigte das Foto einer Gruppe von Muslimen in Athen vor ihrer improvisierten Moschee – einem Keller in der Nähe von Omonia, in dem sie auf einem fleckigen, feuchten Teppich beteten, nachdem sie Kisten und zerbrochene Möbel weggeräumt und so Platz geschaffen hatten. Der Eingang war mit rassistischen Parolen beschmiert worden. Ihr Oberhaupt fragte: »Wann werden die Behörden uns endlich gestatten, eine anständige Moschee zu bauen? Das Geld haben wir, wir brauchen nur noch die Genehmigung.« Ein Ladenbesitzer in der Nachbarschaft kommentierte: »Sollen sie doch in ihr eigenes Land zurückkehren und dort beten. Nach vierhundert Jahren unter den Türken haben wir genug vom Islam.«

George schlug die Sportseiten auf und versuchte, einen Bericht über die Besitzer von griechischen Fußballmannschaften zu lesen. Doch seine Gedanken schweiften immer wieder ab, zurück zu seiner Arbeit.

Er war nicht sicher, was er als Nächstes unternehmen sollte. Dass sie keine Erlaubnis zum Abhören von Kakridis' Telefon bekommen würden, war ein schwerer Rückschlag. Den Minister mit anderen Mitteln zu überwachen wäre ein Albtraum.

Er beschloss, Pezas anzurufen.

»Hektor, du kennst dich doch mit technischen Spielereien aus ... Ich brauche deinen Rat.«

»Was ist das Problem?«

»Gibt es eine Möglichkeit, ein Mobiltelefon anzuzapfen? Inoffiziell?«

Pezas zögerte. »Inoffiziell ja«, antwortete er.

»Erklär's mir.«

»Du musst das Zieltelefon für ein paar Minuten in die Finger kriegen und eine bestimmte Software raufladen.«

»Ist das einfach?«

»Wenn man weiß, wie.«

»Fällt es auf?«

»Auf keinen Fall.«

»Was genau bewirkt die Software?«

»Sie sorgt dafür, dass das Zieltelefon sämtliche Gespräche auf ein anderes Telefon deiner Wahl weiterleitet.«

»Alle Anrufe, die eingehenden und die ausgehenden?«

»Alle Anrufe. Man kann es auch zum Abhören eines Raumes einsetzen.«

»Ohne dass der Nutzer das merkt?«

»Was wäre der Sinn, wenn der Nutzer es merken würde?«

»Ich möchte nur sichergehen«, antwortete George. »Ist das legal?«

»Nicht wirklich.«

»Teuer?«

»Kostet etwa 800 Euro, wenn man's kauft.«

»Hast du das Programm?«

»Ja.«

»Verleihst du es?«

»250 pro Woche, 600 Kaution, rückzahlbar.«

»Keine schlechte Rendite für deine Investition.«

»Von irgendwas muss man ja leben.«

»Könntest du es auf Kakridis' Telefon laden?«

»Falls er nicht über eine Unterdrückungs- oder Überwachungs-Software verfügt.«

»Und wenn doch?«

»Dann funktioniert es nicht. Davon ganz abgesehen hört es sich nicht ungefährlich an.«

»Ist es einen Versuch wert?«

»Schon möglich. Wie kommen wir an sein Telefon?«

»Seine Frau.«

»Sie muss die Software installieren.«

»Ist das ein Problem?«

»Viele Frauen trauen sich so was nicht zu.«

»Sie ist ziemlich clever.«

Pezas wirkte skeptisch.

»Was ist das Problem?«, fragte George. »Ich nehme an, du kannst ihr zeigen, wie's geht?«

»Ja, selbstverständlich.«

»Also?«

»Sie darf sich nur nicht erwischen lassen.«

»Als ob wir das nicht alle wüssten, Hektor.«

31

Am nächsten Tag brachten die Morgenzeitungen die Meldung, dass Sophokles Ghiotis das Bewusstsein wiedererlangt und eine Mitteilung für seinen Blog diktiert habe: »Sie konnten mich nicht zum Schweigen bringen. Hört weiter genau hin, bleibt weiter im Gespräch, meine Freunde. Habt niemals Angst, die Wahrheit zu sagen.« Neben diesen bewegenden Worten stand eine kurze Verlautbarung: Unbekannte hätten ihn am Freitag in aller Frühe niedergeschossen, sein Zustand sei inzwischen stabil. Seine Hörer hätten in den letzten drei Tagen eine Flut von Unterstützungsbotschaften geschickt.

George fragte sich, wer all diese Unterstützer wohl waren. Ghiotis musste ein verdammt guter Schauspieler sein. Er wirkte nicht wie ein Typ, der »Freunde« im üblichen Sinne hatte. Andererseits gab es in der Stadt jede Menge Menschen, die sich vom Staat betrogen fühlten, Menschen, die in der herrschenden Kultur des Eigennutzes fehl am Platze waren und sich nach einer Gesellschaft sehnten, die sie mitgestalten konnten. Zwar war diese Gruppe zahlenmäßig recht stark, doch die Einzelnen blieben isoliert und bekämpften sich wegen unerheblicher Unterschiede oft gegenseitig. Ghiotis – so ungehobelt er auch wirkte – bot ihnen so etwas wie Gemeinschaft an. Keine allumfassende Gemeinschaft, aber besser als gar keine. In gewisser Weise übernahm sie ähnliche Funktionen wie die Kirche, allerdings ohne persönlichen Kontakt, Traditionen oder Beitrittsrituale. Konnte Ghiotis den Bedrückten geistlichen Beistand leisten? Würde man ihn eines Tages in einem silbernen Sarg aufbahren, würden die Menschen zu ihm hinpilgern? Ein Freund der Freundlosen, ein Schäfer der verlorenen Seelen?

George blätterte weiter. Warteschlangen an Tankstellen, überall, im ganzen Land. Wieder ein Streik im öffentlichen Dienst. Papaconstantinou, der Finanzminister, zu Besuch in Brüssel, wo er der Welt verkündet, Griechenland habe seine Wirtschaftsreformen auf den Weg gebracht. In einer Rede auf der Insel Kastellorizo forderte Premierminister Papandreou das griechische Volk auf, Geduld und Entschlossenheit zu zeigen und nicht gegen das Unvermeidliche anzukämpfen. »Unser Reformprogramm ist notwendig und nicht verhandelbar. Ein Scheitern können wir uns nicht leisten.« Rentner, Studenten und Arbeiter hielten dagegen: »Ihr seid doch längst gescheitert! Hört auf, uns für die Unehrlichkeit anderer zu bestrafen. Wendet euch an die Reichen, wenn ihr Geld braucht.«

George trank seinen Kaffee aus und stieg die Treppe hinauf zu seiner Wohnung. Er rief Pezas an, um herauszufinden, ob es Frau Kakridis gelungen war, die Überwachungs-Software auf dem Handy ihres Gatten zu installieren.

»Sie hat's geschafft«, berichtete Hektor. »Eine Musterschülerin.«

»Ergebnisse?«

»In technischer Hinsicht ausgezeichnet. Wir hören ihn laut und deutlich. Bisher gab's noch nichts Interessantes.«

»Jetzt brauchen wir Geduld.«

»Geduld und Entschlossenheit, wie Papandreou sagt.«

George überprüfte seine E-Mails. Im Posteingang fand er den üblichen Werbemüll: schlechte Scherze, Investment-Angebote sowie Sparpreise für nachgemachte Rolex-Uhren und Penisvergrößerungen. Dazwischen entdeckte er eine Nachricht von Abbas:

Was es nicht alles gibt! Die unberechenbare Natur dieses Landes versetzt mich immer wieder in Erstaunen. Gestern bot mir der Oberst freundlicherweise eines seiner Gewehre als Geschenk an – zum Dank dafür, dass ich mich im Gefängnis um ihn gekümmert hatte: das wunderschöne sportliche Hämmerli, das er bei den Olympischen Spielen benutzte. Eine Ehre für mich, die ich in keiner Weise verdient habe. Doch jetzt kommt das Merkwürdige: Ich war gerade unten auf dem Polizeirevier, um den Eigentümerwechsel anzuzeigen. Ich ging davon aus, dass der Eintrag wegen des fehlenden Schusswaffenregisters nur in provisorischer Form möglich wäre. Aber nein, der diensthabende Beamte legte seelenruhig das alte Register vor mich hin! Es ist wieder da! Wieso und warum, das weiß ich nicht. Ich bemühte mich, meine Überraschung möglichst gut zu verbergen. Wir müssen es irgendwie in die Finger kriegen. Ich erwarte Ihre Antwort und kann meine Ungeduld kaum zügeln.

Abbas.

George rief ihn auf der Stelle an.

»Die Beamten in Ägina widmen ihr Dasein offenbar der Aufgabe, die Anfragen der Bürger abzuschmettern«, begann er, »deshalb müssen wir die Sache geschickt einfädeln. Ich komme rüber auf die Insel, dann gehen wir gemeinsam zur Polizeidienststelle. Um 15:00 Uhr kann ich da sein. Passt das?«

»Schön«, erwiderte Abbas. »Ich hole Sie an der Fähre ab.«

George stopfte ein paar Sachen in seine Aktentasche und wollte gerade aufbrechen, als sein Telefon klingelte. Er überlegte, ob er es ignorieren sollte, ließ sich aber doch erweichen. Fünf Minuten hatte er noch. Es war Pezas.

»Hör dir das an«, sagte er.

Eine Unterhaltung zwischen Kakridis und einem anderen Mann. Kakridis sprach als Erster:

– *Sie müssen doch Rücklagen haben.*
– *Die sind äußerst gering.*
– *Sie haben uns Liquidität versprochen.*
– *Bis zu zehn Prozent der investierten Beträge. Abhängig von …*
– *Kommen Sie mir nicht mit diesem technischen Mist.*
– *… der Marktlage. Damals sprudelten die Geldquellen nur so, heute sind die Ströme versiegt.*
– *Das kann nicht sein!*
– *Die Saison hat gerade erst begonnen. Geben Sie uns etwas Zeit.*
– *Ich habe Gläubiger. Die kennen keine Saison.*
– *Sagen Sie ihnen, dass sie warten müssen.*
– *Sie wollen nicht warten.*
– *Das müssen sie aber.*
– *Wie lange?*
– *September, Oktober.*
– *Unmöglich!*
– *Sie haben doch bestimmt noch andere Quellen.*
– *Im Augenblick nicht. Diese Krise vermasselt wirklich alles.*
– *Wir sitzen alle im selben Boot.*
– *Hören Sie, sind Sie sicher, dass Sie nicht wenigstens zweihundert auftreiben können?*
– *Fünfzig.*
– *Zweihundert, das ist das Minimum.*
– *Das geht nicht.*
– *Geht nicht gibt's nicht.*
– *O doch, das gibt's.*
– *Ich habe reichlich bei Ihnen investiert.*
– *Da sind Sie nicht der Einzige.*

– *Möglicherweise nicht, aber ich bin einer der ganz Großen!*
– *Hören Sie, Byron, Ihre Freunde müssen warten. Sie wissen, dass wir in der Krise stecken. Die Subventionen trocknen aus. Wir müssen das Geld erst verdienen. Bieten Sie Ihnen eine kleine Zugabe im Oktober. Erklären Sie ihnen das mit der Saison. Legen Sie drei Prozent obendrauf. Kein schlechter Zinssatz für ein Jahr.*
– *Das sind Analphabeten. Bei denen wird pünktlich gezahlt, in bar und in voller Höhe.*
– *Dann müssen Sie einen Kredit aufnehmen.*
– *Wo denn?*
– *Irgendjemand hat immer Geld zu verleihen.*
– *Scheren Sie sich zum Teufel!*

Für eine Weile herrschte Schweigen in der Leitung. Dann fragte Pezas: »Was hältst du davon?«

»Ziemlich armselig«, antwortete George, »aber unverfänglich. Mit wem hat er gesprochen?«

»Weiß ich noch nicht.«

»Handelt es sich um einen Anruf oder um ein persönliches Gespräch?«

»Um einen Anruf.«

»Wo ist er?«

»Keine Ahnung. Könnte überall sein.«

»Hast du seine Frau gefragt?«

»Nein.«

»Versuch's bei ihr. Vielleicht erfährst du was.«

George legte auf. Diese Unterhaltung beunruhigte ihn. Kakridis brauchte Bargeld. Warum? Wer waren diese Gläubiger, die er als Analphabeten bezeichnete? Waren sie diejenigen, deretwegen seine Frau und andere sich Sorgen machten? Und wer war der Mann, der Millionen für ihn investierte, aber nicht einmal zweihunderttausend vorschießen konnte?

Kakridis hatte Macht und genoss Straffreiheit. Sobald ein Mann wie er in Erfahrung brachte, wo Beweismaterial gegen ihn gesammelt wurde, konnte er einfach anrücken und es vernichten lassen: Dokumente, Aufzeichnungen, Fotos und Computerdateien. Zeugen konnten bestochen oder eingeschüchtert werden. Falls es George gelang, Beweise für kriminelle Aktivitäten zu beschaffen, drohte ihm Gefahr, sobald er versuchte, damit an die Öffentlichkeit zu gehen. Selbst wenn er sich an die Polizei wandte, waren die Konsequenzen keineswegs abzusehen. Sotiriou erschien ihm zunehmend weniger vertrauenswürdig. Der einzige Polizeibeamte, auf den er sich mit Sicherheit verlassen konnte, war Takis Mitropoulos, doch der saß irgendwo in der Provinz, in einer technischen Abteilung, ohne die geringste Schlagkraft gegen das Establishment.

Als Alternative blieben noch Presse und Medien, doch nur wenige Journalisten hatten die Energie oder den Mut eines Ghiotis. Die meisten verhielten sich wie Schoßhündchen und dienten Interessen, die sie nicht einmal durchschauten.

George blieb einige Minuten reglos sitzen, die endlosen Schwierigkeiten lähmten seinen Verstand. Dann hörte er, wie die Kirchenuhr 12:30 Uhr schlug. Er schnappte seine Aktentasche. Wenn er jetzt nicht aufbrach, würde er die Fähre verpassen.

Abbas erwartete ihn am Kai: Seine hochgewachsene, gebeugte Gestalt war vom Deck des Schiffes aus deutlich zu erkennen. Zum Schutz gegen die Sonne hielt er sich eine Zeitung wie ein Dach über den Kopf. Sie liefen zu Fuß zum Polizeirevier, während George ihm seinen Plan unterbreitete.

»Ich gehe rein, behaupte, ich sei gerade von georgischen Taschendieben bestohlen worden, und verwickle den Diensthabenden in ein Gespräch. In der Zwischenzeit kommen Sie und bitten darum, die Gewehre des Obersts im Schusswaffenregister zu überprüfen. Ein guter Vorwand, um die Liste durchzugehen und die anderen zu finden.«

»Soll ich sie anhand ihrer Waffen identifizieren?«

»Ganz genau. Ich könnte wetten, dass das Heckler & Koch fehlen wird. Aber Sie können genauso gut alle anderen aufspüren. Oder wenigstens die meisten. Haben Sie die beiden Listen?«

»Selbstverständlich.«

»In Ordnung, legen wir los. Geben Sie mir ein paar Minuten Vorsprung.«

Am Ende der Straße, die zum Polizeirevier führte, trennten sie sich. George schritt durch die Einfahrt in den Hof und folgte dem mit Steinplatten gepflasterten Pfad, vorbei an den Zitronenbäumen und geparkten Fahrzeugen. Er betrat die Dienststelle.

Der diensthabende Beamte war ganz vertieft in die Ereignisse auf seinem Computerbildschirm, bei denen es sich zwar um Polizeiangelegenheiten handeln konnte, die sich jedoch sehr nach Autorennsport anhörten.

»Ich möchte einen Diebstahl anzeigen«, begann George.

»Ach ja?«, erwiderte der Polizist, während er das wütende Insektenbrummen der dröhnenden Motoren leiser stellte, ohne jedoch den Blick vom Bildschirm abzuwenden.

»Auf der Fähre von Piräus haben mich ein paar Georgier ins Visier genommen. Als wir an Land gingen, haben sie mir im Gedränge die Taschen geleert.«

Der Diensthabende schien gar nicht zuzuhören.

»Mir wurden 350 Euro gestohlen. Bitte protokollieren Sie das, und geben Sie mir ein Geschäftszeichen.«

Widerwillig schenkte der Mann George seine Aufmerksamkeit.

»Wie viele Euro?«

»Dreihundertfünfzig.«

Der Beamte verzog kaum merklich das Gesicht und sagte nach einigen Mausklicks: »Da haben wir's ja schon. Anzeige wegen Diebstahls. Mittwoch, der dreiundzwanzigste Tag des sechsten Monats, im Jahr 2010. Name und Adresse?«

George beantwortete sämtliche Fragen, einschließlich des Taufnamens seines Vaters und des Mädchennamens seiner Mutter sowie Geburtsdatum und -ort, Familienstand, Beruf, Steuernummer und andere unwichtige Einzelheiten. Dann kamen sie schließlich zu dem Verbrechen selbst und zur Beschreibung der Täter.

»Mittelgroß«, sagte George. »Einer rothaarig, der andere dunkel. Muskulös, etwa fünfunddreißig Jahre alt. Mit Jeans und Sporthemden bekleidet.«

»Bärte, Schnurrbärte oder Koteletten?«

»Nein.«

»Narben oder andere besondere Kennzeichen?«

»Nein.«

»Sie sagten, das waren Albaner?«

»Georgier.«

»Woher wissen Sie das so genau?«

»Ich erkenne die Sprache wieder.«

»Wieso das?«

»Ich hatte schon mal mit ihnen zu tun.«

»Mit diesen Männern?«

»Nein. Mit anderen Georgiern.«

Abbas trat ein, während der Polizist die Informationen langsam und sorgfältig in Schreibschrift notierte. In seinem eigentümlichen, grammatikalisch nur halbwegs korrekten Griechisch trug er sein Anliegen vor. Der Beamte, der durch George abgelenkt war, händigte ihm das Schusswaffenregister aus und bedeutete ihm, es zur Einsicht auf den Tresen zu legen, wo er ihn gut sehen konnte. Abbas schlug das Buch auf, zog mehrere zusammengefaltete Blätter aus der Tasche und machte sich an die Arbeit. George spann seine Geschichte beharrlich weiter fort und beschrieb den angeblichen Tathergang. Aus dem Augenwinkel beobachtete er, wie Abbas hin und wieder einen Namen notierte. Er kam rasch voran, hatte jedoch noch etliche Seiten zu durchforsten. Die Story mit den Georgiern war bald am Ende angelangt.

»Hatten Sie hier schon häufiger Probleme mit diesen Leuten?«, wollte George wissen.

»Nein«, lautete die Antwort.

»Sie haben aber schon von ihnen gehört?«

»Ich weiß, dass sie in anderen Städten eine Menge Ärger verursachen.«

»Ärger? Das ist noch gelinde ausgedrückt! Niemand ist mehr sicher. Sie fangen jetzt mit Schutzgelderpressungen an, unterstützt durch das volle Programm: Einbruch, Brandstiftung und allgemeine Einschüchterung. Auch vor Mord schrecken sie nicht zurück. Sie haben nichts zu verlieren und eine Menge zu gewinnen.«

George beobachtete, wie der Polizeibeamte zunehmend beunruhigt reagierte, als er mit Einzelheiten aufwartete.

»In Nea Smyrni boten sie einem Einzelhändler ihren Schutz an; ihm gehörte einer dieser Tante-Emma-Läden, in denen der Schafskäse noch in Fässern lagert und der Reis in Säcken. Der Besitzer weigerte sich mit der Begründung, er sei mittellos und könne nicht zahlen. Innerhalb einer Woche brannten sie den Laden nieder, ohne Vorankündigung.

»Mafia«, bemerkte der Beamte.

»Ganz genau!«

»Was zum Teufel wollen sie eigentlich hier?«

»Sie riechen Geld. Die vielen Yachten im Hafen, die schicken Cafés. Es ist kein gutes Zeichen, wenn die Georgier auftauchen.«

»Bei uns ist es friedlich.«

»Nicht mehr lange, wenn die hier anrücken. Dann gibt's auch in Ihrer Stadt bald Schutzgelderpressung, Gangs, Drogen, das ganze Paket.«

Der Polizist wirkte nachdenklich.

»Das erzähle ich dem Chef. Er wird nicht begeistert sein!« Er wandte sich an Abbas. »Noch nicht fertig?«

Abbas schaute auf. »So gut wie.«

»Normalerweise ist das nicht erlaubt«, erklärte der Polizeibeamte.

»Ich bin Ihnen sehr zu Dank verpflichtet«, erwiderte Abbas.

Der Polizist zündete sich eine Zigarette an.

»Sind wir fertig?«, fragte George.

»Fertig«, entgegnete der Beamte und widmete sich erneut seinem Computer. »Ihr Geld sehen Sie nicht wieder, aber vielen Dank für die Warnung.«

Wenige Minuten später traf George Abbas in einem Café. Der wirkte höchst zufrieden mit sich selbst. Er breitete die beiden Listen der Freiwilligen nebeneinander auf der Tischplatte aus.

»Bitte schön. Aischylos, das bin ich. Dädalus ist Paraskevás, der Pilot …« Er fuhr mit dem Zeigefinger Zeile für Zeile nach unten. »Sehen Sie«, sagte er aufgeregt, »ich habe sie. Alle, außer einem. Leonidas, Nestor und Odysseus hatten Mauser-Gewehre, deshalb muss es sich um Tasakos, Tsoublekas und Philippidis handeln, egal, wer welcher ist. Doukakis besitzt eine Sarasqueta Kaliber .12, er muss also Themistokles sein, und Sokrates ist der Oberst. Folglich bleibt nur noch Xenophon übrig, und das kann nur … Das glaube ich nicht. Kotsis! Er ist es!«

»Der pensionierte Polizeibeamte?«

»Was wiederum erklärt, wie er die Seite aus dem Schusswaffenregister heraustrennen konnte.«

George war skeptisch. »Das kann ich mir nicht vorstellen. Er sagte doch, er hätte ein Mauser.«

»Dann hat er gelogen.«

»Er hat uns das Gewehr noch gezeigt! Erinnern Sie sich nicht?«

»Wir wissen nicht, ob es ihm gehörte. Vielleicht besitzt er eine zweite Waffe! Der Oberst hat acht oder neun.«

»Er behauptete, das Mauser sei auf seinen Namen registriert.«

»Hier sehe ich es nicht. Vielleicht ist es auf dem fehlenden Blatt vermerkt, zusammen mit dem Heckler & Koch.«

»Warum stehen dann im Verzeichnis der Freiwilligen bei Xenophon nicht ein Mauser und ein Heckler & Koch?«

»Die Auflistung ist möglicherweise unvollständig. Oder fehlerhaft! Oder sie wurde zusammengestellt, bevor er das Mauser-Gewehr erworben hat ...«

»Warten Sie, Abbas! Mir dreht sich der Kopf.«

»Vergessen Sie die Listen. Kotsis besitzt zwei Gewehre, okay? Das Mauser und das HK. Das Mauser hat er uns gezeigt, das HK hat er verschwiegen. So einfach ist das.«

»Aber drei weitere Freiwillige haben ebenfalls Mauser-Gewehre.«

»Sie sind unwichtig.«

»Warum ist Xenophon dann nicht einer von diesen dreien?«

»Weil die alle im Verzeichnis der Polizei auftauchen. Er ist der Einzige, der fehlt. Er muss es sein.«

»Ich kann es immer noch nicht glauben. Er wirkte auf mich wie ein durch und durch anständiger Mensch.«

»Er ist ein anständiger Mensch. Ich kenne und schätze ihn. Aber irgendetwas brachte ihn dazu, eines Abends sein Fenster zu öffnen und den guten alten Professor Petrakis in den Kopf zu schießen.«

»Warum um Himmels willen sollte er das tun?«

»Das ist die 1-Million-Euro-Frage! Am besten gehen wir hin und fühlen ihm auf den Zahn.«

George überprüfte Abbas' Beweisführung ein weiteres Mal, bevor er das Ergebnis akzeptieren konnte. Er beugte sich über den Tisch, schirmte die Augen gegen das grelle Sonnenlicht ab und ging die Liste nochmals gründlich durch, verglich die Daten und las die Namen laut vor. Schließlich lehnte er sich in seinem Stuhl zurück; sein Verstand tat sich nach wie vor schwer mit der zwingenden Schlussfolgerung.

»Sie haben recht«, seufzte er. »Es muss Kotsis sein.«

»Sind Sie bereit, ihn damit zu konfrontieren?«

»Warum nicht? Die Polizei wird jedenfalls nicht darauf kommen.«

Sie klingelten an der Haustür des pensionierten Polizisten und warteten. Tauben gurrten im Weinlaub über dem Eingang. Ein Motorroller fuhr vorbei und wich einem Hund aus, der auf der staubigen Straße schlief. Endlich öffnete Frau Kotsis die Tür.

»Kommen Sie herein«, sagte sie. »Herzlich willkommen, Abbas. Und Herr ... Ich habe Ihren Namen vergessen.«

»Zafiris.«

»Treten Sie ein. Was darf ich Ihnen anbieten?«

»Im Augenblick nichts. Wir müssen mit Leonardos sprechen. Ist er zu Hause?«

»Er schläft.«

»Würden Sie ihn bitte wecken?«

Das war eine so ungewöhnliche Bitte, dass sie augenblicklich Unannehmlichkeiten witterte.

»Was ist passiert?«, fragte sie, ohne den Eingang frei zu geben.

»Wir müssen dringend mit ihm reden«, antwortete Abbas.

»Hat es mit dem Oberst zu tun?«

»Bitte holen Sie ihn einfach her.«

Sie führte die beiden durch ein Tor hinters Haus.

»Setzen Sie sich dort unter die Bäume«, sagte sie.

Sie traten aus dem schattigen Hausflur in die Hitze und das gleißende Licht im Hof, in dem die Sonne den ganzen Tag auf den Beton heruntergebrannt hatte. Auf der gegenüberliegenden Seite warfen Obstbäume ihren kühlen Schatten darüber. Sie fanden Stühle, nahmen Platz und warteten schweigend.

Schließlich erschien Kotsis mit verquollenen Augen, das Haar noch schnell mit Wasser geglättet, und runzelte die Stirn.

»Meine Herren, was kann ich für Sie tun?«

»Sie erinnern sich an Herrn Zafiris?«, fragte Abbas.

Er erinnerte sich.

»Wir müssen Sie in einer heiklen Angelegenheit sprechen«, fuhr Abbas fort.

»Schießen Sie los.«

»George, würden Sie das erläutern?«

George zögerte einen Moment, dann gab er sich einen Ruck.

»Bei unserem letzten Gespräch fragte ich Sie, ob Sie ein Gewehr besitzen. Sie zeigten mir ein Mauser-Gewehr der deutschen Wehrmacht.«

»Richtig.«

»Sie erwähnten nicht, dass Ihnen noch ein weiteres Gewehr gehört.«

»Das trifft auch nicht zu.«

George hielt inne. Er musste ruhig bleiben und dem Mann eine Chance geben, die Wahrheit zu sagen.

»Vielleicht besitzen Sie zurzeit kein zweites Gewehr, hatten jedoch in der ersten Jahreshälfte noch eins?«

Die Augen des Polizisten zuckten einen Augenblick verunsichert hin und her.

»Nein«, antwortete er. »Nicht dieses Jahr.«

»Sind Sie ganz sicher?«

»Ganz sicher.«

Na schön, dachte George, du hast es nicht anders gewollt.

»Ich habe Grund zu der Annahme, dass Sie lügen.«

Kotsis zuckte mit den Schultern. »Das tut mir leid. Was kann ich tun, um Sie zu überzeugen?«

»Wie wär's mit der Wahrheit?«

»Die habe ich Ihnen gesagt.«

»Herr Kotsis, zufällig weiß ich, dass unter Ihrem Namen nicht nur das Mauser, sondern auch ein Heckler & Koch G3 registriert war.«

»Ein Heckler & Koch?«

»Genau.«

»Wann war das?«

»1990.«

Der Polizist wirkte verblüfft. »Vor zwanzig Jahren!«

»Spielt das eine Rolle?«

»Sie haben mich nicht nach Waffen gefragt, die ich irgendwann früher mal besaß. Das hatte ich ganz vergessen.«

»Äußerst merkwürdig, denn genau dieses Gewehr war im polizeilichen Schusswaffenregister auf der Seite eingetragen, die Sie entfernt haben.«

»Die ich entfernt habe?«

»Ja! Die Sie entfernt haben.«

»Ich habe dieses Verzeichnis seit Jahren nicht einmal mehr gesehen.«

»Vielleicht hat es jemand anders für Sie gemacht? Bagatzounis? Sein Mitarbeiter? Es spielt keine Rolle. Manipulation von Beweismaterial. Das allein genügt, um Sie hinter Gitter zu bringen.«

»Warum sollte ich eine Seite aus dem Schusswaffenregister entfernen?«

»Das wissen Sie genauso gut wie ich.«

»Nein!«

»Na schön, dann erkläre ich's Ihnen. Das Heckler & Koch ist das Gewehr, mit dem John Petrakis erschossen wurde. Die Seite wurde herausgetrennt, um die Verbindung zwischen Ihnen und dieser Waffe zu vertuschen.«

»Woher wissen Sie das alles?«

»Ich habe die ballistischen Berichte gelesen. Und Sie besitzen das einzige G3 auf dieser Insel!«

»Ich besaß es, früher mal.«

»Warum findet sich nichts darüber im Schusswaffenregister?«

»Keine Ahnung.«

»Weil die fragliche Seite von Ihnen bzw. von jemand in Ihrem Auftrag herausgeschnitten wurde!«

»Herr Zafiris, Sie reden über ein Dokument, das uns nicht vorliegt.«

»Na gut, kehren wir zurück zu den Fakten. Das Gewehr hat Ihnen früher gehört?«

»Vor zwanzig Jahren.«

»Was haben Sie damit gemacht?«

»Ich habe es weggegeben.«

»An?«

Wieder ein kaum merkliches, verunsichertes Zucken.

»An einen Verwandten.«

»Wurde der Eigentümerwechsel ins Schusswaffenregister eingetragen?«

»Ich erinnere mich nicht. Vermutlich ja. Ich bin ein korrekter Mensch.«

»Wann haben Sie das Gewehr weggegeben?«

»Kurz nachdem ich es gekauft hatte.«

»Warum?«

»Ich habe es einige Male benutzt und festgestellt, dass es mir nicht gefiel.«

»Also hat dieser Verwandte es übernommen. Behielt er es?«

»Ja. Ich kann allerdings nicht sagen, wie lange.«

»Wo wohnte er?«

»In Athen.«

»Wozu brauchte er in Athen ein Gewehr?«

»Am Wochenende ging er auf die Jagd.«

»Wo hält sich der Verwandte jetzt auf?«

Der Polizist zögerte. »Wird man ihn deshalb unter Mordverdacht festnehmen?«

»Ich fürchte, ja – falls sich das Gewehr am 25. März in seinem Besitz befand.«

Kotsis wirkte entsetzt und sichtlich erschüttert. Er konnte nicht sprechen und schüttelte nur den Kopf. Tränen traten ihm in die Augen.

»Glauben Sie, Ihr Verwandter hatte einen Grund, Professor Petrakis zu erschießen?«, fragte George.

»Nein«, flüsterte Kotsis.

»Vielleicht kann er uns das selbst sagen?«

Kotsis antwortete nicht. George wartete und ließ ihn nicht aus den Augen.

»Denken Sie, er kann uns das sagen?«, wiederholte er.

Kotsis brachte keinen Ton heraus.

»Ihr alter Freund Oberst Varzalis wurde beschuldigt, diesen Mord begangen zu haben«, sagte George. »Er hat viele Tage im Gefängnis gesessen. Er ist unschuldig. Der Mörder muss gefunden werden.«

»Mein Verwandter ist gar nicht dazu fähig, jemanden umzubringen«, erklärte Kotsis.

»Geben Sie mir seinen Namen?«

Kotsis erhob sich. »Ich bin gleich zurück.«

George wandte sich an Abbas. »Wissen Sie, von wem er spricht?«

»Nein.«

»Sagt er die Wahrheit?«

Aus dem Haus ertönte ein Schrei. Dann rief Frau Kotsis: »Nicht, Leo, tu das nicht!«

Die begütigende Antwort ihres Mannes war zu leise, so dass sie seine Worte nicht verstanden. Ihr folgte unverzüglich der Aufschrei: »Du wirst uns alle umbringen!«

Kurz darauf kam Kotsis wieder heraus. »Ich habe mit meinem Schwager gesprochen«, erklärte er. »Ich führe Sie zu ihm.«

Sie folgten Kotsis zu einem Haus ein paar Straßen weiter, wo eine Frau im Nachthemd ihnen die Tür öffnete. Sie war extrem übergewichtig, wirkte erschöpft und blass, und ihr Haar sah fettig und ungewaschen aus.

»Hallo, Leonardos«, sagte sie mit ausdrucksloser Stimme.

»Ich möchte Manos sprechen.«

»Er kommt gleich. Tretet ein.«

Sie gingen hinein und mussten sich seitwärts durch die Diele schlängeln, in der sich turmhoch schwarze Plastikmüllsäcke stapelten, die mit Kleidung, Videobändern und alten Zeitungen und Zeitschriften vollgestopft waren.

»Bitte ins Wohnzimmer«, sagte die Frau.

Kotsis führte sie in einen dunklen Raum mit viel zu vielen Möbeln, in dem Sofas und Sessel so eng zusammengedrängt standen, dass kaum noch Platz zum Sitzen blieb. Er betätigte den Lichtschalter, der jedoch nicht funktionierte.

»Ich öffne die Klappläden«, sagte er und bahnte sich einen Weg Richtung Fenster. Ein riesiger Esstisch, der von einem Wall aus Stühlen und Polstermöbeln umzingelt war, versperrte ihm den Durchgang.

»Hol's doch der Teufel«, brummte Kotsis, »wir lassen einfach die Tür offen.«

Als sich ihre Augen an das Halbdunkel gewöhnt hatten, bemerkte George die merkwürdige Sammlung verschiedenster Gegenstände, mit denen man das Zimmer vollgestellt hatte: Porzellanfigürchen, ein altes Radio, zwei Trockenhauben aus einem Frisiersalon, ein Mixer, stapelweise Bücher und CDs, Körbe, Koffer, Skier, ein Basketballnetz mit Ständer, ein Bett, das auf der Seite lag. Alles durcheinander und nicht mehr im Gebrauch. Als Wohnraum konnte man das Ganze eigentlich nicht bezeichnen.

Die Frau ließ sie allein. Die Luft war heiß und abgestanden. Kotsis quetschte sich in einen Sessel, Hoffnungslosigkeit verdüsterte sein Gesicht.

In der Tür tauchte ein Schatten auf.

Manos Tasakos trat ein.

»Wir sind gekommen …«, begann George, doch Kotsis fiel ihm ins Wort.

»Die Waffe, mit der Petrakis erschossen wurde, ist identifiziert. Es war das Heckler & Koch, das ich dir gegeben habe.«

Tasakos schwieg.

»Was ist passiert?«, fragte Kotsis.

»Ich war am 25. März in Athen«, antwortete Tasakos. »Das habe ich dem Detektiv bereits erklärt.«

»Du hast Zeugen?«

»Selbstverständlich.«

»Okay, also hast du es nicht getan. Aber irgendjemand hat dein Gewehr benutzt, um den Professor zu ermorden!«

»Ich weiß nicht …«

»Was zum Teufel soll das heißen, du weißt nicht? Es war dein Gewehr! Erzähl uns, was passiert ist!«

»Ich war nicht hier, Leo! Was soll ich sagen?«

»Die Wahrheit! Nun rede schon, damit wir die Sache regeln können!«

»Ich habe dieses Gewehr nicht abgefeuert.«

»Wer dann?«

»Woher soll ich das wissen?«

»War es Maria? War es Stelios? Lydia? Wer war's?«

»Leo, du siehst doch, was hier los ist: alles nur noch eine einzige Katastrophe. Nichts funktioniert. Maria schluckt jeden Tag ein Kilo Pillen und läuft rum wie ein Zombie. Stelios lebt in seiner eigenen Welt, und wer kann ihm das schon zum Vorwurf machen? Lydia ist eine Märtyrerin, die nur bei uns bleibt, damit sie eines Tages heiliggesprochen wird, und ich bemühe mich, den ganzen Schlamassel über Wasser zu halten, indem ich ein Geschäft betreibe.«

»Ein Mann wurde ermordet. Erschossen, mit deinem Gewehr. Dieser Tatsache musst du ins Auge sehen! Du musst sie erklären!«

»Das kann ich nicht! Wie soll man das erklären? Es ist einfach nur ein weiterer Scheißhaufen in diesem gigantischen Scheißhaus, das man Leben nennt!«

»Die Polizei wird auftauchen. Man wird dich verhaften, Manos. Du kommst ins Gefängnis. Dein Geschäft wird in Konkurs gehen, und deine Familie wird völlig schutzlos dastehen.«

»Ich war nicht hier! Ich war in Athen!«

Kotsis gönnte ihm eine kurze Verschnaufpause, dann setzte er ihn weiter unter Druck.

»Man hat die Waffe bis zu dir zurückverfolgt. Jemand in diesem Haus …«

»Kannst du uns nicht einfach in Ruhe lassen!«

»Natürlich kann ich das. Das können wir alle. Nur die Polizei kann das nicht. Sie wird bald hier sein und …«

»Die haben doch schon einen Mörder. Varzalis ist ein Faschist, ein Schwulenhasser, ein Extremist. Er hat sein ganzes Leben lang getötet.«

»Er ist unschuldig!«

»Er hat das perfekte Motiv.«

»Er hat es nicht getan.«

»Das sagst du!«

»Was ist mit dem Gewehr?«

»Vielleicht ist er hier vorbeigekommen und hat es sich ausgeliehen? Woher soll ich das wissen?«

Abbas sagte: »Wir alle haben uns früher mal als seine Freunde betrachtet. Wir alle haben bei den Freiwilligen gedient.«

»Freiwillige! Bessere Pfadfinder!«

»Lass deine Frustration nicht an ihm aus«, mahnte Kotsis.

Tasakos war jetzt außer sich. »Der Oberst ist doch nur noch Gemüse. Er ist zu nichts mehr zu gebrauchen. Sein Leben ist vorbei. Soll er doch ins Gefängnis gehen. Er wird nicht mal merken, dass er eingesperrt ist.«

»Wer auch immer Petrakis ermordet hat, muss die Konsequenzen tragen.«

»Ich habe die Gewehre ins Meer geworfen. Alle. Es wird nicht wieder vorkommen.«

»Wenn es nicht die Gewehre sind, wird es etwas anderes sein. Ein Messer. Ein Kissen. Ein Hammer. Es liegt schließlich nicht an den Waffen, wenn Verbrechen begangen werden, Manos!«

Tasakos stützte den Kopf in beide Hände.

»Erzähl's uns einfach«, drängte Kotsis. »Raus damit, bringen wir's endlich hinter uns.«

Tasakos schluchzte. »Ich kann nicht«, sagte er. »Ihr müsst gehen. Bitte. Lasst uns in Ruhe.«

»Die Polizei wird kommen.«

»Sollen sie doch kommen. Das ist mir egal. Sie werden nichts finden ... Ich halte das alles nicht mehr aus.«

Kotsis blieb reglos sitzen und beobachtete ihn.

Tasakos hob den Kopf. Sein Gesicht brannte vor Schmerz.

»Ich hab gesagt, ihr sollt gehen! Verschwindet aus meinem Haus, verdammt noch mal!«

»Wir gehen nicht, bevor du uns nicht gesagt hast, was passiert ist.«

»Ich weiß es doch nicht! Ich bin an jenem Abend aus Athen zurückgekommen, und irgendjemand erzählte, es habe eine Schießerei gegeben. Hier ging das Leben ganz normal weiter. Maria war wie immer benebelt, Lydia bereitete das Essen zu, Stelios hatte sich hinter seinem Computer verschanzt.«

»Hast du deine Gewehre überprüft?«

»Nein.«

»Warum nicht?«

»Es gab keinen Anlass dazu.«

»Warum hast du sie dann ins Meer geworfen?«

Tasakos zuckte mit den Achseln. »Ich wollte kein Risiko eingehen.«

»Du musst einen Grund dafür gehabt haben.«

Tasakos seufzte. »Nein! Ich habe die Gewehre und die Munition einfach genommen und den ganzen Plunder im Meer versenkt.«

»Und dann hast du eine Seite aus dem Schusswaffenregister herausgeschnitten?«

Tasakos antwortete nicht.

Die vier Männer saßen schweigend da. George hatte Kotsis die gesamte Vernehmung überlassen. Doch eine zentrale Frage war bisher nicht gestellt worden.

»Haben Sie bei sämtlichen Mitgliedern Ihres Haushalts nachgefragt, ob einer von ihnen Ihr Gewehr angefasst hat?«

Tasakos warf ihm einen verzweifelten Blick zu und antwortete kaum hörbar: »Nein.«

»Warum nicht?«

Tasakos lehnte sich in seinem Stuhl zurück und schloss die Augen.

Kotsis bedeutete George, das Thema fallenzulassen.

Abbas, der während dieser quälenden Unterhaltung weitgehend geschwiegen hatte, ergriff nun das Wort.

»Ich weiß nicht, wer der Täter ist«, begann er, »aber ich habe eine Idee. Ich möchte uns alle an das nächtliche Gelübde erinnern, das wir damals als Freiwillige gemeinsam mit dem Oberst abgelegt haben. Was genau haben wir damals gelobt? Das Gesetz zu achten und zur Verbesserung des Lebens in diesem geschundenen Land beizutragen ... Erinnert ihr euch?«

»Das ist leicht gesagt«, erwiderte Tasakos scharf. »Doch wenn man dafür seine eigene Familie opfern muss ...«

»Ich frage lediglich, ob ihr euch an diesen Schwur erinnert?«

»Ich erinnere mich«, antwortete Kotsis.

»Haben wir daran geglaubt? Ich auf jeden Fall! Wir alle glaubten daran, oder wir wären nicht dabei gewesen, hätten nicht nächtelang auf unseren Schlaf verzichtet und wären nicht zwischen Felsen und Dornen herumgestolpert! War es richtig oder falsch, daran zu glauben? Man kann nicht geloben, das Gesetz zu achten, und dann einem Familienmitglied einen Mord an einem Unschuldigen durchgehen lassen!«

Plötzlich brach es aus Tasakos heraus: »Es war kein Mord!«

»Aber sicher!«

»Mord setzt vorsätzliche Planung voraus. Man muss wissen, was man tut. Man muss die Absicht haben zu töten.«

»Was war es dann? Ein Unfall?«

»Nein. Es ... Ich weiß nicht, wie man das nennt.«

Kotsis entgegnete: »Es ist Mord, allerdings mit verminderter Zurechnungsfähigkeit. Falls das Gericht anerkennt, dass die Person, die das Verbrechen begangen hat, psychisch labil ist.«

Tasakos hatte die Augen wieder geschlossen. Er atmete schwer und schüttelte den Kopf, als wolle er die erschreckenden Gedanken loswerden, die darin kreisten. Kotsis beobachtete ihn aufmerksam.

Nach einer Weile begann er zu sprechen. Ganz ruhig und geschäftsmäßig.

»Ich will euch einen Plan unterbreiten. Du und ich, Manos, wir wissen, wer geschossen hat. Die Polizei weiß es nicht, aber selbst ein Schwachkopf wie Bagatzounis wird anhand weniger Fragen zu der unausweichlichen Schlussfolgerung gelangen. Verhaftung, Prozess, psychiatrische Gutachten werden folgen. Es gibt keine Möglichkeit, das zu umgehen. Obendrein wird man dich für schuldig befinden, Beweismaterial vernichtet und die Justiz behindert zu haben. Das wird die Situation nur noch verschlimmern. Wenn du ins Gefängnis musst, ist deine Familie am Ende. Wer wird sich um Maria kümmern? Was wird aus Stelios? Wer führt das Geschäft weiter? Wohin soll Lydia gehen, wenn ihr Lohn nicht mehr bezahlt wird? Wer wird das Haus instand halten und die Rechnungen begleichen? Deshalb lasst uns das Unvermeidliche akzeptieren und unser Bestes tun, um den Schaden zu begrenzen. Geh zur Polizei, Manos! Sag ihnen die Wahrheit. Hilf ihnen. Bring diesen Schlamassel in Ordnung, und mit etwas Glück finden sie eine Möglichkeit, über die Sache mit dem Schusswaffenregister hinwegzusehen.«

»Ich hab dir doch gesagt, dass ich nicht weiß, wer das Gewehr abgefeuert hat.«

»Das weißt du verdammt gut und ich ebenfalls. Und sollte Abbas es bis jetzt noch nicht erraten haben, dann habe ich mich wohl gründlich in ihm getäuscht.«

Plötzlich schienen Tasakos' Lebensgeister zurückzukehren; er hatte eine Entscheidung getroffen. »Hört mal, wir können das Ganze doch unter uns regeln. Zafiris ist Geschäftsmann, ich werde ihn für seine Mühe entlohnen. Übrigens, Abbas, wir haben damals auch gelobt, stets füreinander einzustehen. Hast du das schon vergessen?«

Abbas schüttelte den Kopf. »Auf mich kannst du nicht zählen, Manos.«

»Was? Du würdest zur Polizei gehen?«

»Ich würde zur Polizei gehen, selbst wenn es sich um meinen eigenen Bruder handelte. Ich möchte nicht erschossen werden, wenn ich meinen Garten bewässere, und auch nicht nachts aufwachen und feststellen, dass mein Haus in Flammen steht.«

»Das wird nicht vorkommen. Ich habe mit ihm gesprochen.«

»Er ist krank, Manos!«, warf Kotsis ein.

»Er versteht das schon!«

»Er begreift gar nichts! Wenn er es ein Mal tun konnte, kann er es auch ein zweites Mal tun. Besonders, wenn er ungestraft davonkommt!«

»Das wird er nicht. Er hat es versprochen.«

»Doch, Manos. Mit Sicherheit.«

»Warum hilfst du mir nicht, Leo, anstatt mich in die Enge zu treiben?«

Kotsis starrte seinen Schwager mit einer Mischung aus Seelenqual und Mitgefühl an.

»Also?«, beharrte Tasakos. »Haltet ihr zu mir oder nicht?«

»Ich hab dir gesagt, was du tun sollst, Manos.«

»Also hältst du nicht zu mir! Meine eigene Familie!«

»Selbst wenn Sie die beiden anderen überzeugen können – mich überzeugen Sie nicht«, warf George ein.

»Es würde sich für Sie lohnen ... Wie viel wollen Sie? Fünfhunderttausend?«

»Das kann ich nicht machen.«

»Siebenhundertfünfzig! Damit können Sie sich zur Ruhe setzen!«

»Nein.«

»Was ist Ihr Problem?«

»Abbas hat das bereits erklärt. Es bringt nichts, wenn ich es wiederhole.«

»Ich biete Ihnen gerade eine Dreiviertelmillion Euro an!«

»Das habe ich gehört.«

Aggressiv und mit funkelnden Augen beugte Tasakos sich vor. »Sie können jede Art von Konto wählen, bei jeder Bank der Welt!«

George hatte nicht die Absicht, den Mann zu demütigen – auch wenn er dessen Verzweiflung abstoßend fand.

»Wenn Sie so viel Geld haben«, sagte er, »sollten Sie es dafür ausgeben, Ihrer Frau und Ihrem Sohn die bestmögliche Behandlung angedeihen zu lassen.«

Tasakos explodierte. »Was zum Teufel wissen Sie denn über meine Frau und meinen Sohn? Sind Sie hergekommen, um meine Familie zu beleidigen?«

»Lass ihn in Ruhe, Manos!«, sagte Kotsis. »Er hat recht. Das sehen wir alle genauso.«

»Du bist ein verdammter Verräter!«

»Wenn du jetzt nicht augenblicklich mit uns zur Polizei kommst, machen wir uns ohne dich auf den Weg.«

»Verräter!«

»Entscheide dich.«

»Verräter!«

Kotsis erhob sich. »Gehen wir, meine Herren.«

Sie liefen zu Fuß zum Polizeirevier; die Straßen erglühten blutrot im Abendlicht, eine seltsame, traumähnliche Spannung lag in der Luft, eine Art Ruhe vor dem Sturm. Als sie die Dienststelle betraten, erblickte der Polizeibeamte Kotsis und sprang auf – mit einem Eifer, den George ihm gar nicht zugetraut hätte.

»Guten Abend, Inspektor!«, grüßte er.

»Hallo, Taso. Alles in Ordnung?«

»Ja, vielen Dank! Was führt Sie hierher?«

»Ich muss mit Bagatzounis sprechen. Ist er noch da?«

»Er ist in seinem Büro. Soll ich ihm Bescheid sagen?«

»Nicht nötig.«

Kotsis klopfte an die Tür des Dienststellenleiters. Als Antwort war ein gereiztes Krächzen zu hören, und Kotsis drückte auf die Klinke. Bagatzounis begrüßte ihn mit einem begeisterten Lächeln, das jedoch schnell verschwand, als er seine Begleiter erkannte.

»Eine ernsthafte Angelegenheit, Themis, ich komme am besten gleich zur Sache. Wir waren gerade im Haus meines Schwagers.«

»Ach«, sagte Bagatzounis. Sein Gesicht nahm einen mitfühlenden, unterwürfigen Ausdruck an. »Wie geht's ihm denn so?«

»Schlechter, als du dir vorstellen kannst.«

»Oh. Und warum?«

»Sein Sohn hat den Professor erschossen.«

»Stelios?«

Kotsis nickte.

»Mein Gott«, antwortete Bagatzounis. »Nach allem, was sie durchgemacht haben.«

»Ich weiß. Es ist grausam.«

»Wird er hierherkommen?«

»Ich glaube nicht. Er steht unter Schock.«

»Bist du dir absolut sicher?«

»Keine Frage. Manos besaß die Waffe, sein Sohn hat sie benutzt.«

»Können wir noch mal einen Schritt zurückgehen? Woher weißt du von dem Gewehr?«

»Es gehörte mir! Ich habe es Manos gegeben.«

»Nein! Ich meine, woher weißt du, dass das die Tatwaffe war?«

»Das steht im forensischen Bericht«, antwortete George.

»Tatsächlich?«, sagte Bagatzounis. »Und woher haben wir diese Information?«

»Aus gewissen Quellen. Überprüfen Sie ruhig, ob meine Behauptung zutreffend ist.«

»Ich muss schon sagen, ich finde das ausgesprochen vorschriftswidrig.«

»Hör zu«, schaltete sich Kotsis ein. »Zafiris hat recht. Er hat die HK zu mir zurückverfolgt und über mich zu Manos. Irrtum ausgeschlossen. Manos hat alles zugegeben, mehr oder weniger.«

»Was soll ich also tun?«

»Zu ihm hingehen und mit ihm reden. Eine Aussage aufnehmen.«

»Jetzt?«

»Ja. Jetzt, verdammt noch mal!«

Bagatzounis schien nicht recht weiterzuwissen. »Das ist ein schlimmer Fall«, sagte er, halb zu sich selbst. »Er wurde von Piräus übernommen, vom Dezernat für Gewaltverbrechen ... Dort habe ich nicht den geringsten Einfluss.«

»Erkläre ihnen einfach den Hintergrund. Sag ihnen, sie sollen meine Leute anständig behandeln.«

Bagatzounis warf einen Blick auf George. »Und was ist mit diesem Herrn hier?«

»Frag ihn doch selbst!«, entgegnete Kotsis.

Bagatzounis spitzte die Lippen und legte die Fingerspitzen aneinander. »Herr Zafiris«, sagte er, »meiner Meinung nach habe ich von Anfang an deutlich gemacht, dass die Polizei für Informationen normalerweise keine Belohnung zahlt ...«

»Das Einzige, was Sie deutlich gemacht haben, Inspektor, war, dass Sie sich weder helfen lassen noch mir helfen wollten.«

»Ganz genau! Polizeiangelegenheiten sind nun mal Polizeiangelegenheiten.«

»Ich werde von privater Seite bezahlt.«

»Nichts davon darf an die Presse durchsickern.«

»Wofür halten Sie mich?«

»Ich muss betonen, dass in diesem Fall äußerste Behutsamkeit …«

»Keine Sorge, Inspektor. Ich verstehe schon.«

»Es geht hier um eine Familie, eine gute Familie, die unsägliche Schwierigkeiten zu bewältigen hatte!«

»Sie können sich auf meine Diskretion verlassen.«

Bagatzounis schien erleichtert.

George fuhr fort: »Wenn Sie den Fall jedoch in den Mühlen der Bürokratie versanden lassen und ich erfahre, dass Stelios sich immer noch auf freiem Fuß befindet, werde ich mich damit an eine höhere Instanz wenden.«

Bagatzounis hielt eine Hand in die Höhe. »Das wird nicht nötig sein.«

»Kommen Sie«, drängte Kotsis. »Bringen wir's hinter uns.«

Zusammen mit Bagatzounis gingen sie durch die Stadt zurück zu Tasakos' Haus.

»Ich hatte gehofft, euch nicht wiederzusehen«, sagte Manos.

»Ich wünschte, wir hätten nicht herkommen müssen«, antwortete Bagatzounis bedauernd. »Ist dein Sohn zu Hause?«

»Er ist in seinem Zimmer.«

»Würdest du ihn bitte rufen?«

Sie warteten an der offenen Haustür und fühlten sich unbehaglich angesichts der Berge von Müll im Flur und der Schwaden feuchter, abgestandener Luft, die ihnen entgegenwehten.

Tasakos kehrte mit seinem Sohn zurück, einem hochgewachsenen, bärtigen, übergewichtigen jungen Mann, der – sein Alter war schwer zu schätzen – zwischen siebzehn und dreißig Jahren alt sein mochte. Sein Gesicht war blass und ausdruckslos, sein Blick huschte über sie hinweg, ohne jemanden zu erkennen.

»Hallo, junger Mann«, begrüßte ihn Kotsis mit gekünstelter Heiterkeit.

»Hallo, Onkel.«

»Das hier ist Inspektor Bagatzounis, mein Nachfolger als Polizeichef. Er muss dir ein paar Fragen stellen.«

»Okay.«

»Nicht hier draußen auf der Straße«, wandte Bagatzounis ein.

»Wo denn dann?«, fragte Stelios.

»Das muss alles ordnungsgemäß vonstattengehen, mit einem Aufzeichnungsgerät und einem Zeugen. Und du hast das Recht, von einem Rechtsanwalt vertreten zu werden.«

»Einem Rechtsanwalt? Worum geht es überhaupt?«

»Am 25. März wurde jemand erschossen.«

»Darüber weiß ich nichts.«

»Ich glaube nicht, dass das wahr ist.«

»Das ist die Wahrheit!«

»Komm mit mir aufs Polizeirevier.«

»Nein, danke.«

»Du musst eine Aussage machen.«

»Ich habe schon gesagt, dass ich nichts weiß.«

»Das reicht nicht. Ich muss dich ordnungsgemäß befragen, in Übereinstimmung mit dem Gesetz. Dazu musst du aufs Revier kommen.«

»Es war Oberst Varzalis.«

»O Gott, jetzt fängst du auch noch damit an!«, bemerkte Abbas.

»Lasst uns nicht noch mehr Zeit verlieren«, drängte Kotsis. »Geh mit dem Inspektor mit, geh einfach.«

Die Augen des jungen Mannes zuckten aufgeregt hin und her. »Ich muss aber nicht«, protestierte er.

»Du hast keine Wahl.«

»Lasst mich meinen Laptop holen.«

»Nein. Den brauchst du nicht, um ein paar Fragen zu beantworten.«

»Ich brauche ihn für andere Dinge.«

»Die anderen Dinge müssen warten.«

»Sie sind aber dringend!«

»Jetzt gibt es nur eins, was dringend ist …«

Bagatzounis trat einen Schritt vor. Nervös und mit zitternden Händen legte er dem jungen Mann Handschellen an.

32

An Deck der *Agios Nektarios*, die durch das dunkle Wasser pflügte und eine helle Schaumspur hinterließ, überkam George ein merkwürdiges Gefühl von Unzufriedenheit. Er hatte den Mörder ausfindig gemacht, doch sein Erfolg verschaffte ihm keinerlei Genugtuung. Es gab in diesem Fall keine Gerechtigkeit – lediglich eine Reihe von Ungerechtigkeiten. Der junge Mann, der John Petrakis erschossen hatte, schien keinerlei Beziehung zu seiner Tat entwickeln zu können. Ihm fehlte jegliches Bewusstsein, Verantwortungsgefühl oder Bedauern. War er sich überhaupt im Klaren über das, was er tat, als er auf den Abzug drückte? Wusste er, dass er eine mechanische Kettenreaktion in Gang setzte, dass ein federgespannter Schlagbolzen genau die Mitte einer Patrone treffen und in ihrer winzigen Kammer aus Messing eine Explosion auslösen würde, dass dadurch ein Bleikegel durch die Luft geschleudert wurde, der in einer Zehntelsekunde die Strecke zwischen zwei Häusern zurücklegen und so lange absolut geradeaus fliegen würde, bis er auf ein Hindernis traf: den Schädel des Professors? Dass er Haut und Knochen durchschlagen und sich durch das Gehirn graben würde, wobei er eine Bugwelle aus Splittern und zerfetztem Gewebe vor sich herschob und einen Strudel aus Blut und zu Brei zermalmter grauer Masse hinter sich herzog? Hatte er irgendetwas davon mitbekommen? Dass in diesem Augenblick ein Leben ausgelöscht wurde, ein geniales Leben, während seine eigene Existenz fortdauerte, ohne dass er jemals etwas erreichte, fühlte oder lernte?

Was George am stärksten aus der Fassung brachte, war genau

diese Verschwendung: Petrakis hatte als Apostel der Freiheit gelebt, Stelios hingegen als ein Sklave von Mächten, die er niemals begreifen würde. Hinter dieser Tragödie zeigten sich andere Tragödien – die trostlose Existenz seiner Mutter, die zerstörten Zukunftspläne seines Vaters, das unsägliche Elend früherer Generationen. Welche Hoffnung gab es noch für diese Familie?

George dachte daran, Kontakt zu Constantine Petrakis aufzunehmen. Er war gespannt auf seine Reaktion, wenn er erfuhr, wer der wirkliche Mörder seines Bruders war. Im Augenblick hatte er allerdings genug für heute.

Das Schiff lief in den Hafen von Piräus ein. Ein funkelndes Lichtermeer nahm sie auf, ein Spinnennetz aus Neon. Schmutziges Rosa und Gelb, das ihn an eine schwärende Wunde erinnerte. Er schritt die Rampe hinunter, hinein in das Gedränge aus Autos und Fußgängern, überquerte die Straße, ging Richtung Bahnhof und dachte dabei an seine Wohnung, ein Glas Wein, an Essen und Schlaf.

Als er in den Zug einstieg, klingelte sein Telefon.

Es war Pezas, und er war in höchster Aufregung.

»Wo bist du, George?«

»Piräus. Ich steige gerade in die Bahn nach Hause.«

»Fahr nicht dorthin. Fahr weiter bis Kifissia.«

»Warum?«

»Im Haus von Kakridis ist irgendwas im Gange.«

»Was denn?«

»Die Georgier sind da.«

»Und?«

»Sie machen ihm die Hölle heiß.«

»Wahrscheinlich hat er nichts anderes verdient.«

»Seine Frau möchte, dass wir kommen.«

»Das ist keine gute Idee. Sie sollte die Polizei anrufen.«

»Das will sie nicht.«

»Er ist ein Minister der Regierung! Wo sind seine Sicherheitsleute?«

»Keine Ahnung. Er muss sie weggeschickt haben.«

»Er ist ein Idiot. Ein verdammter Volltrottel … Hör zu, Hektor, wo ist seine Frau?«

»Im Haus.«

»Sag ihr, sie soll es sofort verlassen.«

»Das hab ich versucht. Sie will nicht.«

»Geh auf keinen Fall dorthin.«

»Wir können sie doch nicht im Stich lassen!«

»Können wir doch, wenn sie unsere Anweisungen nicht befolgt.«

»Sie hat uns immerhin engagiert, George!«

»Aber nicht als Leibwächter. Ruf die Polizei!«

»Nein.«

»Dann rufe ich sie.«

»Tu's nicht!«

»Wir haben dieses Gespräch nie geführt. Ich rufe jetzt an.«

»Tu's nicht, George!«

»Warum zum Teufel denn nicht?«

»Dann ist die Karriere ihres Mannes zerstört.«

»Das wird aber auch Zeit!«

»George, bitte tu das nicht. Noch nicht. Sieh zu, dass du herkommst.«

Im Chaos der Gedanken, die George durch den Kopf wirbelten, tauchte plötzlich ein Verdacht auf. »Du triffst sie doch nicht, oder?«

»Was meinst du damit?«

»Ein Verhältnis?«

»Niemals!«

»Wo bist du?«

»In Kefalari.«

»Versprich mir, dass du nicht ins Haus reingehst.«

»Ist ja gut, ich bin auf der Straße.«

»Ich komme, so schnell ich kann.«

George legte auf und beschloss, ein Taxi zu nehmen, statt mit der Bahn weiterzufahren. Pezas brauchte Hilfe, und zwar schnell. Er stand auf, hörte das Summen, das das Schließen der Türen ankündigte, und stürzte hinaus.

Auf der Akti Miaouli erwischte er eine Taxe und nannte die Adresse in Kefalari. Er hoffte, der Fahrer würde ihn nicht in eine Unterhaltung verwickeln – eine schwache Hoffnung, aber manchmal hatte man ja Glück. George schloss die Augen und versuchte, sich zu entspannen.

Sie näherten sich dem Syntagmaplatz, als sein Telefon klingelte. Wieder Pezas. Diesmal sprach er sehr leise und klang angespannt.

»Wir haben mitgehört, über sein Telefon. Die Georgier machen allmählich Ernst. Sie sagen: Zahlen, sonst gibt's was.«

»Und was ist daran neu?«

»Er versichert ihnen, er könne erst Ende des Sommers zahlen.«

»Was sagen sie dazu?«

»Sie wollen nicht warten. Sie verlangen Wertgegenstände. Gemälde, Schmuck, Antiquitäten. Kakridis redet ihnen ins Gewissen: Sie sollten nicht so dumm sein, sie würden beim Verkauf höchstens ein Viertel des Wertes erzielen. Weißt du, was der Typ aus Georgien geantwortet hat? Vielen Dank für den Hinweis. Dann nehmen wir eben viermal so viel mit.«

»Durchaus verständlich.«

»Kakridis war gar nicht begeistert, aber er ist – o nein ... Warte!«

Es wurde still in der Leitung. Nach wenigen Augenblicken war Pezas zurück. »Sie haben angefangen, Bilder von den Wänden abzuhängen. Frau K. dreht langsam durch. Sie will ins Haus zurückkehren und sie aufhalten.«

»Sag ihr, sie soll das lassen.«

»Sie will, dass ich mitgehe.«

»Tu's nicht, Hektor, das ist viel zu riskant.«

»Ich weiß, aber sie hört nicht auf mich.«

»Dann lass sie allein gehen!«

»Das kann ich nicht.«

»Bleib, wo du bist, Hektor! Du hast diese Kerle in Aktion erlebt. Die nehmen keinerlei Rücksicht.«

»Verdammt, sie ist weg!«

»Lass sie gehen.«

Die Leitung war tot.

George fluchte. Pezas verhielt sich wie ein Idiot, aber vermutlich würde er an seiner Stelle dasselbe tun.

Sie fuhren jetzt die Leoforos-Kifissias-Straße entlang, waren nur noch knapp zwanzig Minuten entfernt, doch der Verkehr stockte. Als sie die Farosstraße erreichten, rief Pezas erneut an.

»Wir befinden uns jetzt auf dem Gelände und beobachten das Haus. Alles ziemlich ruhig. Niemand sagt etwas. Ich nehme an, die Georgier bedienen sich ...«

»Wo ist Frau Kakridis?«

»Bei mir.«

»Kannst du sie in meinem Namen etwas fragen?«

»Was denn?«

»Mit wem hat ihr Mann heute früh gesprochen, von wem hat er Geld gefordert? Erinnerst du dich, du hast das Gespräch an mich weitergeleitet?«

»Hab ich dir das nicht erzählt?«

»Nein. Erzähl's mir jetzt!«

»Warte, ich sehe gerade, wie die Haustür aufgeht. Ein Mann kommt raus, er bringt Bilder weg ...«

»Mit wem hat Kakridis telefoniert?«

Pezas antwortete nicht. George hörte, wie Frau Kakridis sagte: »Ich rede mit ihm.« und Pezas rief: »Lass das sein!« Und dann: »O Gott, sie geht zu ihm …«

»Sie ist verrückt«, sagte George.

»Sie schreit den Georgier an. Er ist stehen geblieben … Nein, er geht auf den Mercedes zu. Jetzt stellt er die Gemälde auf dem Boden ab und öffnet den Kofferraum. Sie ist hingelaufen und hat sich die Bilder geschnappt. Er hat sie gesehen und jemanden zu Hilfe gerufen … Sie geht mit den zwei Gemälden auf das Haus zu. Ein Mann ist vor die Tür getreten, ein kräftiger Bursche; er blockiert den Eingang. Sie befiehlt ihm, den Weg frei zu geben. Er rührt sich nicht. Sie schreit ihn an und versucht, sich an ihm vorbeizuschlängeln. Jetzt hebt er … O nein, er hat sie geschlagen! Sie liegt am Boden! Er hat die Kunstwerke aufgehoben und trägt sie zurück zum Wagen. Sie ist wieder auf den Beinen und folgt ihm. Das gefällt mir nicht, George! Jetzt dreht er ihr das Gesicht zu – er hat die Bilder fallen lassen –, sie schreit ihn an. Jetzt packen sie sie an den Armen und stoßen sie gegen das Fahrzeug … O mein Gott, Mann, jetzt gibt's Ärger, ich muss sie aufhalten!«

»Hektor, bleib, wo du bist.«

»Denen schieß ich eine Kugel in den Hintern!«

Wieder war die Leitung tot.

George rief die Polizei an. Egal, was Frau Kakridis gesagt haben mochte, die Situation war außer Kontrolle geraten. Er forderte den diensthabenden Beamten auf, so schnell wie möglich ein Einsatzteam zum Haus des Ministers zu schicken.

Dann fragte er den Taxifahrer, wie lange sie noch brauchen würden.

»Zehn Minuten«, lautete die Antwort.

Das war wahrscheinlich neuneinhalb Minuten zu lang.

Ausnahmsweise reagierte die Polizei schnell. Zwei Streifenwagen parkten auf der Straße, zwei weitere vorm Haus, Rot- und Blaulicht zuckte über die weiße Stuckverzierung an der Fassade. Ein junger Polizist hielt an der Einfahrt Wache.

George bezahlte das Taxi und bat um Einlass.

»Sie können da nicht rein, mein Herr.«

»Ich bin ein Freund von Frau Kakridis.«

»Die Öffentlichkeit hat keinen Zutritt, mein Herr.«

»Sie hat mich angerufen, ich sollte herkommen und ihr helfen.«

»Sie können nicht rein.«

»Was ist passiert?«

»Das darf ich Ihnen nicht sagen.«

»Verflucht noch mal, sie hat mich angerufen! Mein Freund Hektor Pezas ist auch da drin. Wir sind Privatdetektive, wir arbeiten für Frau Kakridis und versuchen, sie zu beschützen.«

»Dafür ist es jetzt zu spät.«

»Warum? Was ist passiert?«

»Sie wurde erschossen.«

»Was ist mit Pezas?«

»Es gibt vier Tote.«

»Vier?«

Plötzlich wurde ihm übel.

»Wir versuchen gerade, ihre Identität festzustellen«, erklärte der Polizist.

»Vielleicht kann ich Ihnen behilflich sein?«, bot George an.

»Wenn Sie sie kennen ...«

»Was ist mit Kakridis?«

»Minister Kakridis ist in Sicherheit.«

Natürlich ist er das, der Mistkerl, dachte George.

»Hier hat ein Raubüberfall stattgefunden, irgendjemand hat die Polizei gerufen.«

»Das war ich«, erwiderte George, »und es war kein Raubüberfall.«

»Was war es dann?«

»Eintreiben von Außenständen.«

»Wie bitte?«

»Vergessen Sie's. Darf ich hineingehen zum Haus?«

»Können Sie sich ausweisen?«

George zeigte seinen Personalausweis vor und wurde durchgelassen.

Die Toten lagen auf der Erde, aufgefächert wie die Finger einer Hand, halb im Dunkel, halb im Lichtschein, der aus der Veranda ins Freie drang. Frau Kakridis lag mit dem Gesicht nach unten; eine breiige Masse, vermischt mit blutgetränktem Haar, bedeckte ihren Schädel. Hinter ihr und teilweise quer über ihren Beinen lag der »kräftige Bursche«, auch er mit dem Gesicht nach unten und einem purpurroten Fleck zwischen den Schulterblättern. Kopf an Kopf mit ihm befand sich ein anderer Mann, der auf die Seite gefallen war. Er sah aus, als schliefe er. Gleich hinter dem Großen, dessen Füße er beinahe berührte, sah George Pezas, auf dem Rücken liegend, Mund und Augen weit aufgerissen, den starren Blick gegen den Nachthimmel gerichtet. Seine Brust war von zwei Schüssen durchlöchert.

George blieb abrupt stehen, tief getroffen vom Anblick seines Freundes. Sein einziger Gedanke war: Du blöder Idiot! Warum zum Teufel hast du nicht auf mich gehört?

Er schaute sich um. Polizeibeamte machten Fotos, diskutierten und diktierten ihre Beobachtungen in winzige Aufnahmegeräte. Auf einem Balkon links oberhalb der Veranda erkannte er Kakridis, der auf und ab lief und gebieterisch in ein Telefon schimpfte.

George wusste, dass etwas fehlte ... der Mercedes. Er müsste genau hier stehen, es sei denn, er hatte entkommen können.

Prüfend ließ er den Blick durch den Garten schweifen. Direkt vor der Einzäunung, rechts vom Haus, entdeckte er einen dunklen Umriss. Er ging hinüber. Aus der Nähe erkannte er ein Fahrzeug, das merkwürdig parkte. Tatsächlich war es allerdings nicht geparkt, sondern zum Stehen gekommen, als es frontal gegen die Gartenmauer raste. Eine Gestalt war über dem Lenkrad zusammengebrochen. George richtete den Lichtstrahl seiner Taschenlampe darauf: Ein Mann, ebenfalls erschossen, mit einer Wunde im Hals, die die Schlagader durchtrennt haben musste. Die linke Schulter, seine Arme, sein ganzer Oberkörper, alles glänzte blutüberströmt. Also, dachte George, hat Pezas drei von ihnen erwischt.

Ein weiteres Polizeiauto bog in die Auffahrt ein, seine Scheinwerfer strichen über den Garten. Als es anhielt, öffnete sich eine der hinteren Türen, und Sotiriou stieg aus. Kakridis warf einen Blick auf den Neuankömmling, nickte und telefonierte weiter.

Der Kriminaldirektor ging direkt hinüber zu den vier Leichen, kniete nacheinander neben jeder und machte eine Bemerkung zu einem Untergebenen, die George nicht verstand.

Kakridis beendete sein Telefonat und verschwand vom Balkon. Wenige Sekunden später erschien er an der Haustür. Nach einem kurzen Moment des Zögerns schritt er langsam die Treppe hinunter und trat auf Sotiriou zu.

George befand sich dreißig Meter entfernt, außerhalb des Lichtkreises. Er konnte ihre Unterhaltung nicht mithören. Ihm fiel auf, dass Kakridis sein arrogantes Gehabe abgelegt hatte. Er schien um zwanzig Jahre gealtert zu sein. Die beiden Männer standen da und redeten, den Blick auf die Toten zu ihren Füßen gerichtet.

Unvermittelt hob Sotiriou den Kopf und bemerkte den Mercedes, der gegen die Gartenmauer gefahren war. Er begann darauf zuzugehen, Kakridis folgte ihm.

Sie hatten George nicht gesehen oder, wenn doch, nicht erkannt. Ins Gespräch vertieft liefen sie an ihm vorbei.

»Gehört das Fahrzeug Ihnen?«, fragte Sotiriou.

»Nein«, antwortete Kakridis.

»Was haben diese Leute hier eigentlich gemacht?«, fuhr Sotiriou fort.

»Sie haben Gemälde gestohlen.«

»Wer hat sie eingelassen?«

»Meine Frau.«

»Kannte sie die Männer denn?«

»Sie behaupteten, sie wären Kunstsammler. Kunden der Galerie.«

»Wo waren Sie während der Schießerei?«

»In meinem Arbeitszimmer.«

»Und taten was?«

»Ich habe mit einem dieser Kerle gesprochen. Mit dem, der jetzt da im Auto sitzt.«

»Worüber?«

»Worüber zum Teufel werde ich wohl mit ihm gesprochen haben? Ich habe ihn aufgefordert, mein Grundstück unverzüglich zu verlassen!«

»Was ist dann passiert?«

»Wir hörten lautes Rufen. Er rannte hinaus, ich folgte ihm, dann fielen Schüsse ... Als ich draußen ankam, fand ich das hier vor.«

»Also waren sie gar keine Kunstsammler?«

»Nie im Leben.«

»Und Sie haben sie noch nie gesehen?«

»Noch nie!«

»Warum fingen sie an zu schießen?«

»Keine Ahnung.«

»Also: ein Mann im Wagen, drei auf der Erde, Ihre Frau ...«

Kakridis warf die Hände in die Luft. »Weiß der Kuckuck, wer und wie viele ...«

»Einer der Männer, die da liegen, ist Privatdetektiv«, sagte Sotiriou. »Sein Name ist Hektor Pezas.«

Kakridis zeigte keine Reaktion.

»Was hatte er hier zu suchen?«

»Ich wünschte, ich wüsste es.«

»Kannten Sie ihn?«

»Nein.«

»Kannte Ihre Frau ihn?«

»Sie hat seinen Namen nie erwähnt.«

»Wie ist er reingekommen?«

»Das weiß ich nicht.«

Sie gingen langsam zurück zur Veranda.

George wartete auf der Rasenfläche. Es war unglaublich, mit welcher Leichtigkeit und Gewandtheit Kakridis seine Lügen über die Lippen kamen. Sogar im Schockzustand konnte er noch Geschichten erfinden. Ein echter Profi. Er ging Richtung Haus.

Sotiriou bemerkte George als Erster. Er wirkte nicht gerade begeistert.

»Herr Zafiris? Sind Sie soeben hier eingetroffen?«

»Vor etwa zehn Minuten.«

»Was führt Sie hierher?«

»Hektor Pezas hat mich angerufen.«

Kakridis blickte auf und erschrak, als er ihn erkannte.

»Hektor hat mich angerufen, als dieser ganze Schlamassel anfing«, erklärte George. »Er griff ein, um zu helfen. Gegen meinen ausdrücklichen Rat.«

»Was hatte er hier zu suchen?«, fragte Sotiriou.

»Er hat für Frau Kakridis gearbeitet. Er und auch ich.«

»In welcher Funktion?«

George begann, die Situation zu erklären.

»Heilige Muttergottes!«, rief der Minister dazwischen. »Warum hören wir uns das überhaupt an?«

»Wir sollten ihn ausreden lassen«, entgegnete Sotiriou.

»Nicht seine Frau hat diesen Männern die Tür geöffnet«, fuhr George fort. »Sondern Herr Kakridis selbst. Er kannte sie und hatte geschäftlich mit ihnen zu tun.«

»Blödsinn!«, unterbrach der Minister. »Dieser Kerl hier hat vergangenen Monat versucht, mich zu erpressen.«

»Davon kann gar keine Rede sein, Herr Kakridis! Ich bin hierhergefahren, um einem Freund zu helfen, der ums Leben kam, weil er versucht hat, Ihre Frau zu retten. Und sie ist gestorben, weil sie versucht hat, Sie zu retten!«

»Verlassen Sie mein Grundstück, Herr Privatdetektiv! Ihre Lügen können wir hier nicht gebrauchen!«

»Wir werden ja sehen, wer von uns lügt«, konterte George.

Sotiriou musterte die zwei Männer mit skeptischem Blick.

»Ich werde Sie alle beide vorladen, um eidesstattliche Erklärungen abzugeben«, verkündete er.

»Zum Teufel mit Ihren eidesstattlichen Erklärungen«, brauste Kakridis auf. »Dieser Mann ist ein Lügner, ein Erpresser, ein Nichts. Der schwört doch jeden verleumderischen Mist, der ihm in den Sinn kommt.«

»Besorgen Sie sich einfach die Transkriptionen unserer Telefongespräche«, schlug George vor. »Meine und die von Hektor. Darin finden Sie genügend Belege für all meine Behauptungen.«

»Raus mit Ihnen!«, schrie Kakridis.

George rührte sich nicht von der Stelle. »Sobald Sie herausfinden, wer diese ›Kunstsammler‹ sind, werden Sie feststellen, dass Herr Kakridis schon seit einiger Zeit Geschäfte mit ihnen macht, gewisse Aufträge an sie vergibt ...«

Der Minister hob wütend die Faust. »Verschwinden Sie, bevor ich Sie umbringe.«

Sotiriou legte seine Hand auf Georges Ellbogen und drängte ihn zu gehen.

»Zahlen Sie Ihre Rechnungen, Herr Kakridis!«, rief George. »Die Georgier werden zurückkommen. Wer wird Sie dann beschützen?«

Sotiriou schob ihn Richtung Ausgang.

»Kakridis lügt«, sagte George. »Besorgen Sie sich diese Abschriften. Hören Sie sich die Gespräche an.«

»Dazu benötigen wir eine Genehmigung der Staatsanwaltschaft.«

»Zum Abhören eines Telefons, ja, aber doch nicht für eine Transkription?«

»Das läuft aufs Gleiche hinaus. Verletzung der Privatsphäre.«

»Ich erteile Ihnen hiermit jedwede Erlaubnis, Abschriften von meinen Telefonaten anzufertigen.«

»Was ist mit Hektor?«

»Er ist tot!«

»Das verkompliziert die Angelegenheit noch zusätzlich. Er kann der Veröffentlichung seiner Äußerungen während der Telefonate nicht mehr zustimmen. Deshalb muss der Staatsanwalt entscheiden.«

»Okay, dann soll eben der Staatsanwalt entscheiden!«

»Er wird sich nicht darauf einlassen. Als Minister ist Kakridis vor Strafverfolgung geschützt. Das wissen Sie. Dazu müsste zunächst ein parlamentarischer Sonderausschuss ...«

»O Gott! Jetzt geht das schon wieder los!«

»Haben Sie nicht noch andere Beweise?«

»Der Einzige, der mehr hat, ist Ghiotis.«

»Er ist heute Nachmittag verstorben.«

»Nein! Dann kommt dieser Mistkerl ungestraft davon.«

»Ich kann keine weiteren Nachforschungen anstellen«, gestand Sotiriou. »Solange mir nicht hieb- und stichfestes Beweismaterial vorliegt, das nicht aus Telefongesprächen stammt, sind mir die Hände gebunden.«

»Glauben Sie mir denn wenigstens?«

»Ich muss nach allen Richtungen offen bleiben.«

»Sprechen Sie mit den zwei Gangstern, die in meiner Wohnung randaliert haben. Sie gehören zu der Bande dazu.«

»Das werden wir. Ihre Zeugenaussage wird natürlich in den Verdacht geraten …«

George warf beide Hände in die Luft.

»Na schön. Ich gebe auf. Lassen Sie den Mistkerl ruhig weitermachen. Ich hoffe, als Nächstes bringt er einen Ihrer Freunde um.«

»Die Sache mit Hektor tut mir aufrichtig leid«, sagte Sotiriou mit kläglicher Stimme.

Sie hatten das Tor erreicht.

»Ich kehre jetzt besser um«, fuhr er nach einem Weilchen fort. »Gehen Sie nach Hause, Zafiris. Versuchen Sie, dass alles zu vergessen.«

»Ich gehe«, erwiderte George.

Die Nacht war warm, aus den Gärten entlang der Straße wehte der Duft von Jasmin herüber und vermischte sich hin und wieder mit einem Hauch von Thymian, der auf dem Brachland gegenüber wucherte. Weiter vorn funkelten die Lichter von Kifissia, die Zypressen auf dem Friedhof hoben sich als Silhouetten gegen den in allen Farben schillernden Himmel ab. Hektor würde bald unter der Erde liegen. George würde einen neuen Partner finden müssen, der ihn bei kniffligen Technikproblemen unterstützte oder an schwierigen Tagen aufmunterte. Der Gedanke, dass Hektor tot war, erschien ihm unerträglich, unwirklich und unendlich ungerecht. Mitleid und Trauer durchbohrten ihn wie ein stechender Schmerz. Doch Hektor war ins

Dunkel entschwunden, und nichts auf der Welt konnte ihn zurückholen.

Während George in Richtung Kifissia lief, vorbei an auf Hochglanz polierten Geländewagen und anderen Fahrzeugen der gehobenen Preisklasse, an gepanzerten Gartentoren mit Bewegungsmeldern und Überwachungskameras, vorbei an hohen Steinmauern, hinter denen sich riesige Villen verbargen, dachte er voll Bitterkeit an Kakridis, diesen Hai, der nur für einen kurzen Augenblick an die Oberfläche der Gewässer gekommen war, in denen er normalerweise jagte. Beinahe wäre er ihm dort ins Netz gegangen. Aber beinahe war eben nicht genug. Er war im letzten Moment entwischt, zurück in die schmierige Unterwelt, in der Einschüchterung, Korruption und gekaufte Loyalität regierten. Dort würde er so lange überleben, bis eines Tages eine Bestie des Weges kam, die noch bösartiger und skrupelloser war als er und ihn vernichtete. Ob ein georgischer Auftragskiller oder ein griechischer Polizeibeamter diesen Part übernähme, spielte gegenwärtig wohl kaum eine Rolle. Wahrscheinlich würden die Georgier, die besser organisiert und entschlossener waren, ihn zuerst erwischen. Es war nur eine Frage der Zeit.

Epilog

Sechs Wochen später, etwa Mitte August, verbrachte George seinen Sommerurlaub auf Andros; sein Leben verlief in geruhsameren Bahnen: Schwimmen, essen, hin und wieder etwas in der Stadt erledigen. Es gelang ihm, die schreckliche Zeit, die er durchgemacht hatte, für mehrere Stunden hintereinander zu vergessen. Dann erinnerte ihn wieder irgendetwas daran – eine Bemerkung, eine Farbe, ein Duft oder ein Bild, das plötzlich vor seinem inneren Auge auftauchte –, und er befand sich erneut in Kefalari, wo vier Tote auf der Erde lagen und ein schwarzer Mercedes mit einer Leiche hinterm Lenkrad in eine Gartenmauer gerast war.

Eines Morgens brachte ihm der Postbote einen Brief aus Ägina; Name und Adresse auf dem Umschlag konnte man durchaus als kleines Meisterwerk der Kalligraphie bezeichnen. Er öffnete das Kuvert, überflog die ersten Zeilen, wendete das Blatt und suchte die Unterschrift: Abbas. Dann drehte er es zurück auf die Vorderseite und las das Geschriebene langsam, Satz für Satz.

Lieber George,

nachdem Sie die Insel verlassen hatten, kreisten meine Gedanken noch unaufhörlich um gewisse Rätsel. Mit der Verhaftung von Stelios Tasakos war bei weitem nicht alles bereinigt. Zweifel und Unsicherheit nagten so lange an mir, bis ich schließlich alles andere auf Eis legte und mich nur noch auf eines konzentrierte: Antworten zu finden.

Frage: Warum hat Leonardos Kotsis so verzweifelt versucht, Stelios zu schützen? Antwort: Der Junge ist sein Neffe.

Hinter diesem Familienzusammenhalt steckt allerdings noch sehr viel mehr. Kotsis, Tasakos, Yerakas, Kakridis, Petrakis: Durch diese Geschichte zieht sich ein roter Faden – wie ein unterirdischer Fluss, den wir nicht wahrgenommen haben. Jeder ist mit jedem verwandt: blutsverwandt oder verschwägert. Jeder passt auf den anderen auf, es gibt so etwas wie geschlossene Kreisläufe, die auf Begünstigung und Loyalität beruhen und für Außenstehende nicht erkennbar sind. Trittst du einem auf die Füße, spüren alle den Schmerz.

Yerakas, Kakridis und Petrakis sind nicht nur Verwandte, sondern auch Geschäftspartner. Yerakas kümmert sich um die Projekte und ihre Finanzierung. Kakridis macht auf politischer Ebene die Wege frei, und Petrakis erledigt das Juristische. Zusammen sind sie ein überragendes Team. Die Motivation hinter dem Versuch, Oberst Varzalis den Mord an John Petrakis anzuhängen, war eine Mischung aus Familiensolidarität und dem Wunsch nach Rache. In Anbetracht der schier unbegrenzten Mittel seiner Feinde hatte der Oberst eigentlich Glück, noch mit einem blauen Auge davonzukommen.

Bill Preston wird möglicherweise nicht so viel Glück haben. Constantine möchte das Haus auf Mykonos einem seiner Söhne zuschustern (der mit einer Tochter von Kakridis verheiratet ist). Bill versucht, ihn daran zu hindern, und obwohl er sich einen erstklassigen Anwalt leistet, halte ich seine Chancen für gering. Er ist Ausländer, und das griechische Establishment wirft sein ganzes Gewicht gegen ihn in die Waagschale.

Was meinen Fall betrifft, meine Klage gegen »Ernest Hemingway«, so habe ich beschlossen, sämtliche Anschul-

digungen fallenzulassen. Das Abenteuer der letzten drei Monate hat mir die Augen geöffnet. Ich habe damit nur Geld und Zeit verschwendet. Der Kerl ist ein stadtbekannter Lügner und Betrüger. Das muss ich nicht noch vor Gericht beweisen.

Rosa Corneille sieht weiterhin ihre Auren, selbst bei strahlendstem Sonnenschein. Unter dem Siegel der Verschwiegenheit hat sie mir erzählt, Constantine Petrakis sei sehr krank. Seine Aura sei »kaputt«, und den Rest werde unweigerlich das gleiche Schicksal ereilen. Bitte behalten Sie das für sich, doch es ist sicher interessant, zu verfolgen, ob die Ereignisse Rosas Annahmen bestätigen. Es haben sich schon weitaus merkwürdigere Dinge als wahr erwiesen, wider jede rationale Erwartung.

Stelios Tasakos befindet sich in Polizeigewahrsam und muss sich einer psychologischen Untersuchung unterziehen. Man kümmert sich dort offensichtlich mit überraschendem Fingerspitzengefühl und Wohlwollen um ihn. Seinem Vater scheint eine große Last von den Schultern genommen zu sein. Es ist ganz sicher kein Vergnügen, den eigenen Sohn in der Obhut von Polizeipsychiatern zu wissen, aber da der Bursche geisteskrank ist, mag das immer noch besser sein, als selbst die Verantwortung zu tragen. Wenn das Licht der Anerkennung in dieses elende Haus hineinleuchten darf, wird es die Dunkelheit darin vielleicht ein wenig vertreiben. Es ist eine Schande, dass der arme John Petrakis sterben musste, um diesen Läuterungsprozess in Gang zu setzen.

In der Zwischenzeit bemüht sich der Oberst, dem Staat sein Anwesen einschließlich seiner Bibliothek und der Kunstsammlung als Schenkung zu hinterlassen. Seine Freunde – allen voran ich – tun ihr Bestes, um ihn davon abzubringen, denn der Staat wird das Haus nicht erhalten, sondern es einfach zuschließen und verfallen lassen. Die Alternative scheint fast genauso unerfreulich: Sein Sohn und seine Tochter erben die Immobilie, sind gezwungen, sie zu verkaufen, um die Steuern zahlen zu können, und seine Sammlung wird in alle Winde verstreut. Ich versuche, einen »dritten Weg« auszutüfteln, für den er eine private Stiftung gründen wird. Mit dem Oberst ist es allerdings immer das Gleiche: zwei Schritte vor und kurz danach zwei Schritte zurück. Erst stimmt er zu, dann vergisst er, dass er zugestimmt hat, und wir sind wieder genauso weit wie am Anfang. Falls Ihnen zu Ohren kommt, dass einer von uns ins Irrenhaus eingewiesen wurde (oder beide), wundern Sie sich nicht.

Ich hoffe, Ihre Erlebnisse in Ägina waren nicht derart unangenehm, dass Sie uns nicht einmal mehr einen Besuch abstatten möchten. Meine Philosophie besagt, dass jeder Sonnenuntergang eine Gelegenheit ist, einen Drink zu nehmen, und jeder Drink eine Chance, uns innerlich auf das beschwerliche Kaleidoskop des Lebens einzustellen. Sie haben meine Nummer, und ich hoffe, Sie melden sich.

Sie haben gute Arbeit geleistet. Freuen Sie sich darüber.

Abbas